SI ME QUIERES, NO ME DEJES IR

Amabile Giusti

SI ME QUIERES, NO ME DEJES IR

Traducción

Patricia Orts

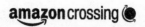

Título original: *Tentare di non amarti*
Publicado originalmente por Amazon Publishing, Luxemburgo, 2015

Edición en español publicada por:
AmazonCrossing, Amazon Media EU Sàrl
5 rue Plaetis, L-2338, Luxembourg
Marzo, 2017

Impreso por: Ver última página
Primera edición digital 2017

ISBN: 9781503943865

www.apub.com

ACERCA DE LA AUTORA

Amabile Giusti es una abogada calabresa con alma y mente de escritora. Por eso, en el maravilloso entorno donde vive, entre el mar y las montañas, su espíritu se evade de la vida cotidiana para inventar constantemente historias llenas de aventuras, romance, amores contrariados y pasiones desatadas. Si queréis hacerla feliz, regaladle un ensayo sobre Jane Austen, un juguete de cerámica azul, un manga japonés o una planta crasa. Espera envejecer lentamente (por lo visto es la única manera de vivir muchos años), pero confía en conservar la juventud interior hasta el último día. Escucha mucho y habla poco, pero cuando escribe no hay quien la pare.

Desde 2009 ha publicado numerosas novelas: *Non c'è niente che fa male così*, *Cuore nero*, la serie de Odyssea (*Oltre il varco incantato*, *Oltre le catene dell'orgoglio*, *Oltre i confini del tempo*), *L'orgoglio dei Richmond*, *Trent'anni e li dimostro* (disponible también en castellano) y *La donna perfetta*.

Cuando despertó, el dinosaurio todavía
estaba allí.

Emily Dickinson[1]

---

1 De *Algunos poemas*, de Emily Dickinson, Ed. Comares, 2002, traducción de
Carlos Pujol. *(N. de la T.)*

CAPÍTULO 1

Las botas de goma nadaban en los charcos: era imposible evitarlos. Además, cada vez que pasaba un coche se levantaban unas olas oceánicas que le llegaban hasta los ojos. Debajo del sombrero —un gorrito de lana rosa con un pompón en lo alto— su pobre pelo caía lacio como una medusa muerta.

¡Vaya una noche de mierda! Y eso que el local no estaba lejos, solo a dos manzanas, pero eran dos manzanas de pesadilla. Cada noche le robaban años de vida y cuando llegaba a su destino se sentía como quien ha conseguido atravesar un campo minado sin perder siquiera una uña. Un milagro, toda una suerte. La lluvia de esa noche era un añadido, un lastre que le había endilgado el destino para añadir burla al daño.

Se detuvo a cierta distancia con la esperanza de que él no estuviera allí. No siempre estaba, aparecía con una insistencia irregular: un día sí, uno no, y luego vuelta a empezar. Qué lúcida perfidia había en ese juego. Sabía muy bien lo que debía hacer y lo que no debía hacer para que ella no lo denunciara. A fin de cuentas, ya se sabe que, a menos que mueras, no tienes derecho a ir a la policía para que tu ex deje de atormentarte. Y si mueres ya no puedes hacerlo. Así que, en cualquier caso, estás atrapada.

Se detuvo más allá de un farol que parpadeaba: luz encendida, luz apagada, un chisporroteo similar al del pedernal y una oscuridad de película de suspense. Al menos no parecía estar delante de la puerta. Todo daba a entender que quizá había entrado.

Exhaló un suspiro borboteante de lluvia, se mordió los labios y se dijo que no podía seguir allí fuera mucho más.

«Si no me mata de un navajazo, moriré de pulmonía por su culpa».

Aceleró el paso a la vez que se encorvaba. Llegó a la puerta levantando un sinfín de salpicaduras, como si estuviera bailando claqué vestida de amarillo como Debbie Reynolds en *Cantando bajo la lluvia*.

El edificio no podía ser más feo. Sin gracia, ruinoso, como una tela desconchada para dibujantes de grafitis mediocres, con un vestíbulo vacío con las paredes cubiertas de papel pintado de un color indefinido, despegado en varios sitios. El lugar ideal para tender una emboscada a tu ex, que se ha negado a acostarse contigo y a quien quieres hacérselo pagar porque no eres del todo normal.

Cruzó el umbral con el corazón en un puño.

Estaba totalmente oscuro. El interruptor de la luz saltó en vano. La bombilla, que colgaba de un hilo, no se encendió. La oscuridad, concentrada como una niebla negra, le cortó la respiración. Como siempre.

Penelope, a la que sus seres queridos llamaban Penny, no se llevaba nada bien con la oscuridad: perdía el sentido de la realidad, se quedaba paralizada y era presa del pánico hasta que se obligaba a respirar, pensar y contar hasta diez. Entonces se recomponía, la sangre fluía por sus brazos y sus piernas, y podía moverse de nuevo. Pero era una tregua pasajera, el tiempo justo para engañar por un instante al cerebro. Si no encontraba enseguida una fuente de luz, acababa gritando.

Sacó el teléfono del bolso y lo encendió: el resplandor iluminó un espacio gris, desolado y desierto. Subió los peldaños un poco más animada.

Vivía en el penúltimo piso y confiaba en que Grant no se hubiera tomado la molestia de subir todos esos escalones para esperarla agazapado en un rincón.

Su estúpida relación apenas había durado siete días y había terminado hacía un mes. Se habían conocido en el local donde Penny trabajaba. Él había entrado, guapo a más no poder, con una elegancia descuidada y una sonrisa encantadora. Le había dicho algo mientras ella le preparaba un mojito y luego la había esperado a la salida. Todo ello con astuta delicadeza, cortejándola sin insistir. Habían hablado delante de la entrada del Well Purple con extraordinaria facilidad: nada en esa noche estrellada, ni siquiera un débil indicio, le había hecho sospechar que toda esa gracia y elegancia podían ser un bluf. Pero ya en la tercera cita la inteligencia de Penny se había visto obligada a intervenir. El chico de apariencia perfecta, el sueño de cualquier madre para su hija, era en realidad un tipo caprichoso, un acomplejado, un capullo violento que disfrutaba tratando de humillar a las mujeres. Por eso lo había dejado sin darle demasiadas explicaciones. Él no se lo había perdonado y desde entonces la seguía a todas partes. Al principio se había limitado a meterle miedo, a observarla con una sonrisita feroz y a burlarse en tono amenazador, pero siempre sin testigos. En público se comportaba como un auténtico caballero, el mismo caballero que la había hipnotizado con unos modales que parecían sacados de uno de los capítulos más significativos de *Downton Abbey*. Pero cuando estaba seguro de que nadie podía oírlos, se quitaba la máscara y le susurraba que era una puta. La acosaba con palabras de significado inequívoco, le prometía un mal perverso.

Penny no le había dicho nada a su abuela, no quería asustarla. Se había informado en internet y había descubierto que sin una auténtica agresión, hematomas, una visita a urgencias y un par de testigos fiables, era difícil que alguien la creyera. Grant era hijo de un abogado, acababa de graduarse en Derecho, era rico y vestía siempre como un modelo de Abercrombie. También era tan guapo como un modelo de Abercrombie. ¿Quién iba a imaginar que representaba un peligro?

Penny siguió subiendo la escalera. De improviso, el teléfono emitió el sonido típico de una batería al borde del colapso.

«Ahora no, ahora no», le suplicó. Pero el maldito trasto hizo caso omiso de sus razones y se apagó de buenas a primeras.

Penny se quedó en medio de un descansillo, oscuro como boca de lobo.

Lo único que podía hacer era seguir subiendo con la esperanza de no tropezar con un escalón roto. Con la esperanza de que el pánico no volviera. Pero, por encima de todo, con la esperanza de que Grant no emergiese entre las tinieblas.

Subió lo más deprisa que pudo conteniendo la respiración.

«Tres pisos más, tres pisos más. Resiste. Puedes conseguirlo. La oscuridad solo es oscuridad, no es un muro ni un pozo, ni el centro de la Tierra».

De improviso oyó un ruido diferente a su espalda. Alguien subía con paso rápido y pesado. Imposible que fuera uno de los ancianos que vivían en el edificio. Ella era la única inquilina joven en un ejército de jubilados de más de sesenta años que, desde luego, no podían moverse de forma tan ágil y vigorosa. Impedir que su corazón latiese hasta estallar se convirtió en una misión imposible. Era como si tuviera una manada de toros en el pecho. Se detuvo un instante y se apoyó en la pared, con la impresión de que iba a desmayarse. Pero luego ordenó al valor que volviese a cerrar filas.

«¡No permitiré que me hagas daño, desgraciado!».

Apretó de nuevo el paso mientras un resplandor lechoso se condensaba en el piso de abajo. El muy cabrón tenía una linterna. Penny echó a correr con el ímpetu caótico de un ciervo herido y llegó al piso donde vivía. Jadeando, buscó las llaves en el bolso. Las condenadas se escondían como si fueran cómplices de las odiosas intenciones de Grant. Rebuscó y rebuscó palpando un sinfín de baratijas —un libro de bolsillo, M&M's esparcidos por el fondo, pañuelos de papel, un frasco de esmalte de uñas, una barra de protector labial y el resto de los objetos que formaban el caos artístico que había en su bolso de Mary Poppins desafortunada— salvo las llaves. Luego, por fin, las sintió, frías y hostiles en su palma. Las sacó victoriosa y buscó la cerradura a tientas.

Grant casi le había dado alcance, el haz de su linterna estaba a punto de iluminarla. En ese momento, las llaves cayeron al suelo tintineando como monedas.

—¡Idiota, patosa! —se gritó a sí misma—. Pareces la tonta negada de una película de miedo. La que se mete en garajes subterráneos, calles desiertas y bosques salvajes para escapar de su perseguidor. ¡Casi te mereces lo que está a punto de sucederte!

Se arrodilló en el suelo sintiendo que los ojos se le llenaban de lágrimas, pruebas incontrolables del miedo que sentía. Encontró las llaves en el preciso momento en que la luz la apuntó, deslumbrándola.

Se deslizó hacia atrás en el suelo, tapándose la cara con el dorso de una mano. La linterna la enfocaba directamente, como si fuera el ojo iluminado de un cíclope taimado. Detrás de ella se intuía el perfil confuso de un hombre. Grant, seguro que era Grant.

Un brazo se alargó hacia ella a la vez que el hombre se inclinaba para someterla.

—¡Si me tocas, te arrancaré los huevos a patadas! —exclamó Penny, tratando a duras penas de esconder el pánico bajo varias capas de falsa audacia. Pese a que estaba en ayunas, sintió el vómito, como si lo que había comido en los últimos diez años estuviera trepando por su esófago para envenenarle la boca. Mientras jadeaba titubeando («¿Qué hago?, ¿intento golpearlo?, ¿escapo?, ¿grito?, ¿rezo?»), una mano aferró la suya y tiró de ella hacia arriba sin zarandearla ni hacerle el daño que esperaba.

Penny se quedó petrificada unos instantes. El hombre bajó el haz de luz y ella recuperó la vista. En la penumbra se dio cuenta de que no era Grant. Con todo, lo que vio hizo que se sintiera como un pescado que cae de una sartén tibia a unas brasas ardientes.

Porque vio una especie de gigante. Un hombre de unos veinticinco años, tan alto y robusto como una secuoya. Bueno, seguro que su fantasía estaba exagerando con las comparaciones, pero era indudable que medía dos metros de estatura. Y no debía de pesar menos de cien kilos. No era gordo, pero tenía un suntuoso ajuar de músculos que se apreciaban incluso bajo la ropa. Habría podido despedazarla con un solo antebrazo. El mismo con el que la estaba ayudando a levantarse y en el que, aparte de la manga arremangada, resaltaba un apretado trenzado de tatuajes tribales en tonos grises y negros. Su muñeca, tan sólida como la madera fósil, estaba estriada de venas, que afloraban nítidas pese a la penumbra.

Después de haber imaginado que era Grant, el guapísimo, loco y cruel Grant, tuvo la impresión de que ese hombre vestido de negro, que parecía un peso pesado, con el pelo cortado al ras como un soldado y unos ojos claros, azules o grises, era una especie de espíritu celestial.

—Me has asustado —musitó Penny sin dejar de preguntarse si realmente debía sentirse aliviada o si se encontraba ante un nuevo peligro, a todas luces menos fácil de afrontar que Grant. ¿Cómo podría vencerlo?

Él la escrutó con dos pupilas que parecían unas esquirlas de cristal clavadas en los globos oculares. Mientras esa mirada glacial la recorría, Penny se sintió inquieta. Pese a ello, no bajó los párpados y permanecieron así unos extraños segundos, observándose en la penumbra. Alrededor reinaba el silencio, roto solo por la respiración aún entrecortada de Penny.

—¿Qué haces aquí? —le preguntó al final. Era, sin lugar a dudas, una pregunta estúpida, dado que iba dirigida a un desconocido hercúleo y siniestro que quizá pretendía hacerle daño como Grant, pero no se le ocurrió nada mejor que decir.

El hombre señaló algo, como si le estuviera enseñando el cielo.

—¿Eres un ángel? —prosiguió ella, consciente de que era una idea demencial.

«¿Un ángel con semejante aspecto? Más bien parece el demonio encargado de vigilar la puerta del infierno».

—Vivo en el piso de arriba —contestó el hombre. Su voz no desentonaba con el poderoso conjunto: era ronca, profunda, tan imponente como su cuerpo.

Penny entornó los ojos, incrédula. Que ella supiera, en el piso de arriba no vivía nadie. Era una especie de buhardilla ruinosa, más un palomar que un apartamento, plagada de ratones y llena de viejos muebles apolillados.

Interpretando su evidente estupor, él le especificó con una voz carente por completo de inflexiones:

—Soy el nuevo inquilino.

«Inquilino» no le iba mucho como definición. Hacía pensar en arrendatarios diligentes que llevan a casa ficus y sofás de seda a rayas, que pintan las paredes de amarillo crema y compran ollas para cocinar al vapor. En cambio, ese tipo recordaba a las viejas bodegas donde la gente bebe y llega a las manos, a los rings llenos de sangre, escupitajos y sudor, y a sábanas húmedas de sexo desenfrenado.

Roja hasta las orejas, pensó que no debía seguir en compañía de un tipo que quizá era de verdad un nuevo inquilino, pero que también podía ser un loco peligroso.

Así que le preguntó con más brusquedad:

—Si vives arriba, ¿por qué no vas a tu apartamento? ¿Por qué te quedas aquí?

—Estoy esperando a que entres en casa —le contestó.

—¿Por qué? —preguntó ella con suspicacia.

—Por la cara que has puesto.

—¿Qué cara?

Él calló un instante y a continuación se palpó los bolsillos de la chaqueta como si estuviera buscando algo. Penny pensó que iba a sacar una navaja y que la degollaría en el rellano. En cambio, sacó un paquete de Chesterfield y un mechero metálico. Se llevó un cigarrillo a los labios e hizo saltar la llama. Su cara se encendió con una luz rojiza que por un instante iluminó dos ojos de corte decidido, una nariz recta y una boca increíblemente carnosa con una pequeña cicatriz en la comisura. Dio una calada y dijo:

—Cuando veo a una mujer con esa cara, suelo pararme para comprobar que nadie tira a degüello, aunque no me lo pida ni la conozca.

—¡Nadie quiere hacerme daño! ¡Lo más probable es que quieras hacérmelo tú!

Él arqueó una ceja. Su expresión impasible reveló cierto fastidio y el principio de una carcajada mordaz.

—Yo no hago daño a las mujeres; no las violo, si te refieres a eso. En cualquier caso, no lo haría contigo, no tengo ningún motivo para ello.

Penelope apretó los dientes. Lo detestaba con todas sus fuerzas. Sabía que no era una mujer interesante: desde hacía más de veinte años convivía con un aspecto anodino, por no decir anónimo, que cuando era adolescente le había causado no pocas lágrimas secretas. De hecho, su falta de atractivo era la razón por la que se había arrojado en brazos de Grant. Era increíble que un joven tan interesante se hubiera fijado en ella. Con todo, que ese desconocido se atreviera a insultarla le pareció una provocación insoportable.

—Esfúmate, te doy permiso —le dijo.

Él no se lo hizo repetir dos veces: dirigió el haz de luz hacia el siguiente tramo de escalones y se marchó sin decir una palabra. Penny lo siguió con la mirada hasta que desapareció en la escalera, que había vuelto a quedar sumida en la oscuridad. Acto seguido metió a toda prisa la llave en la cerradura y se deslizó al refugio de su casa. Cerró la puerta con mucho cuidado, pasando incluso la cadena, que su abuela dejaba suelta para que pudiera entrar.

Solo entonces volvió a respirar con normalidad.

El piso donde vivía con su abuela Barbara, a la que sus amigos siempre habían llamado Barbie, era un apartamento pequeño, sin pretensiones y con pocas ventanas. Dos dormitorios, un cuarto de baño y una sala donde se encontraba también la cocina, todo de dimensiones reducidas. Su abuela decía siempre: «¡Soy la Barbie y esta es la casa de la Barbie, por eso es pequeña!».

También los sueños de Penny habían menguado hasta acabar teniendo el tamaño de las muñecas. Le habría gustado matricularse en la universidad, pero no le habían concedido la beca. Mejor así, porque de lo contrario habría tenido que librar una breve batalla mental y sentimental para decidir su destino. Breve porque de todas formas al final la respuesta habría sido: «Me quedo con la abuela».

En cambio, en ese momento no había ninguna posibilidad de conflicto. Barbie había insistido en que debía irse a vivir al campus y buscar un trabajo para mantenerse durante los estudios, pero Penny sabía que su dulce abuelita, que seguía sintiéndose joven pese a que había cumplido los setenta hacía tiempo, iba a sufrir mucho. Por eso se había quedado, y no se había arrepentido. Quería a su abuela más que a nadie en el mundo.

Encendió la luz de la cocina. Se desvistió allí, dejando caer la ropa húmeda al suelo: el abrigo gris largo hasta los gemelos, la camiseta, tan ceñida que podía competir con una radiografía, la minifalda plisada estilo «Sailor Moon un poco furcia», las medias transparentes con una liga roja dibujada en el muslo izquierdo y las botas de lluvia que calzaba antes de salir del local, donde se veía obligada a llevar unos tacones vertiginosos, unos rascacielos en ruinas de doce centímetros. Lo que quedó después de desprenderse de la cáscara fue el cuerpo de una joven de veintidós años delgada y pálida, ni guapa ni fea. Ojos castaños, nariz corriente y moliente, y una melena corta, obra de una vecina que tiempo atrás había sido peluquera de señoras. El resultado no era lo que se dice perfecto, sino más bien asimétrico, y pálido como un cuenco de leche. En la frente destacaba un único mechón teñido de color rosa claro, casi lila desvaído, más largo, que le llegaba casi hasta la nariz. Solo llevaba un pendiente, en el lado izquierdo: una crucecita de plata que le rozaba el hombro. Se lo quitó y lo dejó encima de la mesa.

Entró enseguida en la ducha y se ocupó de eliminar los olores del local, la comida, el humo y los aromas de los cócteles que preparaba. Después, perfumada y sin extrañas decoraciones encima, salvo el mechón de tonos pastel, se asomó a la habitación donde dormía Barbie. Su abuela no se había dado cuenta de nada, no había oído el insólito intercambio de palabras que había tenido con ese hombre en el rellano. Dormía como un peluche bajo las mantas. Era menuda y delgada como ella, era una Penelope más antigua y tierna, más soñadora y excéntrica, con una melena extraordinariamente larga, que antaño había sido rubia y ahora era plateada. Cuando era joven la llamaban «la Barbie de bolsillo» debido a su belleza y a su cabellera espectacular. Penny la besó en la frente procurando no despertarla. Después fue a su habitación.

«Habitación» era una manera amable de llamar lo que, en realidad, era un agujero. Había concedido a su abuela el cuarto más amplio y ella se había regalado esa especie de caja. La cama apenas si cabía y no había sitio para un armario, así que había tenido que contentarse con un perchero donde colgaba los cuatro trapos que tenía. No obstante, disponía de una ventana que daba a la escalera de incendios y a una calle secundaria. No podía considerarse un panorama fantástico, pero en cualquier caso era una rendija por la que se filtraba la luz por la mañana, el aire fresco de la noche y, a veces, el romántico maullar de los gatos, que no la molestaba, al contrario, le servía como banda sonora para conciliar el sueño. Después del parloteo estúpido, ebrio, pendenciero e inútil que oía en el local, la voz sencilla de los animales era purificadora, una canción de cuna maternal.

Se puso el pijama y se metió en la cama.

En el silencio, poco antes de quedarse dormida, pensó sin querer en el hombre tatuado. ¿De verdad vivía en la buhardilla? ¿Podía ponerse de pie en ese lugar o debía estar siempre inclinado?

Imaginó al coloso gateando para no golpearse en la frente con las vigas y le entró la risa. A saber qué hacía allí un hombre como él: sin lugar a dudas estaba fuera de lugar, desentonaba más que el coro de un estadio de fútbol en un concierto de música clásica. Era misterioso, guapo, con la belleza propia de un tigre, de un dragón lanzando llamaradas por la boca o de una vorágine letal con un panorama maravilloso al fondo.

Se durmió pensando en sus ojos claros y fríos: tenía la sensación de que eran capaces de observar las manos mientras mataban a alguien sin concederse la debilidad de parpadear una sola vez.

CAPÍTULO 2

Marcus

Francisca sale de la cárcel en dos meses exactos. En cuanto salga nos iremos de esta mierda de sitio. No nos hemos visto en cuatro años, yo encerrado en un sitio y ella en otro. Cuánto la he echado de menos, joder.

Entretanto he encontrado trabajo y una casa que no es una casa, sino una ratonera asquerosa, la cárcel casi era mejor. Pero qué más da, a fin de cuentas no va a durar mucho, dentro de dos meses nos largaremos de aquí.

No niego que he estado con otras mujeres desde que salí, pero solo para follar. Ella es ella. Francisca tiene algo que les falta a las demás. Tiene unos ojos despiadados, unas maneras feroces; ella es yo pero con un coño entre las piernas.

Pero a ese tipo no lo matamos adrede. Sucedió durante una pelea: cuando pegas duro y los demás pegan duro, no controlas la fuerza. Si ves que un cabrón está tratando de desfigurar a tu mujer con una navaja, ¿cómo vas a contener las ganas de partirle la espalda de una patada?

Lo matamos, es cierto, pero fue durante la refriega. Ellos —el canalla y su amigo, que acabó en el hospital porque no me dio tiempo a rematar el trabajo— nos provocaron descaradamente. Por eso no nos condenaron a cadena perpetua. A ella le cayeron cuatro años y a mí seis, de los que luego me redujeron dos por conducta ejemplar. ¿Conducta ejemplar, yo? Jamás he sido ejemplar en nada. Pero en la cárcel intenté portarme bien. Respeté las reglas. Evité las peleas. Después de todo, es fácil que te dejen en paz si mides dos metros de estatura y tienes cara de estrangulador.

No es que yo sea un estrangulador. Yo voy a lo mío si los demás van a lo suyo. Pero los que tratan de abordar a tu mujer mientras sale del baño de un local y le meten mano apuntándole un cuchillo a la cara a la vez que le ordenan que se abra de piernas a menos que quiera morir, esos no merecen seguir viviendo. Francisca había empezado a pegar ya a ese imbécil antes de que yo llegara. El muy capullo no sabía con quién se había metido. Tenía ya la nariz echa papilla cuando me abalancé sobre él y empecé a zurrarlo.

Por el momento trabajo como empleado de seguridad en una discoteca. Me contrataron pese a mis antecedentes, porque se informaron. De hecho, por lo visto contratar a un antiguo preso como guardaespaldas es ideal. Es un local para niños bien, los primeros que necesitan que los metas en cintura cuando exageran. Esos fantoches con dinero beben una cerveza de más y se vuelven locos. Y se ponen bordes con las mujeres. Porque bueno, yo no he sido precisamente un angelito en mi vida, pero jamás he molestado a una mujer. Jamás he forzado a una. No soporto a los que alargan las manos incluso si la mujer dice que no. No todas son como Francisca, que sabe defenderse sola. Así que intervengo y, por lo general, me basta con mirarlos para que se caguen en sus pantalones de marca.

Claro que este trabajo es mortal, nunca vuelvo a casa antes de las cuatro y aún no tengo dinero para comprarme un coche. Aunque si lo tuviera tampoco podría conducir, porque también me han quitado el permiso, así que voy a pie haga el tiempo que haga. Me gusta caminar: después de haber pasado cuatro años encerrado en espacios pequeños, cuando me muevo es como si renaciera. Respiro todo el aire que quiero y, a pesar de que el barrio es una alcantarilla y el colmo del aburrimiento, tengo la impresión de que huele a flores y a playa.

Esta tarde me he instalado en la nueva casa; si es que se puede llamar «casa». En realidad es un cuchitril en el último piso de un edificio de mierda, pero con unos retoques quedará decente. Tengo buena mano con las herramientas, sé arreglar las cosas. Entretanto, aprovecho el tragaluz para mirar las estrellas mientras me duermo. No lo hago por romanticismo —la simple palabra «romanticismo» me produce náuseas—, sino por simple necesidad física. Después de haber mirado un techo de cemento durante cuarenta y ocho meses, siempre el mismo —solo cambiaban las manchas de humedad y la posición de las arañas—, necesito contemplar más cosas. Reconozco que elegí este sitio por el tragaluz.

Tiene cuanto necesito: un dormitorio, un cuarto de baño y un hornillo. Los techos son bajos y en un punto tengo que doblarme para no hacerme daño… y para no hacer daño al techo. En un rincón voy a poner el saco de entrenamiento. Me divierte darle patadas y puñetazos, lo hago hasta que siento que los músculos se deshacen como regaliz caliente. Mientras, me mato a flexiones. Cien, trescientas, quinientas. Después salgo a correr y pisoteo kilómetros de mundo bajo kilómetros de cielo. Luego me arreglo: ducha, traje reglamentario negro de pies a cabeza —camisa, pantalones, abrigo cruzado de cuero, todo puesto a disposición por el local— y voy a trabajar.

Todas las noches hay una pelea, pero el fin de semana no se razona. De vez en cuando echo a alguien. De vez en cuando una tía me provoca, pero durante el trabajo no puedo. Así que espero hasta que termino y luego me la tiro en su bonito coche. Algunas ni siquiera sé cómo son. En la oscuridad del local todas parecen estar buenas, pero luego, al aire libre, después de varias horas de humo y sudor, resultan banales. Qué más da, para un polvo vale lo que sea. Sin embargo, si están borrachas me niego, aunque sean guapas. No quiero acostarme con zombis.

Francisca lo entendería, nunca se ha cabreado porque haya follado con otras. Ella dice: «Tranquilo, *baby*, la que se divierte es tu polla, no tú».

Después, al alba, vuelvo a casa.

Por suerte el uniforme del local incluye una linterna, porque, de no ser así, tendría que caminar a tientas en este jodido edificio, dado que todas las bombillas están fundidas. Subo unos cuantos tramos de escalera y oigo una respiración ahogada y un gemido de miedo.

Aprieto el paso y veo a una chica. No la conozco. Está aterrorizada. Tiene la cara que ponen las mujeres cuando se escabullen de alguien que las agobia. Pero no hay nadie, está sola, se le han caído las llaves al suelo, no ve nada y si no está llorando no tardará mucho en hacerlo. Es baja y está muy flaca, tiene el pelo corto y jadea. Espero a que entre, pero ella tiene miedo de mí. No se lo reprocho: mi aspecto da miedo, y si no me conoces, aún más. Aunque a las mujeres no, repito. Jamás toco a las mujeres. Si no estoy seguro de que me desean de verdad, no me desabrocho los pantalones. Y a esta no la tocaría aunque se pusiera de rodillas y me suplicase. Todo tiene un límite. Si no fuera porque tiene un par de piernas que no están mal, que le aconsejaría no mover ante las narices de los desconocidos si quiere volver a casa a esta hora, pensaría que es un hombre. Tiene un pelo absurdo, húmedo, despeinado, un poco castaño y un poco rosa, una mirada de cervatillo muerto a perdigonazos y ni asomo de tetas. Pero las piernas no mienten, he visto muchos muslos y estos son los de una mujer.

La dejo en la puerta de su piso y subo. Si no me necesitas, chica, yo me largo.

En casa me espera un desorden infernal. Mañana empezaré a arreglar las cosas. A pesar de que me voy a quedar poco tiempo, tengo que dar impresión de estabilidad a los que me vigilan. Tengo que parecer alguien que pretende ser bueno, trabajar y calmarse, no alguien que no ve la hora de largarse. Entretanto, me desvisto tirando la ropa a un sofá medio roto. Me doy una ducha fría, porque el agua caliente no llega, y me tumbo mojado. Después me duermo y no sueño nada en absoluto.

CAPÍTULO 3

Penny se despertaba pronto, pese a que tenía un sueño letárgico. Aunque entraba a trabajar después de comer, le resultaba imposible dormir por la mañana. Por lo general, le esperaba la devastación, como si un tornado hubiera entrado en casa y hubiera revuelto todo. La culpa no la tenían los ladrones ni el viento, sino su abuela. Debido a una isquemia bastante grave, la dulce y soñadora Barbie padecía una forma precoz de demencia senil. En ese periodo estaba obsesionada con la cocina: había vuelto atrás en el tiempo, a la época en que era maestra de primaria. También entonces, para dar salida a sus dos mayores pasiones —los niños y los dulces—, preparaba para sus pequeños delicias de todo tipo. Los guiaba por el viaje del conocimiento sin un reproche ni un baquetazo, estimulándolos con exquisitas coladas de chocolate en el interior de unos moldes en forma de corazón, unos merengues realizados con caramelos y unas mermeladas fresquísimas. Por desgracia, de ese sabroso pasado solo le quedaba el ardor y no la precisión en la elaboración de las recetas. Si decidía hornear unas galletas y no encontraba la harina, cabía la posibilidad de que usara talco o incluso detergente para lavadoras. En cualquier caso, lo ensuciaba todo. Penny se levantaba pronto todas las mañanas, ordenaba, fingía que saboreaba las galletas y que regalaba unas cuantas a los vecinos, cocinaba algo comestible, ayudaba a su abuela a lavarse y a vestirse, y luego jugaba con ella. Como si fueran dos niñas. No le daba tiempo a dormir, pese a que se había acostado a las cinco.

Además, por la tarde cumplía con su segunda obligación: trabajaba en una biblioteca. A pesar de los prejuicios relativos a ese barrio miserable, la biblioteca estaba siempre abarrotada. Quizá porque ponían la calefacción, o porque se respiraba un aire tranquilo y amistoso, o por el puro placer de leer un libro en paz, el caso es que siempre estaba llena de gente. Pequeña pero elegante, limpia, forrada de madera y de libros con lomos multicolores, para Penny era como el País de las Maravillas para Alicia. No le habría sorprendido ver un conejo blanco con un reloj de bolsillo colándose entre los estantes. Después de sufrir la desolación de su trabajo nocturno, en el que preparaba bebidas para motociclistas borrachos y mujeres colocadas hasta la raíz del pelo teñido, todo ello ataviada con un uniforme de furcia-que-se-abre-de-piernas-apenas-se-lo-pides, el mundo plácido de la biblioteca la hacía renacer.

—¿Quieres salir un rato? —preguntó Penny a su abuela después de haberla peinado y de haberle echado polvos con aroma de rosas, que Barbie adoraba—. Faltan dos horas para las tres. ¿Te apetece dar un paseo?

La abuela asintió encantada. Le gustaba mucho salir, pero no podía hacerlo sola. Cojeaba y se cansaba enseguida, por no mencionar que siempre cabía el riesgo de que se confundiera de repente y no supiera volver.

Penny se puso el gorro de lana rosa, que ya se había secado, y el abrigo gris, y tomó la mano de su abuela. Ya no llovía, pero el aire era fresco. Empezaron a bajar la escalera. Barbie parecía una niña.

Mientras bajaban se les presentó un obstáculo. No en sentido metafórico, sino auténtico. Un saco de entrenamiento, uno de esos que los púgiles aporrean y que los *kickboxers* muelen a patadas. A Penny no le costó reconocer delante del voluminoso objeto al desconocido con el que había hablado la noche anterior.

Los dos, el saco y el hombre, ocupaban por completo un rellano entre dos tramos. Era imposible bajar, a menos que uno se pegase a la pared, corriendo el riesgo de convertirse en un churro aplastado entre el enlucido y la masa poderosa del cuerpo del tipo. Era más grande que el saco y su cabeza rozaba el techo.

—¿Y ahora cómo pasamos? —preguntó Penny, irritada.

El hombre dejó el saco en el suelo y lo empujó todo lo que pudo contra la pared. Penny pudo observarlo mejor. Tenía los hombros anchos y marmóreos. De un suéter negro con las mangas arremangadas asomaban unos antebrazos tatuados. Vestía unos vaqueros oscuros metidos dentro de unas botas bajas y sin cordones. Alrededor del cuello llevaba un cordón de cuero del que colgaba un anillo en forma de animal, quizá una serpiente.

Penny notó un cálido rubor en las mejillas y, en el fondo del estómago, una especie de aleteo remoto de mariposas. Los ojos del desconocido eran extraordinarios, de un color extraño, una insólita fusión de gris y cerúleo. Cuando él la observó a su vez, Penny desvió la mirada.

Barbie dijo a su nieta al oído, con la intención de que fuera un secreto, pero alzando la voz de manera que se la oía con claridad en la planta baja e incluso más allá de ella:

—Qué chico más guapo, ¿verdad?

Cuando veía un hombre que le gustaba, la abuela lo reconocía con franqueza. Era sincera, directa, en ocasiones resultaba embarazosa, como todos los que, afectados por cierto mal, no frenan sus inhibiciones y dicen lo que piensan en el preciso momento en que lo piensan. También su marido había sido maestro, un tipo menudo con gafas redondas y un cuerpo de levantador de plumas, de manera que uno podía pensar que los hombres con aire de guerreros griegos inmortales no eran de su agrado. Pero, en honor a la verdad, su hombre ideal había sido otro: antes de conocer a su marido, en un pasado aún más remoto, la abuela había vivido un amor inolvidable. Había querido con locura a un joven rudo, rebelde, uno de esos que se ensucian las manos, tienen callos en los dedos y los músculos modelados por el trabajo físico. La historia había terminado mal, porque los padres de ella se habían opuesto por completo, con la injerencia típica de una época en que la hija de un empleado no podía casarse con un granjero. Y la abuela, que con frecuencia olvidaba lo que había hecho el día anterior, conservaba intacto el recuerdo de ese joven deseo prohibido. Se llamaba John, como John Wayne, y según contaba ella, se parecía al actor. Quizá por este motivo cada vez que veía un hombre con aspecto de soldado, de vaquero o de púgil le sonreía como una quinceañera.

Mientras la abuela aferraba la mano que el hombre le había tendido y pasaba sin dificultad por el exiguo espacio del rellano, Penny masculló algo incomprensible.

—¡Eres un encanto! —exclamó Barbie enseguida—. ¿Cómo te llamas?

El joven sonrió y Penny pensó que su sonrisa era forzada y falsa, como las que ocultan secretos infames.

—Marcus —respondió él. Después se volvió hacia Penny y le dijo en tono más firme—: Qué, ¿pasas o no pasas?

—Todo a su tiempo, ¡no quiero acabar despachurrada porque tú tengas prisa! —contestó ella irritada. No obstante, por auténtica que fuera la irritación, no lograba aplacar del todo el revoloteo del enjambre de mariposas en la barriga.

«¡Malditas hormonas! Por mucho que una estudie, lea, piense y se prepare para la civilización, igualmente se alborota por un armatoste prehistórico como este. ¿Será que ante todo somos animales? ¿Cómo es posible que basten dos bíceps de cavernícola para encender el instinto?».

Ya que no podía morderse el cerebro, se mordió la lengua. Detestaba haberse imaginado entre esos brazos, que parecían más capaces de infligir más dolor que de prodigar caricias.

Se apresuró a pasar mientras su abuela la esperaba en el piso de abajo, quieta y feliz como si el sol le estuviera calentando la espalda. Marcus retrocedió todo lo que pudo, pero el espacio era el que era y le rozó el pecho sin querer. Ella se lo encontró delante, mejor dicho, encima. Las malditas mariposas primitivas invadieron su garganta. ¿Qué perfume era? Ninguno, de hecho. Olía a hombre limpio y un poco, muy levemente, a sudado. Era tan corpulento que su sombra podía envolverla por completo, como los robles en la luz. Ella apenas le llegaba al esternón.

—No te preocupes, que no te voy a tocar —le susurró él sin abandonar su sonrisa gélida.

Penny se escabulló con la cara aún encendida. Le habría gustado abofetearlo. No por el contacto fugaz, sino porque su cerebro enfermo seguía preguntándole en secreto: «¿Lo harías con él?».

«¡Jamás de los jamases! ¡Un pensamiento solo es un pensamiento!», se respondió. Odiaba incluso las novelas en que unas mujercitas sin el menor orgullo perdían la cabeza enseguida, como si el destino hubiera pulsado un botón, solo porque el tío bueno de turno las miraba con aire burlón.

Un pensamiento solo es un pensamiento. Era verdad, desde un punto de vista racional era verdad. Ella nunca había perdido la cabeza. Siendo franca, aún era virgen. Y lo era por propia elección, no porque le faltaran hombres dispuestos a dar ese paso. En el trabajo todas las noches conocía a tipos medio borrachos que la miraban con complicidad y unas intenciones bien claras. Pero Penny no quería a uno cualquiera. Quería un Amor con mayúscula, como el de los libros. Quería ser como Jane Eyre. Y no porque deseara encontrar un hombre huraño con una mujer loca encerrada en el desván; deseaba un gran amor, un amor extraño e inolvidable. Un amor de los que sorprenden y que, por mal que acaben, dejan una huella imborrable. Había creído que Grant era el predestinado, pero Grant estaba loco y era violento.

Desde entonces se había prometido a sí misma que estaría aún más atenta para no dejarse arrastrar por engaños y otros demonios. Demonios como Grant, que embaucan con maneras elegantes, pero también como Marcus, que parecen hechos para apelar a la parte más ancestral, la que está enterrada y oculta, cuya existencia se desconoce.

Por eso se acercó a toda prisa a su abuela. Aun así, no pudo por menos que mirarlo mientras subía, dándole la espalda, abrazando el saco como si fuera una bolsa de yute llena de pétalos. Y de nuevo su cerebro se llenó de preguntas audaces, que se obligó a no escuchar y a las que no dio ninguna respuesta.

La atmósfera de la biblioteca era siempre benéfica. La ayudaba a sentirse limpia y nueva, sin importar lo que hubiera sucedido fuera de allí. Debía guardar los volúmenes en los estantes, ordenar los escritorios y atender las peticiones de los lectores, que la obligaban a subir a la escalera de mano, dado que la señora Milligan, la bibliotecaria jefe, era anciana e inestable y sentía vértigo con solo subir un peldaño.

De hecho, Penny estaba buscando un libro que se encontraba en un estante alto. Se hallaba sola, en la bonita escalera de mano con ruedas, canturreando entre dientes una canción de *La bella y la bestia* de Disney. Encontró el volumen que buscaba y bajó, contenta de poder complacer al general Aubrey, que deseaba ese raro libro de memorias desde hacía tiempo.

Y entonces la alegría no solo dio paso a un recuerdo, sino al arrepentimiento. Grant la estaba esperando. Tenía los brazos cruzados, la espalda apoyada en la estantería, el pelo del color de la miel de naranjo, los ojos turquesa y una sonrisa que seducía a las personas estúpidas, incapaces de ver el ceño pérfido que se ocultaba tras ella. Las personas estúpidas como ella, en pocas palabras.

—Hola —le dijo—. ¿Cuánto tiempo hace que no nos vemos?

Penny sabía que a los locos había que seguirles la corriente en lugar de provocarlos, pero Grant despertaba en ella el deseo de retarlo. Quizá si lo hacía, lo forzaría a mostrar su irascibilidad en público, delante de testigos, y ella podría denunciarlo sin que las fuerzas del orden la miraran como si fuera una mitómana que intenta cometer un delito de lesa majestad.

—Nos vemos casi todos los días, Grant —respondió—. Cada vez que me vuelvo estás ahí.

—Porque estoy enamorado de ti, querida —afirmó él, sonriendo y dejando a la vista sus malditos dientes, perfectos gracias al aparato que había llevado cuando era niño.

—El tuyo es un tipo de amor extraño.

—El mejor tipo de amor, *baby* —susurró él, acercándose—. No puedo estar sin ti.

—¿Ese tipo de amor incluye el intento de violarme?

—Vamos, Penelope, te gustaba. —Se acercó a su oído y las vísceras de Penny se retorcieron como una boa alrededor de una lagartija moribunda—. Eres una puta angelical, cariño.

—Puede ser, pero aun así me das asco —replicó ella, armándose de valor.

«Vamos, cabrón de mierda, pégame, hazme algo, así te llevaré enseguida a la policía y pondremos punto final a este acoso que me destroza la mente y la vida».

Grant la miró con ojos amenazadores.

—Llegará el momento, *baby*. Mientras tanto te dejaré disfrutar de la espera. Sentirás mi aliento en la nuca en todo momento.

—Pero ¿por qué? ¿Por qué no me dejas en paz? —le preguntó, pese a que sabía la respuesta.

No se comportaba así con las jóvenes de su clase social. Con ellas representaba el papel del buen chico, del joven abogado y acompañante oficial de su madre en las cenas de beneficencia. Pero con aquellas que consideraba socialmente inferiores, desencadenaba su yo enfermo. Las elegía, las ilusionaba con un par de citas galantes y luego se mostraba como era en realidad. Sexo violento. Sexo sucio. Sexo sin consentimiento. Palabras groseras, insultos, humillaciones verbales. Incluso sus besos eran promesas de vejación.

—Porque una nulidad como tú no se puede permitir el lujo de rechazarme.

En ese momento la señora Milligan se asomó desde el pasillo central.

—¿Va todo bien, Penny? —preguntó—. El general está esperando el libro.

Grant esbozó una de sus sonrisas más taimadas.

—No te robaré más tiempo. Me marcho. Hasta pronto, amor mío.

Se alejó como un gran señor inocente. Penny tendió el libro a la bibliotecaria y al hacerlo se dio cuenta de que había contenido la respiración todo el tiempo. Espiró de golpe emitiendo un estertor que parecía de verdadera agonía. Se miró las manos y vio que estaban temblando. Si Grant pretendía destrozarla psicológicamente antes de pasar a su cuerpo, lo estaba consiguiendo.

Malditos quinientos metros y pico. Esa era la breve distancia que separaba el Well Purple de su casa, pero aun así podía suceder de todo. Cada noche perdía un año de vida. Después de la amenaza que Grant le había hecho esa tarde, estaba tan tensa como la cuerda de un arco a punto de disparar la flecha. No llovía, pero los rayos iluminaban fugazmente la calle. Se tapó todo lo que pudo las piernas con el abrigo, pensando que si no resolvía ese problema, no tardaría en enloquecer.

De improviso, oyó unos pasos cerca, como si hubiera alguien apostado en el callejón que quedaba a su derecha. Antes de que pudiera preguntarse quién, qué, cómo, notó que le tocaban el brazo. Gritó a pleno pulmón.

Pero, una vez más, no era Grant. Era ese tipo, el nuevo vecino. El que revolucionaba sus hormonas.

—Calma, chica —la tranquilizó él en un tono pacífico que le resultó insoportable—. No voy a hacerte nada.

Penny se bloqueó, se llevó las manos al pecho tratando de detener el corazón, que hacía carambolas por doquier. Estaba tan pálida como una vieja sábana guardada con naftalina. Mientras intentaba recuperar el aliento, Marcus se encendió un cigarrillo. Penny vio que exhalaba una bocanada de humo, que lo miraba ascender en el aire, y que luego la miraba a ella.

—¿Qué quieres? —le preguntó Penny con aire belicoso.

—Nada. Te vi llegar y te he esperado.

—¿Me has esperado? ¿Por qué?

—Porque siempre pareces una liebre con unos cuantos perros pisándole los talones.

Ella tragó saliva y miró atrás, como si una manada de lobos le estuviera dando caza. Luego lo observó a él y el estremecimiento de pánico que había sentido hasta ese momento se convirtió en un estremecimiento de conciencia física y temor, como el que se experimenta al lado de un animal feroz del que no se sabe si está domesticado o no. Marcus iba vestido de negro como la noche anterior.

Se quedó quieta por un instante, mientras él echaba a andar. Tras avanzar unos metros se volvió y la miró con perplejidad.

—Si quieres seguir sola no pienso suplicarte. Estoy cansado y tengo prisa. Pero no te acostumbres a ir con escolta. Que ayer volviera pronto y hoy también es pura casualidad, por lo general acabo más tarde.

—Pero ¿qué más da si…?

—¿Significa eso que puedo ir más deprisa y dejarte sola?

—¡Vete!

Él hizo una mueca y movió la cabeza como quien acaba de oír una barbaridad y no sabe si desmentirla de forma mordaz o reírse de ella.

—Date prisa, no tardará en amanecer —le dijo mientras la esperaba.

Penny exhaló un suspiro de alivio en su fuero interno. No tenía sentido sentirse segura en compañía de un hombre con los brazos tatuados y expresión de canalla asesino, pero eso era justo lo que experimentaba.

—¿Dónde trabajas? —le preguntó para romper el silencio. Él se lo dijo. Era una discoteca que estaba a pocas manzanas de distancia. Había estado allí una vez con Grant, cuando aún pensaba que era un joven como se debe—. Qué raro que no te haya visto nunca —murmuró pensativa.

—¿Porque soy de los que llaman la atención, quieres decir? —dijo él reteniendo el humo en los pulmones unos segundos.

—Bueno, pues…

—Trabajo allí desde hace poco —le explicó Marcus espirando—. Soy de seguridad.

—Yo trabajo en Well Purple, un pub restaurante que está al final de la manzana —comentó Penny, aunque él no le había preguntado nada.

—Ah, ahora entiendo el uniforme —comentó Marcus, señalando la falda inguinal mal disimulada por el abrigo—. ¿Prestáis también servicios complementarios?

Ella lo fulminó con la mirada.

—Que sea camarera en un local de dudoso gusto y tenga que vestirme como una ninfa *hentai* no significa que sea una furcia.

—Jamás lo he pensado. Solo intentaba comprender cómo es posible que una chica con cara de quinceañera recién expulsada de un convento de monjas pasee por la noche vestida como una buscona. Pero eso es asunto tuyo, claro.

—Pues sí.

—Solo una cosa: procura que no te violen estando yo cerca, porque me vería obligado a intervenir y no quiero líos.

—Si eso sucede, te autorizo a no intervenir.

—Tengo muchos defectos, pero no soy cobarde.

Sin poder contenerse, ella le preguntó a bocajarro:

—¿Qué defectos tienes?

Marcus soltó una risotada mordaz y molesta.

—Siempre produzco el mismo efecto a las mujeres ingenuas. No sé por qué.

—¿De qué estás hablando?

—Empieza con las preguntas: quién eres, qué haces, háblame de tu pasado, quizá mi amor pueda salvarte. Has de saber que no me acuesto con crías.

Penny abrió los ojos de par en par y lo miró desconcertada.

—¡Estás loco!

—No digas tonterías. Lo llevas escrito en la cara, a estas alturas estoy acostumbrado. Date una ducha fría. Con menos de dieciocho años no te tocaré ni con un dedo. No quiero problemas.

—¡Tengo veintidós años! —replicó ella, irritada, y enseguida comprendió que no debería haberlo dicho.

—¿En serio? No lo parece. En cualquier caso, no pienso tocarte.

—¡No eres normal! Además, ¡me das asco! Pero ¿por qué estamos hablando de esto?

—Para dejar las cosas bien claras. He dicho que no quiero problemas. Solo me quedaré dos meses aquí. No quiero entablar relaciones, pero tampoco crearme enemigos, así que es inútil que lo intentes.

—Pero ¿quién quiere intentarlo? ¿Nunca te han dicho que eres un poco fanfarrón?

—Sí, por lo general me lo dicen antes de suplicarme que las folle hasta caer exhaustas.

—Ya basta, casi hemos llegado. Puedes marcharte y, ya puestos, evita saludarme si vuelves a verme.

—No me costará nada fingir que no existes. Ni siquiera sé cómo te llamas y no me interesa saberlo.

—¡No tengo la menor intención de decírtelo!

—Genial. Si sueles volver a esta hora, trataré de retrasarme un poco para no coincidir contigo.

—Perfecto, así me evitarás también este rollo.

Él se llevó dos dedos a la frente para remedar un saludo marcial y se paró para encenderse otro cigarrillo. Penelope apretó el paso y lo dejó atrás sintiéndose irritada, herida, cansada y con la esperanza de no volver a verlo en su vida.

Cuando Penny estaba nerviosa tenía dos maneras de recuperar la sonrisa: la primera era respirar el aroma de los libros y la segunda, hacerse una manicura llamativa. Esa tarde, debido a un malhumor persistente, acabó con diez uñas pintadas de color verde tiffany y decoradas con hociquitos de oso panda. Además se compró una máscara de pestañas morada que le confería un aire extraño, un poco *fantasy* y extraterrestre. Pero ni siquiera esos regalos consiguieron aplacar su desasosiego. Estaba nerviosa por culpa de Marcus y porque le sacaba de quicio estar nerviosa por culpa de Marcus. ¿Cómo era posible que ese tipo, ese recién llegado paleto y arrogante, se creyese tan irresistible? ¡Había dado por supuesto que ella quería acostarse con él! Y, además, ¡se había permitido rechazarla!

Aunque, siendo franca, debía reconocer que lo había pensado: si lo hubiera negado, habría sido una hipócrita. Vaya si lo había pensado. Lo pensaba cada vez que lo veía. Lo pensaba también cuando no lo veía y esperaba volver a verlo. Se comportaba como la reina de las nieves, pero lo miraba a hurtadillas presa de una gran agitación. Detestaba sentirse así: no soportaba haber llegado casi a los veintitrés años sin tener tentaciones especiales y encontrarse ahora, de repente, con esa obsesión indecente. Pero es que cada milímetro cuadrado de Marcus parecía hecho adrede para despertar el deseo de cometer actos impuros. Parecía salido de una portada de *Men's Health*. Como si el más atractivo de esos hombretones musculosos y tatuados que aparecían posando rígidamente en el papel satinado de la revista hubiera atravesado un umbral tridimensional y hubiera aparecido de repente en su edificio. Lo único que le faltaba era la sonrisa de esos modelos de fotografía: a diferencia de ellos, Marcus siempre estaba cabreado. Sus ojos de color mar helado carecían de luz. Tenía el aire de quien ha visto y hecho cosas que le han robado el alma. Y lo deseaba; sí señor, lo deseaba. La imaginación de Penny tenía la luz roja siempre encendida. Sus sentidos padecían insomnio. Cuando lo veía, experimentaba un ardiente tormento.

Pero ¡no soportaba que él lo diera por descontado y la comparase con todas las tías en celo que corrían detrás de él! Por encima de todo, la humillaba que la hubiera rechazado tratándola como a una mocosa sin el menor atractivo.

Con mil nudos de rabia retorciéndose en su interior, pese a las uñas alegres y las pestañas coloreadas, cruzó el umbral del edificio y casi tropezó con un desconocido que estaba parado en el vestíbulo. Era un hombre alto, vestido con una chaqueta y una corbata barata, con aire de ser un funcionario estatal mal pagado.

—¿Conoce a Marcus Drake? —preguntó—. Se mudó aquí hace unos días.

Penny asintió con la cabeza y le dio las correspondientes indicaciones.

—¿Cómo se comporta? —preguntó de nuevo el desconocido.

—¿Cómo dice?

—¿Se comporta bien, molesta a alguien?

«Me molesta a mí, con ese aire de canalla que no se fija en ninguna mujer que mida menos de un metro y setenta».

Pese a que no tenía la menor idea de quién era el hombre que le había hecho esas preguntas, podría haberle hablado de las vibraciones que se oían a veces en la buhardilla, probablemente cuando Marcus pateaba el saco de cuero, y lo molesto que era el constante humo de sus cigarrillos en un edificio lleno de ancianos que padecían asma. Pero no lo hizo.

—No molesta a nadie —contestó encogiéndose de hombros—. Es un inquilino muy tranquilo.

No tenía muy claro por qué se estaba poniendo de parte de Marcus, fuera cual fuera esa parte, pero había sentido de forma espontánea un instinto de protección insensato.

El hombre asintió con la cabeza y sonrió con una extraña satisfacción paternal a la vez que escribía algo en el cuaderno que había sacado de un bolsillo. Marcus entró en ese momento. Se disponía a encenderse un cigarrillo, pero se detuvo. Al ver al hombre se sobresaltó de forma visible y perdió por un instante su fachada glacial. La miró a ella y frunció el ceño, porque comprendió que habían hablado. Penny estaba segura de que se estaba preguntando con cierta alarma qué podía haber contado de él.

—Ah, estás aquí —dijo el hombre a Marcus—. ¿Dónde podemos hablar?

—No pensé que fueras a venir tan pronto —masculló Marcus.

Los tres subieron la escalera. Penny se quedó rezagada y oyó que el hombre vestido con chaqueta y corbata le preguntaba por su trabajo y que Marcus le respondía con secos monosílabos.

Cuando los dos hombres llegaron al apartamento de Penny, Barbie apareció en el umbral con una bandeja de galletas, la misma que estaba preparando antes de que su nieta saliera. Apenas vio a Marcus su rostro se iluminó y adoptó un aire coqueto, como hacía siempre que coincidía con él. Pese a que Penny había intentado disuadirla de que se mostrara tan amable, su abuela se sentía eternamente joven y se mostraba propensa a apreciar la belleza escultural de los chicos. En un momento de especial sentimentalismo le había aconsejado incluso que lo invitara a salir.

—No me negarás que es guapo, cariño. Si tuviera tu edad, lo invitaría a ir al cine o a un buen restaurante con velas en las mesas.

—Me lo pensaré.

Le había concedido esa esperanza para no contradecirla. Procuraba no hacerlo a menos que no le quedase más remedio. No obstante, desde entonces Barbie, por culpa de su mente o precisamente gracias a ella, que horneaba historias de fantasía, estaba convencida de que entre su nieta y el atractivo joven que vivía en el último piso estaba naciendo una historia secreta.

—¡Nuestro Marcus! —exclamó la abuela, exultante—. He preparado unos dulces. ¿Os apetecen?

—¿Se conocen? —preguntó el desconocido.

Barbie dijo entonces unas palabras y Penelope deseó de inmediato que se la tragara la tierra. Bajando un poco la voz, la anciana dijo en tono confidencial:

—Él y mi pequeña Penny están enamorados. ¡Un auténtico flechazo! ¿No es romántico?

Marcus reaccionó como si acabara de recibir una patada en un punto muy doloroso. Se tambaleó un instante y lanzó a Penny una mirada hostil.

—¿Es pariente de Marcus? —insistió la abuela—. Ha de saber que mi Penelope es una buena chica. Tiene veintidós años, trabaja en una biblioteca y no tiene pájaros en la cabeza.

—¡Estupendo! —dijo el hombre, dirigiendo a Marcus una sonrisa de explícita aprobación—. Entonces supongo que ya lo sabe todo.

Esta vez fue Penelope la que vaciló. «¿Saber qué?». Marcus se adelantó antes de que pudiera preguntar nada.

—Claro que lo sabe todo —confirmó en tono serio y le rodeó los hombros con un brazo. La apretó con una fuerza excesiva, como si con ese gesto quisiera transmitirle un mensaje no expresado: «Si sueltas una palabra de más, te trituro».

Penny estuvo a punto de caer en redondo debido a la sorpresa.

—En ese caso, suba con nosotros —la exhortó de nuevo el hombre.

Sin comprender nada, Penelope empezó a subir la escalera detrás de Marcus y del visitante desconocido, apremiada por la abuela, que gorjeaba alegremente.

Marcus se volvió un instante y le lanzó una mirada impetuosa, que contenía una orden muda pero perentoria.

Cuando entraron en casa de Marcus, Penny evitó demostrar su asombro. ¿Debía dar a entender que ya había estado allí? Así pues, fingió que no le sorprendía que la ratonera de antaño se hubiera convertido en un piso decente, muy masculino y carente de adornos, pero limpio. Una manta azul tapaba los agujeros del sofá. En un lado destacaba el saco de entrenamiento que había transportado hacía unos días. Pese a que estaba desgastado, el suelo de madera había sido cepillado recientemente. En un rincón estaba la cama, pegada a la pared, justo debajo de la ventana oblicua del tejado y cubierta por un edredón de color verde petróleo. Las paredes habían recibido una mano de blanco y el aire olía a pintura fresca.

El desconocido lo observó todo con atención, asintió con la cabeza varias veces y se aflojó un poco el nudo de la corbata. Por fin se sentó en el sofá y se volvió hacia Penny.

—¿Se comporta bien? —volvió a preguntar—. También con usted, quiero decir. Tengo que considerar muchas cuestiones para comprender si Marcus ha decidido de verdad dejar atrás su pasado, que es un tanto borrascoso: no solo si trabaja y cumple con su deber, sino también cómo se comporta con las personas que lo rodean a diario, con sus vecinos, con su novia.

Penny volvió a tragar saliva, avergonzada como pocas veces había estado en su vida. Marcus la escrutaba, sus ojos la atravesaban, llenos de unas emociones que ella no alcanzaba a adivinar. ¿Sospecha? ¿Miedo? ¿Rabia? También el hombre la escrutaba con una punta de temor y el aire de un párroco que espera la confesión de su feligrés más sinvergüenza al que, sin embargo, estima. Los dos aguardaban a que hablase.

—Ya se lo he dicho —dijo ella por fin, simulando una sinceridad serena—. Se comporta de maravilla. Sonríe a todos y conmigo es la amabilidad en persona.

Temió haber exagerado. Imaginar a Marcus sonriendo a los ancianos que vivían en el edificio, él, que iba por ahí con el morro siempre torcido, era demasiado absurdo como para poder creérselo. Además, figurárselo siendo amable con ella, cuando en realidad la consideraba menos digna de cortesía que un microbio, era aún más inverosímil. Pero el hombre, que quizá era estúpido y buena persona, pareció tragárselo.

—Muy bien —dijo por enésima vez, esbozando otra sonrisa de complacencia—. Y tú, chico, te aconsejo que sigas frecuentando gente respetable; es lo mejor en tu caso. Sobre todo, olvídate de esa chica. Ella saca lo peor de ti y te mete en un sinfín de problemas. No te conviene. Penny, en cambio, me parece la persona adecuada. Si sé que te comportas bien, me verás menos, pero si me dicen que has ido a ver a la señora López o si descubro que frecuentas malas compañías, me veré obligado a contárselo al juez de vigilancia. Estás en libertad condicional. Si cometes un error, volverás a la cárcel y estarás dentro dos años más. No es una amenaza, hijo, es la ley; espero que actúes en tu propio beneficio.

Marcus asintió con la cabeza, pero Penelope intuyó que ese gesto ocultaba una rabia contenida. Decía que sí, pero en realidad quería romper algo. Vio que apretaba un puño con tanta fuerza que los nudillos se pusieron blancos y las venas de la muñeca, de color azul intenso. Si lo notaba ella, que apenas lo conocía, ¿cómo era posible que no se diera cuenta ese hombre al que sin lugar a dudas lo unía una relación más antigua y profunda? Sin embargo, el desconocido no reparó en ello; se limitó a darle un par de consejos, anotó algo, estrechó la mano a los dos y, por fin, se marchó aflojándose de nuevo la corbata con un ademán de cansancio y doblando el cuello.

Penelope hizo amago de seguirlo, pero Marcus le agarró un brazo para detenerla.

—Quédate hasta que se haya ido. Seguro que pasará por casa de tu abuela para preguntarle algo más. Si te escabulles enseguida, se descubrirá todo. A menos que te hayas arrepentido de haberme seguido el juego y que quieras decirle la verdad, claro.

Sin saber por qué, Penelope sacudió la cabeza.

—¿Has estado en la cárcel? —le preguntó al poco. Su tono no era acusatorio ni delataba excesiva curiosidad. No quería saber por qué motivo había entrado ni cuánto tiempo había estado allí. Estaba segura de que había matado a alguien y prefería ahorrarse los detalles.

—Sí y, por lo visto, no te sorprende.

—Bueno, en realidad es que me importa un comino.

—Siendo así, ¿por qué le has mentido?

—Porque a veces es divertido inventarse una vida alternativa. En cualquier caso, tranquilo, yo no le he dicho a mi abuela que salimos juntos. Está enferma, vive en un mundo de sueños y recuerdos deformados. No querría estar contigo aunque fueras el último hombre en un planeta de robots. Y que conste que no lo digo antes de implorarte que me folles hasta caer exhausta.

De improviso, Marcus sonrió y por primera vez Penelope notó que, tras la máscara agresiva, se estaba divirtiendo de verdad. Observó el pliegue de sus labios y se quedó encantada como una niña al ver un arco iris. Con esa leve sonrisa en un lado de la boca, una barba de al menos tres días en las mejillas y un cuerpo monumental, que la dominaba en la pequeña habitación, era incluso demasiado agradable como espectáculo. Penny se rehízo, se mordió la lengua y apretó los puños tratando de parecer indiferente, como si el insólito calambre que había notado revoloteando entre el estómago y las rodillas, caliente y húmedo, no fuera nada.

—Seguro que se informará sobre vosotras para averiguar si en realidad sois traficantes o si tenéis antecedentes penales —continuó Marcus. Buscó el cigarrillo que se disponía a encender cuando había entrado en el edificio. Lo encontró en un bolsillo de la chaqueta y se lo llevó apagado a los labios.

—Mi abuela solo vende galletas y a menudo echa sal en lugar de azúcar. Yo ni siquiera eso. Además, ninguna de las dos ha estado nunca en la cárcel —comentó Penny, encogiéndose de hombros—. En una ocasión la abuela robó un par de medias en una tienda, pero lo hizo sin querer. A veces no se da cuenta de lo que hace. Creía que las había pagado. Ese es el único delito que ha cometido en su vida, aunque nadie se dio cuenta.

—¿Y tú? —le preguntó Marcus.

Penelope vio que hacía centellear la llama de un encendedor y que prendía la punta del cigarrillo. Después, desde detrás de una evanescente cortina de humo, la escrutó con tanta atención que ella sintió que sus órganos internos se revolvían como los ingredientes de una bebida en la coctelera.

—Yo soy mortalmente aburrida. A tu vigilante, porque supongo que es eso, le gustará mucho lo que descubrirá sobre mí.

—Seguro que volverá.

—En ese caso le diré a la abuela que prepare más galletas.

—¿Por qué haces esto por mí?

—No lo hago por ti. Lo hago por mí, es divertido. Eso es todo.

—¿Qué quieres a cambio?

Penelope sonrió ladeando la cabeza.

—No estás acostumbrado a que la gente actúe de forma desinteresada, ¿verdad? Debe de ser duro vivir en un mundo en el que solo vales por lo que das a cambio de lo que te dan. Pero puedes estar tranquilo, seguiremos ignorándonos, no te pediré cosas extrañas, no tendrás que fingir que estás enamorado de mí para complacer a mi abuela ni sacrificarte entregándome tu cuerpo.

Marcus soltó una risita burlona sin quitarse el cigarrillo de los labios.

—Quizá no sería un sacrificio, después de todo.

Penny notó una especie de diapasón vibrándole entre las costillas. Pero le respondió de forma desabrida, con el tono de alguien que jamás ha pensado algo similar:

—Creo que nunca lo descubrirás. Y ahora me voy, ese tipo ya debe de haberse marchado.

Dicho esto, levantó una mano en ademán de saludo y bajó la escalera. Solo entonces se dio cuenta de que estaba temblando. Había contenido el deseo espasmódico de preguntarle quién era la señora López contra la que le había advertido el vigilante. Tenía la sensación de que, comparada con ella y con su anónima vida, la señora López sería algo bien distinto a una mujer mortalmente aburrida.

CAPÍTULO 4

Marcus

Elegir un edificio habitado por viejos como residencia es la peor manera de pasar desapercibido. No tuve en cuenta esta complicación. Cada vez que me cruzo en la escalera con alguien me pregunta quién soy, qué hago, qué quiero, si estoy casado o si tengo animales domésticos. Es irritante tener que dar explicaciones a todos.

De improviso, mientras estoy subiendo el saco de entrenamiento, me topo con la tía de anoche. Aún lleva puesto ese ridículo gorro de color rosa por el que asoma un mechón del pelo del mismo color. Me observa con los ojos desmesuradamente abiertos y la calo enseguida. La historia de siempre. La enésima idiota con cara de colegiala que me dará la tabarra. No tengo ningún problema con las mujeres que saben lo que quieren: nos conocemos, follamos y adiós muy buenas. Pero estas crías de aire casto son unas verdaderas pelmazas. Son capaces de arrancarme los pantalones y luego pedirme que me case con ellas. Por eso siempre me he mantenido apartado de ellas y pretendo seguir así.

Creo que tendré que organizarme de otra forma para volver a casa si no quiero cruzarme con ella. Si le doy cuerda a esta tipa, me meteré en un lío. Una pringada que vive con su abuela anciana. Ya me imagino las consecuencias de un polvo insignificante. Sería capaz de pedirle al párroco que me hiciera un exorcismo.

Cuando veo a Malkovich, una ráfaga de imprecaciones estalla en mi mente. Creía que tardaría un poco en venir a buscarme para someterme a uno de sus habituales interrogatorios. Jamás ha tragado a Francisca. No deja de repetirme que ella es la culpable de que sucediera lo que sucedió y lo hace con ese falso aire paternal que me crispa aún más. Si pudiera, le rompería el cuello, pero no puedo. No quiero volver a la cárcel. No obstante, uno que insinúa que Francisca tiene la culpa de que matara a ese hombre, porque una mujer realmente enamorada me habría pedido que dejara de golpearlo hasta hacerlo sangrar en lugar de instigarme, no ha entendido nada sobre nosotros. Francisca y yo somos iguales, parecemos salidos de la misma costilla de un dios malvado. Nos entendemos al vuelo, pensamos las mismas cosas, tenemos las mismas necesidades. Habría matado de todas formas a ese tío.

Lo que me molesta no es que haya venido antes de lo previsto, sino que esté hablando con la mema del penúltimo piso. ¿Qué demonios le estará diciendo? Con todo, no debe de ser nada grave, dado que Malkovich me observa con aire satisfecho, sin arquear la ceja de esa manera horrenda, como suele hacer cuando tiene preparado uno de sus habituales sermones llenos de «hijo mío, chico, no eches a perder tu vida».

Claro que la vieja se podría haber ahorrado esa bomba. ¿Su nieta y yo estamos juntos? ¿Cómo se le puede haber ocurrido una estupidez así? No tengo tiempo de hacerme demasiadas preguntas: la mentira se nos puede ir de las manos y hacerse gigantesca. Malkovich está encantado y yo no puedo decir la verdad a menos que quiera correr el riesgo de que me persiga y vuelva a meterme entre rejas dos años más.

No obstante, apenas se marcha, no puedo por menos que reconocer que la chica me sorprende. Pensaba que era la consabida mosquita muerta que finge no querer que la toque y que después mete la mano en mis pantalones; en cambio, parece que tiene más redaños de lo que pensaba. Mientras habla, dura como una cabrona, pero una cabrona agradable, una que me daría de verdad una patada en los huevos si me acercara a ella, la miro con más atención de lo previsto. De acuerdo, es una tipa extraña, teniendo en cuenta las uñas con los osos panda, el pelo rosa y las pestañas moradas. Pero tiene unos ojos bonitos de color chocolate. Una boca bonita. Y unas piernas bonitas, confirmo: lleva una falda, no es tan corta como las que se pone por la noche, pero sí lo suficiente para que un ojo experto advierta que sus piernas merecen una reflexión. Sospecho que también tiene un culo bonito. En otra época y sin todos estos problemas, me la habría tirado de buena gana. Si en la cama tiene también toda esa energía, la misma que utiliza para plantarme cara, el polvo sería digno de mención.

En todo esto solo hay una cosa que me turba de verdad, profundamente: no debo ir a ver a Francisca. No falta mucho para que la suelten, así que me conviene que Malkovich no sospeche nada: si queremos que nos dejen en paz, debemos actuar de forma menos impulsiva y más racional.

CAPÍTULO 5

El local estaba abarrotado y era muy ruidoso. Las camareras servían comida y bebida a las mesas y Penny, que había demostrado tener una habilidad especial para preparar cócteles, ayudaba a Carlos, el barman, en las noches como esa, cuando el público de sedientos parecía una banda de zombis alrededor de un cadáver.

Cinco minutos antes Grant se había acercado a la barra y le había pedido algo con voz aflautada. Al verlo, Penny se había quedado petrificada un instante, con la coctelera en la mano y una serpiente de sudor gélido en la espalda. Había susurrado algo al oído de Carlos y se había refugiado a toda prisa en el espacio destinado al personal, donde solían quitarse los zapatos y los abrigos.

Su compañera Debbie entró justo en ese momento para sacar del bolso una aspirina de las que se tragan sin agua, con la esperanza de que se le pasara el maldito dolor de cabeza, y la encontró allí, escondida como un gato en una caja.

—¿Qué haces aquí? —le preguntó—. Ahí fuera hay un lío de mil demonios, no es momento para descansar.

—Ya voy —murmuró Penny, recordando la mirada siniestra de Grant.

—¿Ha pasado algo?

—No, nada, todo va bien.

—Pues venga, date prisa, es una auténtica locura.

Penny asintió con la cabeza. Escapar era contraproducente. Las presas huyen. Ella no quería ser una presa ni darle a entender que tenía miedo. Pero tenía muchísimo, un miedo solapado y fluido, caliente y salado, un miedo que hacía que sintiera las piernas pesadas y los brazos blandos.

Así pues, salió del cuartucho y volvió al bar. Grant seguía allí, no se había movido ni un centímetro, a pesar de que una multitud agitada lo asediaba. Su bloody mary, rojo como la sangre que quería sacar de ella, estaba intacto. Penny lo vio lamer con voluptuosidad la pajita amarilla y después pasarse la lengua por los labios. Desvió la mirada disgustada.

Intentó ignorar su presencia durante un par de horas. Grant se apartó de la barra, pero no abandonó la sala. Se sentó a una mesa para pedir cosas que —estaba segura— no iba a comer, lo único que pretendía era justificar su presencia en el local. Estaba solo y llamaba la atención porque era guapo, iba bien vestido y no parecía podrido como una manzana llena de gusanos. Charló con un par de chicas, pero Penny sabía que estaba allí por ella. Se quedó hasta el final, hasta que el local empezó a vaciarse. De repente, el bar quedó desierto y Debbie, que dirigía un poco el negocio debido a su relación con el propietario, ordenó a Penny que llevara la cuenta a unos cuantos clientes.

—¿No puedes ir tú? —le preguntó Penny.

—Oye, guapa, llevo seis horas trabajando a pesar del dolor de cabeza, que no se me va ni por esas. Tú has estado todo el tiempo detrás de la barra, así que ahora mueve el culo y lleva la cuenta a los que te he dicho.

—Hay una persona que me molesta.

—No digas estupideces. Sé reconocer cuándo alguien da el coñazo a una de las chicas. Nadie te ha molestado. Eres una paranoica.

De hecho, ¿qué podía decirle? ¿Que un tipo guapísimo la había estado mirando y sonriendo toda la noche? ¿Qué delito había cometido? Sabía que esa sonrisa equivalía a una promesa repugnante, que era una manera silenciosa de decirle: «En cuanto salgas te haré todo el daño posible». Pero era difícil explicárselo a los demás.

De esta forma, no le quedó más remedio que llevar la cuenta al canalla. Grant siguió sonriéndole con descarada dulzura.

—Por fin, muñeca —le dijo—. Me he gastado una pasta para estar cerca de ti, ¿te has dado cuenta?

—Paga y vete —replicó ella con frialdad.

—Pago y me voy, pero te esperaré fuera. Es tarde, va a llover y he traído el coche. Te acompañaré a casa, así estarás segura. Además, como te quiero mucho, te dejo una buena propina, ¿ves? —Además de pagar las bebidas que había consumido, sacó un billete de cincuenta dólares de la cartera—. Es un adelanto. Si vales más, luego te daré otros.

Penny agarró el dinero, pero dejó los cincuenta dólares de propina. Se alejó sintiéndose sucia, como si alguien le hubiera echado encima un líquido hediondo y viscoso. Estaba metida en un buen lío.

No había entablado amistad con nadie, no podía pedir a nadie que la llevara, y los taxis no llegaban hasta allí para recorrer después quinientos metros de calle. Debía encontrar una solución, una manera de no quedarse sola, sometida a las intenciones no demasiado misteriosas de Grant.

Se cambió de zapatos en el cuarto y se puso el abrigo. Después pidió a Carlos una información y él se la dio a la vez que comentaba: «¿No estás cansada?».

Acto seguido se dirigió a la salida trasera. Era un callejón sin salida, que no llevaba a ninguna parte: un muro alto lo separaba de otra calle.

Tuvo que ingeniárselas. Trepó a un contenedor de basura y desde allí pasó por encima del alambre de púas que coronaba el muro. No era nada ágil, pero el miedo y la necesidad despertaron su destreza. Sin embargo, al saltar el alambre de púas se rompió las medias. Maldita sea, iba a tener que pagarlas con su dinero.

«Por el momento piensa en volver a casa sana y salva, ya te ocuparás luego de las medias».

Saltó al suelo y al hacerlo se volvió a romper las medias en la otra pierna. Se arrebujó en el abrigo al tiempo que maldecía mentalmente a Grant y a toda su familia.

Cuando se asomó al callejón lateral lo vio. Estaba esperándola delante del local. Era imposible ir por allí: la seguiría con su aire de ángel encarnado y nadie sospecharía que albergaba unos propósitos plagados de sangre y esperma.

No le quedaba más remedio que hacer lo que había planeado. Se movió rápidamente hacia la izquierda y luego dobló la esquina. Acto seguido echó a correr preguntándose cuánto le faltaba. En esos diez minutos no pasó ningún taxi al que subirse al vuelo ni un condenado autobús.

De cuando en cuando se volvía para comprobar si la estaba siguiendo. No lo vio, aunque quizá se había escondido.

Después vio el letrero de colores del Maraja. Marcus estaba delante fumando un cigarrillo con una tía ataviada con unos vaqueros elásticos, unas botas de tacón interminable y un espantoso abrigo de pieles teñido de verde, que se reía como si en una vida anterior hubiera sido una oveja víctima de la tos.

Apretó un poco más el paso y les dio alcance. Él estaba de espalda, esa maldita espalda que parecía un bloque de mármol esculpido por Miguel Ángel en persona. Al verla, la joven se inclinó y la miró con curiosidad. Penny reparó entonces en su propio aspecto: tenía las medias rotas y una escoriación en una rodilla de donde caía una larga lágrima de sangre que le llegaba a la zapatilla de tenis blanca. Le sudaban hasta los párpados y jadeaba.

Marcus se volvió en ese momento. Sus ojos de color mercurio la miraron un instante como si no la reconocieran. Por fin, desde el otro lado del velo de humo, le preguntó:

—¿Y tú qué quieres?

La mirada de Marcus era un punto interrogativo despiadado. Penny alzó los ojos al cielo, como si pretendiera pedir perdón a su inteligencia por haber tenido la ocurrencia de dirigirse a ese cavernícola. Después los bajó hacia la acera adoquinada tratando de disculparse también con sus partes bajas que, pese a todos sus buenos propósitos, se negaban a desdeñar la llamada prehistórica. Fue en vano: era evidente que ese tipo la atraía. Le bastaba verlo para que su ADN, sus estrógenos, sus moléculas y sus átomos organizaran una fiesta tropical.

—¿Qué te ha pasado? —le preguntó de nuevo Marcus, observándole las piernas, la sangre y el abrigo, que tenía una gran mancha en el pecho.

—Nada, he chocado con un contenedor de basura. ¿Puedo decirte algo en privado? —dijo ella, señalando a la mujer con tacones y abrigo de pieles, que seguía fumando y disfrutando del espectáculo de la mendiga herida. Marcus se dirigió a la mujer y ella, sin decir una palabra, se encogió de hombros, tiró el cigarrillo al suelo y lo aplastó con la punta afilada de una bota. Después entró de nuevo en el local.

Cuando se quedaron a solas en la acera extrañamente desierta, Penny reanudó el ataque:

—He cambiado de idea —afirmó con aire resuelto.

—¿Has bebido? Porque no te entiendo —objetó él, tirando también el cigarrillo al suelo y haciéndolo rodar con el pie hacia la calzada.

Penny recordó a Grant y sus amenazas implícitas, e hizo acopio de valor.

—Te dije que no quería nada a cambio del favor que te hago engañando a tu vigilante.

Marcus arqueó un lado de la boca haciendo la mueca típica de quien descubre que tiene razón en un tema fundamental.

—¿Has cambiado de idea? No sé por qué no me sorprende. Pero yo contigo no me acuesto ni muerto.

—¿Por qué piensas siempre que voy a pedirte un favor de tipo sexual?

—Porque eso es lo que me piden todas. ¿O acaso quieres que te resuelva una ecuación matemática o que te haga un retrato a la acuarela?

—Nada de eso. No obstante, debe de ser triste.

—¿El qué?

—Pensar que el mundo gira alrededor de ti y de tu…, bueno, de tu «cosa».

—El mundo gira siempre y solo alrededor de mi «cosa».

—¡No es cierto! ¡Yo no la quiero! Bueno, no quiero nada material. Solo quiero hacer un pacto contigo.

Marcus se encendió otro cigarrillo. El gesto —los labios apretados, los ojos entornados, la llama cerca del filtro, la mano delante para protegerla del viento— hizo que sus hormonas volvieran al abordaje. Un calambre remoto, bajo, demasiado bajo para ser un ataque al corazón o una colitis, la indujo a preguntarse si, a fin de cuentas, él no estaría en lo cierto. Tenía la terrible sospecha de que deseaba, y no poco, a su «innombrable» amigo. Marcus ponía del revés sus antiguas ideas románticas: cuando lo miraba, no conseguía pensar en dos enamorados que se prometen amor eterno con las manos entrelazadas a la luz de la luna. Cuando lo miraba, solo quería que le metiera la lengua en la boca, etcétera, etcétera. Muchos etcéteras. Pero estaba allí para proponerle algo diferente y, a pesar de la hoguera que ardía bajo su falda desde hacía diez días, debía mantener un aire inescrutable.

—Quiero que seas mi guardaespaldas por la noche.

—¿Qué?

—Solo son quinientos metros. Desde el local donde trabajo hasta mi casa. Es lo único que te pido.

—Sabía que no necesitabas mis acuarelas —dijo él sin dejar de reírse sin reírse—. Esa es la segunda cosa que suelen pedirme. Sexo y defensa personal. No eres muy original.

—Tampoco lo pretendo —estalló Penelope—, ¡quiero vivir!

Quizá Marcus notó su ansiedad, porque dejó de sonreír.

—¿Quién quiere que mueras?

—Uno, pero la historia no te interesa.

—¿Un tipo quiere matarte?

—Matarme no, pero… como dices tú, tirar a degüello.

—Esos tipos no me gustan. No quiero tener nada que ver con ellos. Si pillo uno, lo mataré de nuevo y no quiero volver a la cárcel.

—Estaba segura.

—¿De qué?

—De que no te encarcelaron por matar a un ángel. Estaba segura de que te habías deshecho de un pedazo de mierda. Sea como sea, no te estoy pidiendo que mates a nadie. Lo único que quiero es que me hagas compañía. Así no se atreverá a acercarse siquiera a mí. Es un cobarde.

—Siempre lo son.

—Él es un cobarde superior a la media.

—¿No quieres denunciarlo?

—Nunca me ha hecho nada, salvo una vez que… bueno, no fue nada grave. Solo amenazas. Pero esta noche estaba en el local donde trabajo y reconozco que mi corazón se saltó un latido. Escapé por la salida trasera y mira cómo me he puesto. Mi abuela no tiene más familia que yo, así que no puedo permitirme el lujo de morir ni de meterme en líos.

—¿Y yo qué salgo ganando con todo esto?

—Ya te lo he dicho, contaré un montón de mentiras al señor Comosellame.

—Al señor Comosellame me lo toreo yo como quiero, sé fingir solo. Bastará con que no visite a Francisca en un par de meses y con ir del trabajo a casa y viceversa.

—¿Se llama Francisca?

—¿Eh?

El nombre le produjo una extraña desazón. Francisca López. Imaginó que era guapísima, alta, morena, con unas piernas y un pecho de miedo y dos ojos despiadados. Se veía a la legua que estaba loco por ella. A saber cómo se sentiría una sabiendo que un hombre como Marcus la quería.

Desechó este pensamiento y volvió al motivo que la había llevado hasta allí.

—Si ella necesitara ayuda, ¿no te alegrarías de que hubiera alguien dispuesto a echarle una mano?

—Francisca sabe arreglárselas sola, pero entiendo tu razonamiento. De acuerdo, pero quiero algo más.

—Sin ánimo de parecer que repito las canciones de los demás, no te daré mi «cosa».

Marcus soltó una carcajada; esta vez parecía que se estaba divirtiendo de verdad.

—No te ofendas, pero no pensaba pedírtela, puedes estar segura. Pensaba en algo más útil.

—¿Como qué?

—Dinero.

—¿Debo pagarte?

—Quieres un guardaespaldas, ¿no? Por lo general, ese servicio se paga.

—No estoy montada en el dólar.

—Tampoco pretendo nada del otro mundo. Yo también estoy sin blanca y un dólar más es un dólar más. ¿Qué te parece cien a la semana?

—¡Estás loco! ¿De dónde voy a sacarlos? Ah, claro, podría prostituirme con Grant, pero en ese caso ya no necesitaría tu ayuda. ¿Te parecen bien treinta?

—¿Treinta? Con eso no me llega ni para tabaco. Si quieres un trabajo bien hecho, tienes que soltar la pasta.

—¿Un trabajo bien hecho? ¿Qué piensas que te estoy pidiendo? ¡Lo único que debes hacer es caminar a mi lado quinientos metros!

—Es por los servicios extraordinarios.

—Ya te he dicho que te puedes ahorrar los «serviciosextraordinarios». Cuarenta, lo tomas o lo dejas.

—¿Sesenta? Por ese dinero te agarraré también del brazo si hay algún charco.

—Cincuenta es mi última oferta. Si hay algún charco, te puedes tirar de cabeza, ¿vale?

Marcus se rio asintiendo y los átomos de Penny palpitaron al unísono. Se estrecharon la mano. La de Marcus era grande, cálida y un poco áspera. Los átomos de Penny tuvieron un orgasmo secreto.

—La primera semana por adelantado —dijo él—. Si no los llevas encima, puedes pagarme mañana. Y ahora espera un momento, aviso y nos vamos enseguida.

La noche se disponía a dar paso al alba. Faltaba muy poco para que saliera el sol. Penny había dejado de mirar alrededor asustada. Con Marcus no tenía miedo, ni siquiera de él. A pesar de que había estado en la cárcel por haber matado a un hombre, de que su aspecto no era lo que se dice tranquilizador y de que era bastante malhablado, ella sabía que a su lado estaba segura. Era monstruosamente alto. Junto a él se sentía insignificante. Se preguntó qué se sentiría al apoyar la cabeza en su pecho. Sus átomos gritaron igual que las fans de los Beatles en los años sesenta. Tosió, porque tuvo la absurda impresión de que él también podía oírlos.

—¿El cabrón se llama Grant? —le preguntó Marcus.

—Sí, es un nombre respetable, ¿no te parece?

—Pero ¿dónde has conocido a un tipo así?

—En el local donde trabajo.

—¿Y no sospechaste nada? Aunque, la verdad, es un sitio de mierda. No sé cómo puedes trabajar ahí.

—Es el único sitio cerca de casa donde quisieron contratarme. En tu Maraja no me aceptaron. No soy bastante decorativa.

—De hecho, solo hay tías buenas de un metro ochenta de estatura.

—Gracias por la amabilidad, ¿está incluida en el precio?

—No pensaba que, además, debía hacerte cumplidos.

—Cumplidos no, pero al menos no me ofendas.

—No te he ofendido. Eres baja, ¿no? Supongo que no te considerarás una *top model*.

—Primero: no soy baja, más bien tú eres gigantesco. Segundo: eres un grosero de tomo y lomo.

—No he dicho que seas fea. Tienes un punto, si a uno le gustan las…

—¿Las…?

—Las tías como tú.

—Sospecho que querías decir otra cosa, pero mejor lo dejamos así. En cualquier caso, al principio Grant parecía un chico normal. Incluso más educado que la media. El tipo de hombre que te abre la puerta del coche, te ofrece la silla en la mesa, te regala flores y bombones.

—El típico comportamiento de un pervertido, no lo dudes. Pero las mujeres caéis en la trampa con esas memeces. Jamás se me ocurriría llevar flores, bombones u otras gilipolleces por el estilo a una mujer.

—¿Ni siquiera a Francisca?

—¡Jamás he hecho una guarrada similar!

—Lo dices como si te pidieran que te cortaras los testículos y se los dieras embalsamados.

Marcus se echó a reír por enésima vez esa noche.

«No te gusto, pero al menos te animo. Me gustaría animarte otra cosa, pero me temo que no tengo la menor esperanza».

—¡Casi! —exclamó él, sacando del bolsillo de la cazadora un paquete del tabaco de siempre.

—Bah, como has dicho, caí en la trampa. De hecho, después de un par de citas tranquilas, una cena en un restaurante refinado y una noche en el cine para ver *Marvel Los Vengadores*, me demostró por fin que no es un superhéroe. Cambió de registro de repente.

—¿Te agredió?

—Estábamos en un sitio romántico al que suelen ir las parejitas de punta en blanco, una colina desde donde se puede contemplar el cielo y esas cosas, y él me pidió sin ningún miramiento que… esto…

—¿Que te lo metieras en la boca?

—¿Cómo lo sabes?

—Bueno, en una situación como esa, si estás rodeado de gente, lo más fácil es pedir una mamada.

—Él no me la pidió, para ser más precisa. Pero bueno, tú nunca hablas con metáforas, ¿verdad? Siempre vas directo al grano.

—Uso las palabras necesarias. ¿Te molesta?

—No, es curioso, pero no. Al contrario, en cierto sentido tengo la impresión de que si las usas a menudo, si hablas con libertad, algunas palabras resultan menos… intimidatorias.

—No hablo para intimidarte. No sé hablar de otra forma.

—Existen también los sinónimos y los contrarios, si uno quiere hilar fino. Pero da igual.

—Volviendo al impotente, ¿cómo te zafaste de él?

—Esa noche me había recogido el pelo con un pincho de plástico. Se lo clavé en…, ahí, y escapé.

—¿Qué? —Marcus se detuvo con el cigarrillo en el aire, mirándola como si admirara su audacia.

—Por desgracia no le hice bastante daño. Desde entonces me persigue. Solo amenazas verbales y nunca en público.

—A los tipos como ese no se les empina, créeme. Pero aun así son peligrosos, porque son capaces de degollarte por la rabia de que no se les ponga dura.

—No hables así a los viejecitos del edificio, te lo ruego, porque morirán todos de golpe y tu vigilante te acusaría de masacre con agravante.

—Por el momento solo hablo así contigo. Mejor dicho, solo hablo contigo.

—¿De verdad?

—Ya hemos llegado.

Penny vio el edificio justo enfrente. La idea de que solo hablara con ella, aunque fuera usando un lenguaje expresivo y directo, sin el menor adorno sentimental, la alarmó. No obstante, no tenía miedo: más bien era la sensación de que empezaba a sentir por Marcus más interés del que le recomendaba el instinto de conservación. No era una atracción sexual común, normal en cualquier mujer con el armamento en funciones, aunque poco usado. Era algo confuso e indescifrable que tenía que ver con la caja torácica, los latidos del corazón y la capacidad de respirar. No era bueno, nada bueno. Perder la cabeza por un hombre que parecía una estatua de roca y que difundía feromonas a cada zancada, que quería a una mujer de nombre exótico y que la consideraba a ella no mucho más intrigante que un enano de jardín, era el primer peldaño hacia una desdicha abismal.

CAPÍTULO 6

Marcus

Francisca se estará preguntando dónde demonios me he metido y eso me pone furioso. Por desgracia, es la única manera de quitarnos de encima a esos idiotas: nos conviene que crean que no queremos volver a vernos. Estúpidamente, piensan que juntos constituimos un peligro; no se dan cuenta de que lo somos también por separado. Nuestro pasado remoto es más trágico y violento que el inmediato. Nos conocimos cuando teníamos dieciséis años, pero antes nos habíamos aplicado ya. Dos inadaptados sin un mañana y con un ayer excesivo. Ella iba de una casa de acogida a otra, a mí me habían separado de mi madre. Nunca he sabido quién es mi padre. Nos miramos y pensamos: «Tú eres yo, yo soy tú». A partir de ahora ya no estaremos solos. Permanecimos juntos pendiendo de nuestros labios en todos los sentidos, con las lenguas pegadas y las almas unidas por un nudo, hasta que ese desgraciado intentó desfigurarle la cara y lo matamos. Con toda probabilidad, de no haber sido por nuestro pasado nos habrían reconocido la legítima defensa. Nos habían atacado y provocado. Pero lo que sucedió nos marcó a sangre y fuego para siempre.

Por suerte, mientras fumo y esta furcia se me insinúa, Penny llega de repente. No sé por qué digo «por suerte», quizá porque esta tía me da asco. Quizá porque, pese a que Penny no es lo que se dice un regalo para la vista, me divierte hablar con ella. Quizá porque tiene dos ojos que, cuando los miras, te hacen pensar: «Esta sí que tiene veinte años de verdad, no se ha jugado todas las cartas en el primer cuarto de siglo». No sé nada de ella, pero no suelo equivocarme. Además, es fuerte. Nunca baja los párpados, pese a que comprendo que en ciertos momentos se siente en falso, lo comprendo por el rubor que tiñe un poco su garganta. Pero no lo hago adrede, soy así, vivo de pan, cerveza y espontaneidad.

Hacemos un pacto: yo la escolto hasta casa y ella me paga. Poco dinero, pero todo ayuda. Penny me relaja la mente. Por lo general trituro pensamientos que vuelan a mil por hora, deseos de hacer, de correr, de actuar, recuerdos, recuerdos y más recuerdos, incluso los más remotos, que confiaba en que se borrasen al crecer. Por lo general, mi cabeza parece bombardeada por anfetaminas, pese a que nunca he consumido esa mierda. Penny apaga el interruptor y oscurece el pasado. Parece uno de esos dibujos animados que miran los niños cuyas madres no son putas. Uno de esos que nunca he visto.

En cualquier caso, voy a proponerle un regalo incluido en el precio. Si se fía de mí, le daré unas cuantas lecciones de defensa personal. No puede contar siempre conmigo. Yo me marcharé dentro de dos meses y ese maníaco sexual puede ser cabezota y seguir acosándola después. Le enseñaré varios movimientos estratégicos, le indicaré los puntos donde debe golpear con más fuerza. A Francisca nunca le he enseñado nada, ella siempre lo ha sabido todo.

La verdad es que los jueces son idiotas si piensan que juntos somos más peligrosos que por separado. ¿Cómo se puede afirmar algo así de una niña de doce años que incendió la casa de su padrastro después de haberlo golpeado con un bate de béisbol y de un chico de quince que clavó unas tijeras al amante de su madre en la espalda?

CAPÍTULO 7

Se cruzó con él al volver de la biblioteca. Marcus bajaba de la buhardilla donde vivía por la escalera: la pilló casi en la puerta de casa, mientras ella metía la llave en la cerradura. Lo primero que Penny percibió fue su olor. Estaba sudado, vestía una camiseta blanca pegada a la piel y los pantalones de un viejo chándal. A Penny le faltó poco para lamer el suelo de linóleo con la lengua. Tuvo que sacudir sus pensamientos y los ya habituales átomos atontados ante tanta abundancia. Tragó saliva y fingió que no notaba el tablero de ajedrez tridimensional de músculos bajo la camiseta, las muñecas surcadas por unas venas que parecían ríos en crecida.

—Oye —dijo él.

Penny enroscó la lengua y la metió en la boca.

La sospecha de que quisiera romper el pacto de la noche anterior o de que, quizá, pretendiera subir el precio la atemorizó.

—No puedo darte más de cincuenta dólares —murmuró escrutando la llave y la punta de sus uñas—. Para mí ya es muchísimo.

—No quiero más dinero, quiero hacerte un regalo.

—¿Un regalo? ¿Qué regalo? —preguntó ruborizándose.

Marcus se echó a reír y cabeceó con aire socarrón.

—Luego dices que me repito, pero ¡si no dejas de pensar en lo mismo! No es el regalo que esperas.

—¡No espero nada!

—No sirves para actriz, niña. Por mucho que lo niegues, sé que quieres acostarte conmigo, lo entendí hace tiempo. Pero no sucederá. Yo. No. Follaré. Contigo. ¿Así está más claro?

—Puede que si gritas un poco más te oigan también en la otra manzana, no me gustaría que se sintieran excluidos.

—No me oirían aunque se lo gritara al oído, el más joven ha cumplido ya los setenta. Pero bueno, una vez confirmado esto quería decirte que he pensado en enseñarte unas cuantas nociones de defensa personal.

—¿A mí?

—¿No eres tú la que tiene un capullo pisándole los talones?

—¿Lo harías de verdad?

—Sí, empezaremos enseguida.

—¿Ahora?

—Nunca es demasiado pronto para aprender a golpear a alguien que quiere obligarte a que le hagas una mamada.

—De acuerdo, aviso a mi abuela y luego voy a tu casa.

—Déjame un poco de tiempo para darme una ducha, ¿de acuerdo?

Penny asintió con la cabeza. Resistió la tentación de pedirle que no se cambiara, que se quedara así, sudado, bárbaro. Para poder mirarlo sin tocarlo. Tenía que repetírselo mucho para que se le quedara grabado en la mente.

Entró en casa. Barbie estaba preparando las consabidas galletas a la vez que canturreaba.

—Ve a descansar, cariño —le dijo a su abuela mientras esta esparcía harina por todas partes al pasarla por un colador, que había confundido con un cazo.

—Sí, creo que lo haré, llevo todo el día cocinando para esos niños y me han vuelto loca. Estoy cansada.

Penny sintió un nudo en la garganta, pero no dejó de sonreír.

—Voy un momento a casa de Marcus —le explicó, pensando que quizá no se acordaría de él, que quizá lo confundiría con uno de los niños que le habían hecho pasar un mal rato. Pero su abuela la sorprendió.

—¡Qué chico tan guapo! Me recuerda a mi juventud. Me alegro de que se haya instalado aquí y de que os veáis. ¿Cuándo pensáis casaros?

—Aún no lo sé. Tenemos que conocernos mejor —contestó Penelope haciéndose la desentendida mientras deambulaba por la cocina ordenando un poco.

—Hazte de rogar, por favor. No lo beses hasta que no te dé el anillo.

—De acuerdo, te lo prometo.

—Me parece un joven triste, procura hacerlo sonreír.

—¿Te parece triste?

—Sí, tiene la mirada típica del que no ha recibido ninguna caricia. Acarícialo tú.

—Haré todo lo que pueda.

—He enseñado a niños durante muchos años y ciertas cosas se comprenden. Algunos se hacían los gallitos y rompían los lápices a sus compañeros de clase, pero tenían los mismos ojos que Marcus. Nunca los traté mal. Saqué de ellos mucho más con unas cuantas caricias. Y con caramelos de anís. A los niños les gustan mucho los caramelos de anís.

—En ese caso, lo cubriré de caricias y de caramelos.

—Así me gusta. Ahora llévale unas cuantas galletas.

La abuela preparó un paquetito con los dulces y Penny se vio obligada a salir de casa con una bandeja improvisada para no contrariarla. Le hizo jurar que se iría a dormir y Barbie cruzó dos dedos sobre los labios como hacen los niños que prometen no revelar un secreto.

A continuación subió la tortuosa escalera de caracol que llevaba a la buhardilla, tan estrecha y endeble que no pudo por menos que preguntarse cómo podía pasar Marcus por ella sin deformarla. Llamó a la puerta presa de una agitación que carecía de toda lógica. Él le abrió al cabo de unos segundos. Seguía mojado, pero no de sudor. Olía a jabón, un jabón ligero con un vago aroma a menta y a cítricos. Llevaba una camiseta limpia y, por lo visto, solía vestirse sin secarse, porque también esta se le había pegado al cuerpo como una segunda piel. Se había puesto otros pantalones de chándal e iba descalzo. Penny ordenó a su lengua que no saliera del garaje.

—Mi abuela te manda estas galletas, pero no te las comas, creo que ha añadido detergente en polvo a la receta.

Él no hizo ningún comentario y le señaló la mesa de la cocina, de la sala y del despacho; en pocas palabras: la única mesa presente en el reducido espacio. Había puesto en el suelo una estera de goma y había apartado el sofá.

Si Penny creía que la había invitado para hacerla suya, iba a tener que reajustar sus ilusiones y enfrentarse a una auténtica lección de defensa personal. Por suerte no lo creía, no tenía tanta fantasía y se fiaba de él. Se fiaba de un expresidiario al que conocía desde hacía apenas dos semanas y que habría podido inmovilizarla con solo tres dedos. Dejó que le diera la vuelta sin temer siquiera un instante que pudiera hacerle daño. Lo escuchó con atención. Aprendió trucos para moverse, para desasirse, para alejarse, para golpear los ojos, la nariz, los testículos y los tobillos de un potencial agresor.

De repente, mientras hacía una llave, se quedó tumbada en la alfombra con Marcus encima. No la tocaba, los separaban al menos tres centímetros, pero estaba más cerca de él de lo que nunca había estado. En esa posición se dio cuenta de que era realmente pequeña, sumamente frágil comparada con ese hombre. Una hoja ligera y vulnerable al lado de un roble sólido y antiguo.

—En este caso debes levantar una rodilla —le explicó él, tocándole una pierna para enseñarle el movimiento.

Penny se sintió invadida por pensamientos ardientes. Enrojeció al comprender, al ser consciente de que si Marcus se lo pedía o hacía un simple gesto elocuente, ella haría el amor con él sin pensárselo dos veces. Era como si la hubiera despertado de un larguísimo sueño por el mero hecho de existir. Ya no le parecía un paso inverosímil, como escalar el Everest nevado o tirarse de un puente con el *bungee jumping*. Durante mucho tiempo había considerado el sexo una habilidad especial, un talento que no poseía, con el que uno nace y del que puede privarse. Ahora, en cambio, le parecía algo natural, fácil, necesario.

La puerta del piso se abrió en ese preciso instante. El señor Malkovich apareció con su habitual traje arrugado, la corbata aflojada alrededor del cuello, las gafas en la punta de la nariz y un bolígrafo entre los dedos. Marcus se puso en pie de un salto, rápido como una araña. Penny se quedó tumbada, medio paralizada por el estupor.

—Qué alegría —comentó el recién llegado con aire más que entusiasta, sin dirigirles siquiera el saludo de rigor—. Reconozco que después de nuestro anterior encuentro me quedó la ligera sospecha de que todo era un montaje. Me refiero a vuestra relación. Pero esta visita sorpresa ha desvanecido todas mis dudas. Sé que has dejado de escribir a la señora López. Así me gusta. He hecho algunas preguntas sobre usted, señora Miller, y me complace mucho lo que he averiguado. Usted es la persona más indicada para llevar a nuestro Marcus por el buen camino. Pero ahora les dejo, así podrán seguir con lo que estaban haciendo.

Tras estas palabras, sin darles la posibilidad de responder, salió de casa. Marcus se quedó de pie masajeándose el cuero cabelludo.

—Hostia —dijo.

—Pero ¿ha entrado de verdad o ha sido una alucinación? —le preguntó Penny, incorporándose.

—Es menos estúpido de lo que pensaba —murmuró Marcus.

—Pero ahora está convencido de que nos queremos con locura y de que hacemos el amor con frecuencia.

Marcus la miró sonriente y Penny sintió que una rosa florecía entre sus costillas. Sonreía tan poco que cuando lo hacía los planetas se apartaban de sus órbitas para contemplarlo, estaba segura.

—Levántate.

—¿No sería mejor que nos tumbáramos otra vez por si vuelve? Nunca se sabe.

—¿No cerraste la puerta al entrar?

—No me acuerdo.

—Vale, regla número uno de la defensa personal: cerrar la puerta de casa, coño.

—Perdona, me he comportado a la ligera. Tenía esa bandeja en la mano y…

—La próxima vez presta más atención.

—¿Habrá una próxima vez?

Él frunció el ceño y dejó de sonreír.

—No lo sé. No sé qué espera de mí ese plasta. Tengo que fingir que ya no busco a Francisca. Ella se preguntará qué ha sucedido y eso me saca de mis casillas.

Penelope bajó lentamente los párpados.

—Puedo hacerlo yo —dijo.

—¿Hacer qué?

—Ir a verla para decirle que no has dejado de quererla, que no has dejado de pensar en ella, que solo estás fingiendo.

Marcus la escrutó como si tuviera rayos X en los ojos y pudiera atravesarla para ver lo que había en su interior.

—¿De verdad lo harías?

—Sí.

—¿Por qué?

—Cuántas preguntas, chico. Porque quiero.

—Eres una persona extraña. Nunca había conocido a nadie como tú.

—¿Me enseñas una foto de ella? Si he de ir a verla, quiero estar segura de que hablo con la persona que corresponde.

Él asintió con la cabeza y empezó a rebuscar en el bolsillo de la chaqueta, que estaba colgada del picaporte de la única puerta de la habitación, la del cuarto de baño. Sacó el móvil y tecleó algo con destreza.

A continuación le tendió el aparato. Penny contuvo el aliento, como si ese gesto formara parte de un rito en el que podía participar por milagro.

La imagen tenía algunos años. En ella aparecía un Marcus más joven y menos musculoso con una chica que era más que guapa. Mucho más. Era la sosias peligrosa de Jessica Alba. Estaban juntos, medio desnudos, y ellos mismos se habían hecho la foto en la cama. Ninguno de los dos reía. Penelope se preguntó si habían hecho el amor y por qué mostraban al objetivo unas caras tan serias, como consumidas por un cansancio secular. Marcus sostenía entre los dedos el eterno cigarrillo encendido. Francisca sujetaba el móvil y acercaba su cara a la de él con una languidez que no era solo el agotamiento propio del sexo apasionado, sino una actitud natural.

—No le gustan las fotografías —comentó Marcus—, tengo muy pocas de ella. Dice que las fotos le roban el alma.

Penelope asintió con la cabeza y murmuró:

—Es muy guapa.

—Es la más guapa —especificó Marcus con vehemencia.

—A tu manera eres un romántico.

—No soy romántico, solo digo la pura verdad. ¿No la ves?

—Sí, es espléndida.

—¿De verdad estás dispuesta a…?

—Dime cuándo quieres que vaya e iré.

—De verdad que eres extraña, Penny.

—Soy la más extraña.

—No estás mal.

—Si es un modo de engatusarme, te advierto que no es necesario: ya estoy convencida.

—No sé a qué te refieres con eso de «engatusarme». Nunca digo cosas que no pienso. Soy así, te lo repito, lo que ves y poco más.

—Lo que veo ya es mucho.

Ella se puso en pie. Tenía un nudo grande y espinoso en el fondo de la garganta, aunque no entendía bien por qué. Por qué la alteraban tanto la imagen que acababa de ver y la conciencia de ese amor misterioso, que no se reía en la foto y que transmitía una palpable sensación de guerra. No podía estar enamorada de Marcus. Solo eran las hormonas. Los habituales átomos alborotados, nada que ver con los secretos del alma. Era fácil confundirse. Resultaba fácil mirar a Marcus y desear que esas palpitaciones fueran algo más que pura lujuria. Pero se trataba solo de eso: la necesidad de una joven de veintidós años que nunca había dejado que el hombre más sexy que había visto en su vida la abriera como una granada madura.

Al menos, eso era lo que esperaba. Porque si se trataba de algo más, estaba cavando su propia tumba.

Era mejor volver a casa. Deseaba echarse al lado de su abuela, abrazarla y llorar con la cara hundida en su pelo, pese a que el llanto era una reacción dramática, desproporcionada y sin sentido.

—Nos vemos, así me explicarás mejor adónde tengo que ir y qué debo decirle.

—Vale, gracias —dijo Marcus, y Penny tuvo la impresión de que «gracias» era una palabra que no solía usar, quizá no la usaba nunca.

Justo antes de salir se inclinó hacia su cara, de puntillas, y le acarició una mejilla con dos dedos. La piel de Marcus estaba fresca, algo áspera por un poco de barba castaña. Él no retrocedió, pero pareció turbado por ese pequeño gesto.

Penny le sonrió y le explicó con voz frágil:

—Mi abuela me dijo que los matones necesitan más caricias que el resto de los niños.

Se apresuró a bajar la escalera sin darle tiempo a preguntar nada.

Cuando salió del Well Purple vio que Marcus ya estaba allí, apoyado en una pared, con una pierna doblada y el cigarrillo entre los dedos, que rozaban la boca. El minúsculo mundo que habitaba en el cuerpo de Penny hizo una pirueta tan rápida que, por un instante, pensó que se había vuelto del revés. Después de cuatro horas encerrada prestando la máxima atención a todo el que se le acercaba, temiendo que Grant repitiera la prueba de la noche anterior, el mareo solo podía ser una manera de descargar la adrenalina al entrar en contacto con el aire nocturno y con el olor de la lluvia que estaba a punto de caer. No obstante, Penny temía que fuera la presencia de Marcus la que sacudía sus cimientos. Y la sacudía sin pretenderlo, ignorándola. ¿Cómo se sentiría si él decidiera prestarle atención? Pregunta superflua y sin respuesta.

—Eres puntual —comentó mientras él apagaba el cigarrillo, que había consumido hasta el filtro, castigándolo con una de sus robustas botas de cuero negro. Echaron a andar bajo una llovizna tan ligera que se convertía en polvo antes de tocar la acera.

—Me gusta hacer bien cualquier trabajo. ¿Todo en orden ahí dentro?

—La historia de siempre.

—¿Ha aparecido el capullo?

—Hoy no.

—¿Cómo es?

—Imagina un niño bien, alto, delgado, rubio y vestido a la última moda.

—¿Te has dejado engañar por uno así?

Ella se volvió y lo miró rabiosa por un instante.

—Creía que no eras de los que acusan a las mujeres de habérselo buscado. Si piensas que me he equivocado, puedes irte, volveré a casa sola.

Marcus le rozó el codo con una mano. La apartó enseguida, pero Penny tuvo la impresión de que ese ademán fugaz revelaba una intención amistosa.

—No soy de esos —admitió Marcus. Sacó otro cigarrillo y se lo metió en la boca. Lo sujetó apagado mientras buscaba el encendedor palpándose el cuerpo.

«Si quieres, te ayudo yo».

—Las apariencias engañan, de lo contrario debería tener miedo de ti.

—Deberías tener miedo de mí, desde luego.

—Al principio lo tuve, pero solo fue por un instante, porque temí que fueras Grant. Tenía más miedo de la oscuridad que de ti.

Marcus encontró el encendedor. La llama pequeña y fugaz transformó la punta del cigarrillo en una brasa naranja. Dio una gran calada y luego, con el humo dentro, murmuró con voz impasible:

—Te equivocas. Nunca te agrediría, eso sí que no, no debes tener miedo de mí en ese sentido. Pero no busques nada más, no te imagines nada más. Tú me pagas y yo te escolto. Tú me ayudas y yo te ayudo. Es un simple acuerdo.

Penelope asintió a la vez que rebuscaba en los bolsillos de su abrigo. Las palabras de Marcus eran correctas, a buen seguro preferibles a las de cualquier otro hombre que pudiera presentarse en su vida y se inventara un montón de mentiras para ganarse su confianza, como había hecho Grant. Prefería esa sinceridad, pese a que le atormentaba el corazón.

—Aquí tienes —dijo por fin, sacando cinco billetes de diez dólares—. Esta es tu primera paga.

Marcus se metió el dinero en el bolsillo. No dudó un solo instante. Ulterior demostración de su franqueza. Dar y tener, eso era todo.

—Ahora dime qué debo hacer para ir a ver a Francisca.

Él calló unos segundos. Después le habló de la cárcel donde estaba. Se encontraba a unos trescientos kilómetros de distancia. El mejor día para las visitas era el domingo: había más gente y los controles eran menos meticulosos. Debía prepararse para que la registraran y para responder a algunas preguntas sobre el motivo de su visita.

—Cuando Malkovich se entere, quizá se pregunte por qué lo has hecho —dijo Marcus casi para sus adentros.

—Es evidente que no tienes un espíritu romántico. ¿Crees que escuchan las conversaciones?

—No. No llegan hasta ese punto. No es una terrorista talibana.

—Bien, en ese caso le contaré que he ido para comunicarle que vuestra relación ha terminado. Que tú no tenías valor para decírselo. Me creerá.

—Te creerá porque él lo haría. Porque es un funcionario mediocre que está deseando dejar al mamarracho de su mujer desde hace tiempo y no se atreve, y le encantaría que alguien lo hiciera por él.

—O me creerá porque sabe cuánto quieres a Francisca y cuánto sufrirías al ver sus ojos llenos de lágrimas.

—Francisca no lloraría por una gilipollez como esa.

—¿Piensas que es una gilipollez que te deje el amor de tu vida?

—Tú no lo entiendes.

—¿El qué? ¿Qué es lo que no entiendo?

Él se volvió de golpe, con un movimiento que tenía algo de feroz.

—Lo que significa sobrevivir. Quien lloró todo lo que tenía que llorar cuando tenía doce años no verterá una sola lágrima más. Ella me quiere, pero si la dejase, se repondría y después sería más fuerte que antes. Nunca la he visto llorar, jamás. En cualquier caso, solo es una suposición, porque quiero morir con ella.

Penny no hizo el menor comentario. Siempre había estado convencida de que el amor consistía en vivir con alguien, no en morir, pero no lo contradijo. Para él era así, para él la vida era una lucha y el amor, un arma. Estar juntos contra algo, no juntos sin más. Desconocía cómo había sido su pasado, qué habían tenido que sufrir y compartir, pero estaba segura de que ese tipo de amor era lo máximo que podían permitirse.

«Sin duda alguna es más de lo que yo tendré nunca».

—¿Cómo iré? —le preguntó.

—Cómo iremos.

—¿Tú también vendrás?

—No te dejaré ir sola. Nunca se sabe. No debería hacerlo, pero iré de todas formas.

—¿Quieres asegurarte de que cumplo con mi misión?

—Sí, es posible.

La lluvia arreció en ese momento. Cayó de golpe, como si alguien estuviera lanzando cubos. Marcus tiró el cigarrillo, cogió a Penny de la mano y la arrastró hasta la puerta del edificio donde vivían. Ella tuvo la impresión de que sus piernas eran de arcilla. Se mojó más que un pollito al caer en un charco. Él se pasó una mano por el pelo cortísimo, haciendo volar un sinfín de gotas.

—Ve a cambiarte —la exhortó Marcus—; si te pones enferma, el domingo no podremos ir a ningún lado.

—Qué altruista eres.

—Te necesito y quiero que estés sana, al menos hasta el domingo.

—¿Luego puedo morirme?

—Eso ya es cosa tuya.

Penny masculló algo y empezó a subir la escalera. De nuevo no había luz. Marcus sacó la linterna que llevaba en el bolsillo, pequeña pero potente. Un círculo de color caramelo iluminó la escalera.

Cuando se disponía a entrar en su piso notó algo grave, trágico. Su abuela había pasado la cadena. La puerta se abría unos tres o cuatro centímetros, pero después se bloqueaba. Solo podía pasar un folio de papel. Se quedó paralizada frente a ese resquicio, que la rechazaba.

—Puedo romperla en un abrir y cerrar de ojos —dijo Marcus a su espalda—. Esos trastos no sirven para nada.

—¿Puedes hacerlo en silencio?

—Haré un poco de ruido; es una cadena de hierro, no una galleta de detergente.

—A mi abuela le dará un infarto si te oye. Igual que si llamo por teléfono a casa.

—En ese caso, ¿qué piensas hacer?

Ella se volvió y lo miró atemorizada. Asustada por lo que iba a decir.

—Muy sencillo. Dormiré en tu casa.

Marcus se sobresaltó de una forma inapropiada para un hombre tan grande y robusto como él.

—Ni hablar.

—De acuerdo. Entonces me quedaré aquí, pillaré una pulmonía y Francisca no sabrá si eres un cabrón o no.

—Francisca ya sabe que soy un cabrón. ¿No puedes pedir hospitalidad a otro vecino?

—No conozco a nadie lo suficiente como para pedirle algo así.

—Tampoco me conoces a mí lo suficiente, pero me lo pides de todas formas.

Penelope ladeó la cabeza y lo miró con aire provocador.

—¿Qué problema hay? ¿Crees que me abalanzaré sobre ti mientras duermes?

Marcus se rio socarronamente e inclinó la cabeza hacia ella. Le habló al oído y sus mejillas húmedas se rozaron:

—No juegues con fuego, niña. Eres la última chica del mundo a la que tocaría estando sobrio, pero si te abalanzas sobre mí durante la noche, quizá no esté a la altura de mis intenciones. Soy un hombre con todo el equipo en funcionamiento. Así que cuidadito con lo que dices.

—Podría estar de acuerdo, ¿tú qué sabes?

—¿Con esa cara? No me lo trago. Tienes ganas de que te follen, está claro. Pero si luego te tratara como suelo hacer con todas, menos con Francisca, te morirías de dolor.

Penny se estremeció al imaginar un epílogo similar: Marcus que se marchaba o que la apartaba de su lado sin mostrar la menor ternura después de haber hecho el amor. Le pareció una eventualidad atroz, más atroz incluso que la certeza de que nunca se acostaría con él.

Un estornudo enérgico interrumpió sus pensamientos.

—Dicho esto, estamos, como se suele decir, en un callejón sin salida —afirmó—. ¿Dónde dormirá Penny esta noche? Como ves, estoy cogiendo una pulmonía galopante.

Marcus emitió un gruñido de cólera sofocada que pareció retumbar en el silencio.

—De acuerdo, ven a mi casa, pero pórtate bien.

—Qué absurdo. Tú, que pareces la lujuria en persona, ¿me dices a mí que me porte bien?

—No entiendes con quién estás, ¿verdad? Estoy tratando de protegerte. Pero si me sigues provocando, te haré comprender a qué me refiero.

Penny estuvo casi tentada de rogarle que se lo explicara. Otro estornudo la devolvió a la realidad.

—No eres un regalo divino para todas las mujeres, Marcus, no te hagas ilusiones. Lo único que quiero es un sitio donde dormir.

Qué, ¿podemos darnos un poquito de prisa? No tardará en amanecer y estoy agotada.

—Tú dormirás ahí —le dijo señalando el sofá—. La cama es mía. Ahora ve al cuarto de baño, cámbiate y túmbate. No quiero oírte hasta mañana.

—¿Qué me pongo, señor general?

—Te dejaré una de mis camisetas.

Penny se encerró en el baño, se quitó la ropa mojada y se puso una camiseta con las mangas largas, que colgaban como matasuegras más allá de la punta de sus dedos. Era tan grande que le resbalaba por los hombros. Olía a él. La olfateó como si fuera el aroma de una flor.

«Soy una pervertida».

Cuando salió, Marcus se había cambiado también. Solo se había puesto los pantalones de un chándal de algodón gris.

«¿Lo haces adrede, chico? Dime la verdad, quieres que me abalance sobre ti».

Penny fingió que lo ignoraba y se tumbó en el sofá. Se tapó con la manta azul y cerró los ojos.

Marcus hizo lo que solía hacer. Penny oyó que orinaba en el cuarto de baño. Oyó correr el agua, la puerta que se abría y la cama que chirriaba bajo su peso.

—¿Y si tengo sed durante la noche? —le preguntó de buenas a primeras.

—Te aguantas —fue la brusca respuesta de su arisco anfitrión.

—¿Y si me apetece picotear algo?

—No quiero ser vulgar, Penny, así que no me hagas esas preguntas.

—¿Vulgar? ¿En qué…? Ah, sí, ahora lo entiendo.

—Buena chica; si lo entiendes, déjalo ya.

—¿Es la primera vez que recibes a una mujer sin...?

—Primero: no eres una invitada, eres una chantajista infiltrada. Segundo: exceptuando a Francisca, yo no «recibo», follo. Tercero: estoy cansado y me gustaría dormir. ¿Tienes algún botón de apagado?

—No quiero ser vulgar, Marcus, así que no me hagas esas preguntas.

En la oscuridad, Penny tuvo la certeza de que él se estaba riendo entre dientes. Su risa era tranquilizadora, absurdamente familiar. A pesar de las maneras hoscas de Marcus, no se sentía en peligro en esa habitación, bajo el techo con un ojo en el medio. Pensó en muchas cosas, en su mayoría inverosímiles, el tipo de pensamientos en parte vigilantes y en parte ofuscados que suelen sobrevenir en el duermevela que precede al sueño. Imaginó que lo besaba, que le tomaba una mano, que lo tocaba. Curiosamente, se quedó dormida cuando llegó a su espalda.

Cuando se despertó era ya de día. Marcus seguía durmiendo. Se levantó de puntillas y lo observó. Alargó una mano, tentada por su piel, por ese granito tapizado de seda pintada, pero la retiró de inmediato. Los brazos y buena parte del tórax estaban cubiertos de tatuajes maoríes en blanco y negro. Curvas, espirales, volutas que se rozaban como pájaros en una bandada, signos que parecían llamas, hojas, ojos, olas marinas, puñales y soles nacientes. Y delfines, máscaras que mostraban los dientes en muecas de rabia y una raya enorme en el pecho. Una única excepción en la apoteosis de visiones tribales salvajes y fascinantes: a la izquierda, al lado del pez, resaltaba un corazón rojo que parecía estar palpitando, como el corazón de Cristo que se ve en ciertas representaciones religiosas, con una corona de espinas clavada. Penny no tuvo la menor duda: el corazón simbolizaba a Francisca. Tragó cierta sensación de fastidio y dolor y retrocedió unos pasos. Era mejor marcharse antes de que se despertara.

«No debería haber venido.

»¿Y si me estoy enamorando de él?

»¿Qué hago?».

Sacudió la cabeza, recogió su ropa, que ya se había secado, y se cambió en el baño sin cerrar la puerta. Marcus se movió, se giró, pero siguió durmiendo.

Mientras bajaba la escalera de caracol pensó que si el señor Malkovich llegaba en ese instante, no le quedaría ya la menor duda sobre su relación. Parecía una joven amante recién salida de una cama cálida que huele a sexo, en lugar de una invitada desagradable —una chantajista infiltrada— que había dormido en un sofá incomodísimo.

Por suerte, su abuela se había despertado ya y había quitado la cadena. No se extrañó de verla entrar a esa hora. Se limitó a preguntarle si había bajado a tirar la basura. Después se ofreció para preparar las tortitas.

—Te las prepararé yo, abuelita. Tú mira un poco la televisión. Hacen la telenovela que tanto te gusta.

—Es verdad, tienes razón. Hoy Gonzalo le dirá a Hermosa que la quiere. No veo la hora de que lo haga. ¡Es tan bonito cuando triunfa el amor! ¿No crees?

Lo creía, sí. Pero tenía la terrible certeza de que los sensacionales sentimientos que Gonzalo experimentaba por Hermosa, expresados con un sinfín de palabras tan románticas como ridículas, iban a ser lo más próximo al amor en su pequeña vida, que estaba destinada, como mucho, a enfrentarse a las propuestas morbosas del loco de Grant.

CAPÍTULO 8

Marcus

Cuando Malkovich entró en casa mientras yo enseñaba a Penny unos movimientos para machacar los huevos a cualquiera que intentara inmovilizarla, el corazón casi se me paró en seco. Menudo desconfiado. Lo primero que se me ocurrió fue invitarlo a meterse en sus asuntos, a pensar en el mamarracho de su mujer y a no preocuparse por las personas que quiero, pero hasta que no esté libre del todo debo poner buena cara. Penny estuvo genial. Siguió representando su papel. Incluso se ha ofrecido a ir a hablar con Francisca. No entiendo por qué lo hace, si espera que me acueste con ella por gratitud o si solo pretende ser amable. La amabilidad me es ajena. No estoy acostumbrado a ella, ni siquiera creo que exista. Así que, con toda probabilidad, quiere que me la tire. Debo tener cuidado, porque una mosquita muerta puede hacer más daño que una furcia. Además, no quiero que sufra. Parece sacada de una novela rosa; tiene unos ojos que te miran dentro, pese a que en mi interior no hay nada que mirar, de manera que sus intentos son en balde. A veces me observa como si estuviera completamente convencida de que, si me hiere, sangraré. En cambio, cuando me hago una herida, de mí solo sale algo parecido a la hiel.

Seguro que hace un montón de preguntas. Es tan entrometida como Malkovich. Respondo a algunas cosas, lo necesito, tengo que ser astuto. Pero no puedo contarle *todo*.

Sea como sea, Penny me gusta. No en el sentido sexual, cosa extraordinaria en mi caso. Por lo general, es la clave de todo. Una mujer me gusta sexualmente o no me gusta. En este último caso no existe. En cambio, si bien no quiero acostarme con Penny, la veo, existe. A veces, mientras hablo con ella, siento una descarga de adrenalina. Nunca sé lo que va a decir. No es previsible. Es una especie de misterio, pequeño y cómico, que me intriga de manera peligrosa.

No estaba previsto que durmiera aquí. Es lo último que habría deseado. Pero no podía dejarla en el rellano. Además, si se pone enferma, el domingo no podremos viajar. Soy un maldito oportunista, lo sé.

Por suerte, después de charlar un buen rato, se duerme de golpe. Yo, en cambio, no pego ojo. La oigo respirar quedo, de cuando en cuando emite un sonido ligero, como un gato que maúlla quedamente.

Me levanto, tengo sed, abro la nevera y saco agua. Bebo directamente de la botella. Penny se mueve, la manta cae al suelo. Está acurrucada como un gato, arrebujada en mi camiseta, que es tres veces más grande que ella. De una oreja le resbala una crucecita de plata y se detiene en el cuello. Tiene una boca preciosa, carnosa, de color melocotón. Mientras la observo, por un instante tengo una visión que me deja paralizado. Sus labios en mi piel. Me sacudo enseguida, desentumezco con energía los hombros, pienso que soy idiota. Agarro la manta del suelo, la tapo con ella y escapo a la cama. ¿Escapo? Escapo, sí. Maldita sea. Penny y el sexo deben ser dos cosas distintas. No debo volver a pensar algo así, ni en broma.

Pero, por desgracia, cuando me despierto por la mañana, después de haber tardado mucho en conciliar el sueño, la veo delante de mí. Está de espaldas y se está vistiendo; no se da cuenta de que la miro.

Por un instante su cuerpo desnudo sale de mi camiseta. Está menos delgada de lo que parece vestida. Tiene una bonita espalda, lisa, blanca como la nata. Lleva unas bragas de lunares de color rosa. Se vuelve para agarrar la ropa y me muestra los pechos pensando que sigo durmiendo.

Creo que estoy demasiado sano para ciertas cosas, porque, de inmediato, mi parte animal estalla. Es tan evidente que me veo obligado a girarme. Si me mirara, notaría una duna en la entrepierna de mis pantalones. Lo sé, a los hombres les pasa cuando se despiertan, pero prefiero guardármelo para mí.

Pero hay algo más grave. Ver a una mujer desnuda —más guapa de lo previsto, por añadidura— y excitarse como una bestia no tiene nada de extraño.

Lo extraño viene después, cuando se marcha. Porque siento la trágica tentación de masturbarme pensando en ella. Ni hablar, no debo hacerlo, no puedo secundar esta gilipollez.

Así pues, me doy una ducha helada hasta que «mi amigo» se desploma y dejo de pensar en mi lengua lamiendo sus pezones redondos e inocentes.

CAPÍTULO 9

En cuanto supo lo del viaje, la abuela llamó al señor Donaldson, que vivía en la planta baja y tenía coche. No habría podido dormir tranquila pensando en su pequeña Penny viajando en uno de esos trenes mugrientos plagados de corrientes de aire. Se la imaginaba como una niña, de excursión escolar con sus compañeros de clase, que le lanzaban bolas de papel y dejaban abiertas las ventanillas, con el consiguiente riesgo de caer por una de ellas. Al mismo tiempo estaba convencida de que Marcus quería llevarla a conocer a sus padres antes de anunciar el compromiso oficial. En los dos casos, el coche le parecía la mejor idea.

Lástima que el automóvil del señor Donaldson fuera un viejo Bentley de color azul celeste, voluminoso y ridículo, que consumía tanta gasolina como agua un camello sediento, y que no iba a más de ochenta kilómetros por hora. En cuanto lo vio, Penny pensó en la reacción de Marcus. Como poco, se iba a quedar horrorizado.

Y, en efecto, Marcus se quedó horrorizado.

Era el domingo por la mañana. La señora Leboski, que no trabajaba ese día, se había comprometido a hacer compañía a Barbie. Dado que los vecinos eran en su mayoría jubilados un poco insomnes y sin distracciones interesantes, asistieron a la partida del tristemente célebre coche pegados a las ventanas.

Marcus tenía una expresión asesina. Miraba a Penny como si quisiera prometerle que, una vez rebasado el grupo de curiosos, le arrancaría el cuero cabelludo.

—Cómo se te ha ocurrido… —le susurró apretando los dientes.

—No fue idea mía. Ha sido cosa de mi abuela.

—¿Vestirte así también ha sido idea de tu abuela? —exclamó él, mirándola de reojo.

Penny se encogió de hombros, como si quisiera restar importancia a la irritación de él. En su fuero interno sabía que tenía razón, tanto en lo tocante al coche como a la ropa. El coche era un trasto incómodo y ella no iba vestida de la manera más adecuada para ir a la cárcel. Pero esa mañana, al mirarse al espejo, no había podido ponerse los vaqueros y la sudadera que había dejado en una silla al lado de la cama la noche anterior. De hecho, se había vestido de punta en blanco. No para Marcus, o, al menos, no directamente. Lo había hecho por Francisca, movida por una tristeza y una ingenuidad de la que no era consciente en ese momento. No quería que la viera —ella, la mujer más guapa del mundo, a ojos del corazón de Marcus— arrugada, fea y patética. Así pues, se había puesto un vestido mono, el único informal de su guardarropa, que había comprado hacía tiempo en una tienda de segunda mano con la intención de guardarlo e imaginarse con él puesto en una ocasión cualquiera: era un vestido recto, de terciopelo de color verde botella, muy corto y ceñido, completamente fuera de lugar para la meta de ese día. Lo había conjuntado con unas botas de tacón, con las que se movía a pasos inciertos, y con una cazadora de piel de color rojo encendido. Hasta se había pintado. Se disponía a devolver la esperanza a un amor que se había visto obstaculizado —pese a que, al actuar así, ella perdía toda esperanza— y no quería hacerlo como una perdedora.

Marcus llevaba sus habituales vaqueros, que no le quedaban desde luego anchos, porque los llenaba con su entramado de músculos, un suéter azul oscuro y una chaqueta deportiva. Miró el coche y después su vestido.

—No vamos a una fiesta en una discoteca —masculló con el aire del que acaba de ver algo repugnante.

—Me he vestido así y así me quedo.

—Además, tendrás que conducir tú. Yo no puedo hacerlo durante, al menos, otro año. Si me pillan, me meteré en un buen lío.

—Yo me ocupo de eso, ¿qué problema hay?

—Cuando te sientes, la falda te llegará al ombligo.

—Qué más da. A fin de cuentas, tú no me miras, ¿no? Además, estás acostumbrado a las largas piernas de Francisca, las mías no te producirán ningún efecto.

—A mí no, pero recuerda que muchos de los carceleros que vas a ver son hombres con gustos peores que los míos.

—Qué amable eres. En cualquier caso, da igual, hoy nos divertiremos.

—Penny, no me cabrees más, ya estoy bastante enfadado. Debíamos marcharnos sin llamar la atención y todo el edificio nos está saludando desde las ventanas. Debíamos ir en tren y me encuentro con este trasatlántico que, en mi opinión, se desintegrará a la primera de cambio. Debías pasar desapercibida y te has vestido como una jodida gogó.

—Espero que te guste el nuevo programa. Si quieres ir a ver a Francisca, lo haremos a mi manera.

—Eres más idiota de lo que pensaba, ¿sabes?

—Yo no tengo la culpa, el error de evaluación es tuyo. Siempre he sido una idiota.

Hacía mucho tiempo que Penny no conducía y al principio el coche no dejó de dar sacudidas y de calarse. La radio no funcionaba, la calefacción no funcionaba, las ventanillas traseras no se cerraban bien y el motor hacía un ruido del demonio.

Marcus iba sentado a su lado, tieso, taciturno. Miraba hacia delante con el ceño fruncido. No pronunció una palabra en muchos kilómetros.

—No es una novedad —comentó Penny de improviso, pensando en voz alta.

Marcus la ignoró. Se encendió un cigarrillo y las ventanillas abiertas aspiraron el humo.

—¡No es una novedad! —repitió Penny, alzando la voz.

—¿Qué coño quieres? —exclamó Marcus de pronto con una especie de gruñido.

—Digo que no es una novedad que no me hables. Hace tres días que me tratas fatal.

—No te trato de ninguna manera.

—Precisamente. ¿Qué te he hecho? ¿Te ensucié el sofá? ¿Encontraste ladillas? De ser así, no eran mías. Ni siquiera has querido seguir con el curso de defensa personal.

—Me pagas para que te escolte por la noche, no estoy obligado a hablar. Si quieres que demos más lecciones de defensa personal, tendrás que soltar la pasta. Solo era gratis la primera.

—No me queda un solo dólar.

—Eso es problema tuyo.

—No, en serio, ¿qué te he hecho? Si te he ofendido de alguna manera...

—La ladilla eres tú. ¡Mira la carretera! No te salgas del carril. Pero ¿dónde aprendiste a conducir?

—En el mismo sitio donde te enseñaron buenos modales.

—¿Es que no puedes callarte? Piensa en lo que debes decir a Francisca. Es lo único que me importa. El resto es mierda.

Penny no hizo ningún comentario. Apretó con fuerza el volante y sintió que su corazón se encogía hasta hacerse pequeño como un botón. Era cierto que hacía tres días que Marcus no le hablaba. Cuando la acompañaba por la noche, después del trabajo, callaba como si le hubieran cortado la lengua y respondía a sus preguntas con monosílabos descarnados. Quizá estuviera ya con la mente en el futuro. En el momento en que se marcharía con la mujer que ocupaba su corazón. La escoltaba por dinero, eso era todo, de no ser así la habría mandado solemnemente a tomar viento, estaba segura. El corazón de Penny se hizo tan pequeño como un grano de arroz.

Al cabo de un par de horas de silencios adustos y tormentos desesperados, el motor empezó a toser. La gasolina estaba a punto de acabarse. Tuvieron que parar en una gasolinera.

—Voy a hacer pis mientras llenas el depósito —dijo Penny a Marcus.

—Espera, idiota, te acompaño —le respondió él en un tono cada vez más arisco.

—No es necesario, gracias.

—¿Eres tonta de verdad o te lo haces? Estamos rodeados de una horda de hombres. ¿Sabes sumar dos más dos?

No le faltaba razón. Varios hombres, que estaban bebiendo cerveza a la puerta del bar, la miraron con cierto interés o, mejor dicho, miraron con cierto interés su trasero embutido en la minifalda. Penny se sintió expuesta y fuera de lugar y, por primera vez en el viaje, pensó que debería haberse puesto los vaqueros. Marcus le agarró una mano con brusquedad y la escoltó hasta los servicios.

—Mea y date prisa —le dijo.

—La verdad es que un conde no te llegaría a la suela del zapato.

—No estoy para bromas, Penny, date prisa, porque debo vigilar también esa mierda de coche y solo tengo dos ojos.

Ella hizo lo que debía hacer. Cuando salió pusieron gasolina.

—¿Podemos comprar una botella de agua? —dijo Penny—. ¿Es pedir demasiado?

—Yo iré, tú sube al coche.

Se sentó al volante y vio a Marcus entrando en el bar. Había bastante gente, sobre todo camioneros y haraganes.

De repente, mientras esperaba, alguien repiqueteó con dos dedos en la ventanilla. Penny se sobresaltó al ver a un hombre de unos treinta años, con el pelo rubio descolorido y aire de motociclista de los años setenta. No le dio tiempo a comprender qué quería, porque Marcus apareció a su espalda. Llevaba una botella de agua en una mano y con la otra apretaba la nuca del desconocido, que era dos palmos más bajo que él, tirando hacia detrás.

—Esfúmate —le intimó con una voz en apariencia calma que habría hecho temblar a Drácula en persona. Luego lo soltó y el hombre, que en un principio quiso protestar por el tratamiento, al ver a Marcus escrutándolo con dos ojos como las brasas del diablo, balbuceó unas palabras de disculpa y se escabulló.

Marcus entró en el coche, en el lado del acompañante, y tiró la botella entre los asientos.

—No había hecho nada malo —protestó Penny—. Quizá solo quería saber qué hora era.

Marcus ignoró el comentario.

—Bueno, idiota —la reprendió furioso—. Quiero llegar a la cárcel. Vamos con retraso y estoy hasta los cojones. Si vuelves a tener ganas, méate encima. No pararemos más, aunque tengas que parir un pedrusco. Y ese no quería saber qué hora era. Tenía la polla fuera de los pantalones.

Penelope enrojeció a la vez que murmuraba:

—Yo no..., no me he dado cuenta.

—Yo también estoy a favor del principio de que si una mujer quiere ir por ahí con el coño al aire, puede hacerlo sin que nadie la toque. Pero eso solo sería aplicable en un mundo perfecto. En este mundo de mierda acabas con las piernas abiertas contra un guardarraíl en diez segundos. Me importa un comino cómo te vistas, que quede claro, pero preferiría no meterme en ningún lío porque a ti te ha dado por demostrar que tienes unos muslos bonitos.

Penny asintió confusa. De todo ese discurso lo único que la impresionó fue el cumplido implícito sobre sus muslos.

La registraron, como había dicho Marcus. Una mujer policía la palpó apresuradamente y la obligó a quitarse la chaqueta, que inspeccionó también. Tuvo que dejar sus documentos, explicar a qué reclusa quería ver y el motivo de su visita.

Imaginaba que la conducirían a un locutorio impersonal, en el que la gente se comunicaba a través de una pared de cristal usando un interfono, pero se encontró en una habitación corriente llena de mesas distribuidas aquí y allí, a las que estaban sentados numerosos visitantes. En buena parte eran maridos, madres, hermanas o hijos pequeños de las presas. Una ventana angosta dejaba pasar la luz natural. Encima de las mesas había botellas de agua y vasos de plástico.

Se acomodó y esperó. Estaba asustada. No veía la hora de conocer a Francisca y al mismo tiempo ardía en deseos de levantarse y marcharse. Pero había hecho una promesa y, por mucho que le costase, era una mujer de palabra.

Llegaron las primeras reclusas, vio abrazos y sonrisas y a un niño pequeño llorando a la vez que se aferraba a las piernas de su madre. En la sala empezó a difundirse un murmullo de conversaciones, igual que sucedía en el colegio durante el recreo.

Se esperaba una atmósfera más belicosa, más triste, en cambio las personas charlaban con toda normalidad e incluso se reían, escuchaban lo que les había ocurrido a sus hijos en el colegio o el lío que había montado un vecino plasta, como si ninguna de las presas que lucían la chaqueta naranja con las palabras PROPIEDAD DEL ESTADO DE CONNECTICUT en los botones no hubiera hecho nunca nada más grave que dar patadas a un envase.

Penny miró el reloj, luego la ventana, de nuevo la hora. Al final posó la vista en la puerta de la sala y la reconoció.

Francisca.

Enseguida comprendió por qué Marcus estaba subyugado por ella, por su energía. Fue una sensación inmediata, una intuición instantánea.

Francisca tenía algo hipnótico en la manera en que miraba a las personas al entrar, en su forma de caminar y en la firmeza del ademán con el que se pasaba un mechón de pelo detrás de la oreja. No solo era guapa; su belleza era salvaje, impetuosa, perceptible para cualquiera que tuviera ojos para ver. Era un caballo pura sangre. Era una sirena armada. Era Marcus con aspecto de mujer: alta, sólida, musculosa también, pero a la vez femenina, de una forma violenta y fatal. Una de esas bellezas por las que los hombres matan y se matan.

Llevaba el pelo más corto que en la foto, aunque no demasiado: unas ondas suaves de color negro brillante, que ninguna prisión había podido empañar, resbalaban por su espalda. Tenía la tez morena y los ojos grandes, dos almendras nítidas y negras salpicadas de briznas doradas. Debajo de las mangas del suéter naranja se intuían unos tatuajes tribales parecidos a los de Marcus.

Penny la miró atentamente y sintió que su corazón resbalaba hasta el suelo y moría en un charco de lágrimas.

Francisca la miró y se sentó en la silla que había delante de ella.

—¿Nos conocemos? —preguntó sin que su voz de acento vagamente latinoamericano revelase demasiado interés.

—Nosotras no, pero soy amiga de Marcus —le respondió. Se sentía tan frágil como un pájaro sin alas ni plumas.

Francisca arqueó una ceja.

—Marcus no tiene amigas —observó escrutándola mejor, de pies a cabeza.

—Ahora sí —contestó Penny.

Al fondo de la sala una mujer apagó una vela de cumpleaños en una tarta. Alguien aplaudió y la invitó a abrir unos paquetes con grandes lazos amarillos. Otro soltó una risa chillona. Un hombre contó algo a su esposa en tono triste.

Penny se forzó a sostener la mirada aguerrida de Francisca. Le explicó que vivía en el mismo edificio que Marcus, que se habían hecho amigos y que su visita se debía a que le llevaba un mensaje de su parte. No le dijo que temía quererlo, que soñaba con él todas las noches, que el mero hecho de rozarlo aunque fuera por casualidad, por error, o fingiendo que era por casualidad o por error, le hacía sentir fuego en el pecho. No le dijo que el hecho de estar allí, simulando que era una embajadora a la que le importaba bien poco el mensaje que traía con ella, era una auténtica pena para su alma.

Francisca calló unos instantes. No sonreía, ni siquiera parecía respirar. Miraba por la ventana el escorzo de un patio soleado.

Al final, posando de nuevo la vista en Penny, dijo algo inesperado:

—Lo siento por ti, chica.[2]

—¿Lo sientes?

—Lo siento por dos motivos: si te has enamorado de él y no le gustas, lo siento porque será como si alguien te partiera las piernas. En cambio, si le gustas, las piernas te las romperé yo en cuanto salga de aquí. Como ves, no tienes muchas alternativas.

—No le gusto, puedes estar tranquila —murmuró Penny, estremeciéndose. De las dos previsiones, la que más temía era también la más realista, la primera.

—¿Te acuestas con él? —preguntó Francisca a bocajarro.

—¡No!

—Si solo te acuestas con él, me da igual. Diviértete mientras estoy aquí dentro, pero luego ya puedes ir olvidándote de él.

Mientras hablaba alargó un brazo en su dirección y le apretó una mano. Las falanges de Penny gimieron al sentir el apretón, que era como una dentellada. Al mismo tiempo notó algo en la muñeca de Francisca. Justo debajo de la palma, en el interior, tenía una

---

2 En español en el original. (N. de la T.)

cicatriz de unos cinco o seis centímetros de longitud, quebrada. Una antigua herida, sin duda alguna. La huella inequívoca de un corte realizado con una cuchilla. Ahora era rosada, como madreperla. Para ser tan leve, y dado que Francisca no aparentaba más de veinticinco años, debía de habérsela hecho hacía mucho tiempo, siendo niña. La imagen de una niña intentando suicidarse la paralizó.

Francisca notó su mirada, apartó las manos y las apoyó en los costados para protegerlas. Ese ademán, ese pudor en una reclusa cubierta de tatuajes, que a todas luces la estaba amenazando, le produjo una inesperada ternura.

—Marcus no deja de pensar en ti —le confió Penny en tono sincero.

—¿Y tú qué sabes? ¿Eres su confesora?

—No, solo hablamos de vez en cuando.

—¿Habláis?

—Sí.

—¿De qué?

—No tengo una lista de nuestros temas de conversación. He venido para decirte que no te escribe porque no quiere tener problemas con el señor Malkovich, su vigilante. Pero está deseando que salgas de aquí para poder marcharse contigo.

—¿Te dice esas cosas?

—¿Por qué? ¿Te parece extraño?

—Nosotros no nos fiamos de nadie.

—Pues ahora se fía de mí.

—Ni siquiera sé quién eres.

Penny sonrió y remedó una presentación formal.

—Hola, me llamo Penelope, tengo veintidós años, me gusta leer y me asusta la oscuridad. Marcus y yo nos conocimos por casualidad. Hablamos alguna que otra vez, pero no nos acostamos juntos. Si quieres, puedes escribirme, le daré tus cartas y te enviaré las suyas con mi remite. Aquí tienes mi dirección. Fíate si quieres; si no quieres, no puedo obligarte.

—¿Por qué lo haces?

—Marcus y tú os parecéis. Él también me pregunta una y otra vez por qué hago esto o aquello. No tengo ninguna razón en especial. ¿No puede una persona ser amable sin ocultar un motivo sórdido?

—No. Las personas amables solo quieren joderte.

—Yo no.

—Tú puedes joderme más que los demás.

—¿Cómo?

—Tienes una cara de ángel de mierda.

—No soy un ángel.

—Apuesto a que eres virgen.

—Aparte de que es asunto mío, en cualquier caso eso no me convierte en un ángel. ¿Quieres que le diga algo de tu parte?

—Dile que cuando salga se la chuparé hasta la última gota.

Penny se ruborizó y se movió un poco en la silla, incómoda. Un guardia entró en la sala y comunicó a los presentes que el horario de visita había terminado. Francisca le lanzó una mirada irónica y rabiosa a la vez.

—Ni se te ocurra robarme a mi hombre —le advirtió poco antes de levantarse. Después se marchó, tan guapa y arrogante como había llegado.

Marcus la esperaba cerca de la cárcel, apoyado en el Bentley, la gigantesca bañera azul. Estaba tan nervioso como un niño. Debía de haber fumado un millón de cigarrillos, que yacían a sus pies en un caos de colillas apagadas. Apenas la vio salir la interrogó con la mirada: sus ojos revelaban una pasión desgarradora. Penny le contó casi todo lo que había hablado con Francisca. Solo omitió el mensaje final sobre la mamada.

Inmediatamente después se encerró en un silencio sepulcral. Se sentía desdichada, con esa infelicidad que llega de improviso y te encoge el corazón. Tenía celos de Francisca. Con toda probabilidad también Francisca tenía celos de ella, pero no porque temiese de verdad que la suplantara: ningún hombre en su sano juicio habría preferido a la pequeña Penny, con su pelo revuelto de muñeca manoseada y sus estúpidas teorías sobre el amor, que a una mujer que emanaba olor a hembra a cada paso. A Francisca solo le había molestado que Marcus le hubiera hecho justo a ella esa pequeña confidencia. Que la hubiera dejado entrar en su vida —aunque hubiera sido por una puerta estrecha y destinada a cerrarse pronto— y, en consecuencia, en la de la pareja. Pero de forma instintiva, como un perro que orina para marcar un sendero, le había dado a entender que Marcus era territorio suyo.

Y lo era de verdad. Los dos estaban unidos por una relación inextricable. La red que los envolvía no tenía la malla floja.

Se pusieron en marcha enseguida. La tarde avanzaba en las carreteras rurales. Las hojas de los árboles habían adquirido el color de la sangre y Penny se preguntó si Francisca tendría un tatuaje como el de Marcus, con un corazón traspasado. Estaba segura de que sí. Se los imaginó haciéndoselo juntos, como unos niños que eligen la corteza de los árboles para escribir frases de amor.

De repente, Marcus apoyó una mano en su brazo y ella se sobresaltó.

—¿Se puede saber qué te pasa? —le preguntó entre dos bocanadas de humo.

—Si hablo demasiado, me dices que me calle. Si me callo, me preguntas por qué no digo una palabra. Nada te parece bien —le respondió, irritada.

—¿Francisca te ha molestado con algún comentario? Es típico de ella.

—No, ¿por qué lo dices?

—Le gusta provocar —comentó el, como si ese rasgo lo enorgulleciera.

—La verdad es que estaba pensando en mis cosas, no puedo pasarme todo el tiempo pensando en ti y en tu bonita compañera.

—¿Tienes hambre?

—¿Qué?

—Son las dos. ¿Tienes hambre? —repitió Marcus.

—Un poco, pero estamos en medio de la nada y no estoy a favor de la caza.

—Pensaba que podríamos comer un bocadillo.

—No tengo ganas de acabar en una estación de servicio con tipos con el pene al aire, gracias. Eso si encontramos otra. La última la dejamos atrás hace ya un buen rato.

—Mientras estabas dentro eché un vistazo al equipaje. Tu abuela lo llenó de comida. ¿Cuánto tiempo creía que estaríamos fuera?

—No te fíes. La abuela es un cielo, pero no estoy segura de que sean cosas comestibles.

—¿Por qué no miramos si se puede salvar algo? Tengo hambre, y cuando tengo hambre no razono.

«¿Quieres comerme?».

—Está bien, veamos qué ha preparado.

Pararon en un claro cubierto de hojas secas. Los panoramas de Connecticut podían ser maravillosos para un espíritu dispuesto a admirarlos. Pero Penny, que por lo general adoraba perderse en la naturaleza y embriagarse con cualquier cosa que no hubiera sido creada por el hombre, no tenía ganas en ese momento, de manera que no se fijó en la ligera pendiente salpicada de árboles desnudos que bajaba gradualmente hacia un arroyo.

En el maletero del coche había, en efecto, una bolsa llena de comida. Penny desechó enseguida las galletas, porque olían a lejía. Le dio miedo probar el pastel de ingredientes desconocidos y la tarta. Por suerte, el pan era pan y el queso no parecía jabón. También las manzanas eran, sin lugar a dudas, comestibles.

—Bueno, al menos no nos moriremos de hambre. Pero ahora he de hacer pis.

—Eres un grifo roto. Me haces reír.

—Cuando seas viejo y tengas problemas de próstata, la que me reiré seré yo.

—Yo no envejeceré.

—¿Te mantendrás siempre joven?

—Moriré antes.

Penny se mordió un labio pensando que sí, que podía ser cierto, que quizá Francisca y él nunca cumplirían treinta años.

—Te acompaño.

—Eres todo un caballero, pero esta vez no hace falta. Como mucho me cruzaré con algún mapache, pero descarto que tenga intenciones lujuriosas.

Se alejó y orinó. Justo después, como si sus sentidos se hubieran puesto en alerta de improviso, oyó el fragor del río que corría a pocos metros de ella. Resbaló por la pendiente y se detuvo a un paso del agua que resonaba vivaz e hipnótica. El río se ensanchaba a cierta distancia. Las dos orillas estaban unidas por un bonito puente de hierro, rojo como el corazón tatuado de Marcus. Se dejó caer en una alfombra de crujientes hojas otoñales pensando en lo mucho que le habría gustado vivir en un sitio así, rodeada de la naturaleza y animales. Despertarse por la mañana cuando el sol aún no se había sacudido la pereza. Sembrar un huerto y recoger los frutos. Abrevar a los animales libres de correr en un gran espacio. Cortar la leña y hacerla chisporrotear en una chimenea de piedra. Caminar durante horas en medio del verdor sin encontrar nada que no fuera eso. Beber los copos de nieve recién caídos. Peinar la melena de Barbie mientras esta tenía en brazos un gato pelirrojo. Amar a alguien bajo las sábanas mientras, fuera, el viento practicaba esgrima con los postigos. Sueños pequeños y grandes.

—Penny. —La voz de Marcus la devolvió a la realidad. Había bajado por la pendiente y la miraba extrañado—. ¿Qué haces? ¿Desapareces?

—No he desaparecido, estoy aquí.

—Me he llevado un susto de muerte al ver que no volvías.

—¿Te he dado un susto de muerte?

Marcus se ensombreció un instante y luego dijo en tono de broma:

—Si te mueres, ¿quién me pagará los cincuenta dólares de esta semana?

—Pero, sobre todo, ¿quién recibirá las cartas de Francisca?

—Sobre todo.

—Es bonito ver que le importas a alguien. Vamos a comer, venga.

La ayudó a ponerse en pie. Volvieron al coche y devoraron los bocadillos y la fruta. Bebieron el agua fresquísima del arroyo. También Marcus hizo pis, pero no se escondió detrás de un árbol, se volvió de espaldas y lo soltó en sus mismas narices.

Después, cuando el sol estaba a punto de ponerse, subieron al coche con intención de partir de nuevo.

Pero el motor estaba muerto. Pese a que la llave giraba, ningún ruido quebraba la quietud del bosque.

Penny y Marcus se miraron un instante antes de que la puesta de sol lo engullese todo.

Él no había traído la linterna. La carretera no estaba iluminada. El coche parecía un dinosaurio muerto. Los móviles no daban señal, aunque, en el caso de que la hubieran dado, ¿a quién habrían podido llamar? Si hubiera sido de día, se habrían encaminado pacientemente hacia la última estación de servicio que habían divisado a unos cuantos kilómetros. Pero de noche era peligroso, mejor dicho, suicida.

—¿Y ahora qué hacemos? —preguntó Penny en un tono que no estaba a la altura de su voluntad de mostrar siempre su valor.

La voz de Marcus le respondió en la oscuridad:

—Nada. Dormiremos aquí.

—¿Aquí?

—No tenemos mucha elección.

—Pero ¡hace frío! ¡Y a saber quién pasará!

—¿No decías que solo hay mapaches?

—Tengo algún que otro problema con la oscuridad, Marcus —dijo ella con una vocecita débil, aterrorizada—. Sobre todo cuando es total.

De pronto él le aferró una mano. En la oscuridad Penny percibió el calor repentino, áspero y envolvente, y su corazón dio un salto de equilibrista.

—No es total. Mira arriba.

Penny alzó la cara y observó el cielo. No había luna, pero las estrellas eran unos minúsculos ojos lejanos. De improviso, como si alguien hubiera encendido un millón de velitas de cumpleaños, dejó de tener miedo. Su respiración se calmó, al igual que su ansiedad.

—Vamos detrás —le dijo Marcus—. Hay más espacio.

En ese momento, una vez superado el temor a la oscuridad, otro empezó a abrirse paso en los pensamientos de Penny. ¿Iban a dormir juntos en los asientos del coche? ¿Los mismos asientos donde generaciones de jóvenes, probablemente también el señor Donaldson, se habían intercambiado caricias y arrumacos? La idea le oprimió las entrañas y la fiebre que padecía desde hacía unos veinte días, desde que Marcus había alquilado la maldita buhardilla, inflamó un rincón íntimo y secreto.

Se sentaron atrás. Por suerte el coche era enorme, toda una pista de baile sobre ruedas. El asiento posterior era tan grande como una cama. Hasta hacía un rato Penny había maldecido la oscuridad, pero ahora la agradeció, porque gracias a eso él no pudo ver cómo se ruborizaba.

Cuando Marcus se quitó la chaqueta y el crujido del tejido casi pareció retumbar en el silencio del habitáculo. Penny se preguntó qué estaría haciendo.

—Póntela tú, que vas medio desnuda.

No se lo hizo repetir dos veces. Las finas medias y las botas de fría piel no bastaban para hacerla entrar en calor, desde luego. Tampoco la chaqueta de Marcus, si había de ser sincera, pese a que le llegaba a las rodillas.

—Ahora haremos una cosa —prosiguió él—. Yo me tumbaré y tú te echarás encima de mí.

—¿Eh?

—¿Quieres morir congelada?

«No, pero tampoco quiero morir de pena».

—Claro que no.

—En ese caso, túmbate conmigo.

—Pero tú ten las manos quietas.

«¡Muévelas, por favor, te lo ruego!».

—Deja de decir memeces —la acalló él en tono irritado.

Al poco tiempo estaban abrazados en el asiento posterior del viejo Bentley. Las piernas de Marcus eran demasiado largas, así que tuvo que doblarlas. Penny encontró una extraña aunque cómoda posición en el hueco que había entre el cuerpo de él y el respaldo del asiento. Al tocarlo, aferrada a su pecho, experimentó una especie de embriaguez, como si hubiera bebido uno de los cócteles más fuertes que preparaba por la noche y que nunca probaba. Como había imaginado, el pecho de Marcus parecía tallado en una roca. Era sólido, amplio y tibio.

Intentó conciliar el sueño, pero no era fácil. Mejor dicho, era casi imposible. ¿Cómo podía acabar en brazos de Morfeo si estaba acurrucada en los de Marcus? ¿Cómo podía dormir con el latido de su propio corazón en los oídos, rápido, rápido, rápido, histérico como el grito de un loco? Temió incluso que él pudiera oírlo y que se burlase de ella, de su emoción, de sus mejillas encendidas por el deseo. Cuando estaba a punto de decirle algo, lo que fuera, con tal de acallar el retumbar de su corazón, que le parecía más ensordecedor que un bombo, Marcus le preguntó de buenas a primeras:

—¿Por qué te da miedo la oscuridad?

Su voz retumbó cerca de su oído. Un estremecimiento le erizó el pelo en la nuca.

—Quizá por el accidente.

—¿Qué accidente?

—El accidente en que murieron mis padres.

—No sabía que…

—¿Cómo ibas a saberlo? En cualquier caso, sucedió hace mucho tiempo. Yo tenía cinco años, viajábamos a menudo con la caravana. Un día nos salimos de la carretera por culpa de un canalla, que luego huyó. Mis padres murieron en el acto. Yo quedé atrapada entre los restos de la carrocería durante horas, hasta que me encontraron. Imagínate que ni siquiera lo recuerdo, pero ahora me da mucho miedo la oscuridad.

—Coño.

—Esta vez sí que es la palabra justa.

—¿Tienes frío?

—No, ahora no.

«Tengo incluso demasiado calor, chico».

—Gracias, Marcus.

—¿Gracias por qué? —preguntó él.

—No lo sé, supongo que por todo.

—¿Estás delirando? Mira que eres rara, Penny.

—¿Te despedirás de mí cuando te vayas?

—No creo. Un día no me verás más y *bye*.

—¿Qué haré sin ti? —preguntó de forma espontánea.

—Busca un hombre decente, folla como se debe y verás cómo se te pasa la nostalgia.

Penny reflexionó un instante.

—Creo que seguiré tu consejo.

—Así me gusta, muy bien.

—¿Tú no duermes?

—¿En medio del bosque?

—Vamos, reconócelo, temes una emboscada de mapaches.

—No, temo una emboscada de cabrones. Lo más probable es que no ocurra nada, pero no hay que bajar la guardia.

—Da la impresión de que siempre estás en guerra.

—Eso es porque siempre estoy en guerra.

—Se ve también por los tatuajes. Me gustan mucho.

—Lo sé.

—¿Cómo puedes saberlo?

—Les gustan a todas. Aún no he oído decir a una que no le gustan. Luego me hacen una mamada fantástica.

—Lo haces adrede, ¿verdad? Quieres que me sienta avergonzada para castigarme por algo que desconozco, que no entiendo.

—Es cierto. Las mejores mamadas de mi vida me las han hecho chicas que antes habían alabado mis tatuajes.

—En este caso no será así.

—Entonces para ya, o me entrarán ganas por reflejo condicionado.

—Estás enfermo.

—Soy un hombre y tengo a una tía medio desnuda encima. Tus pechos me oprimen un hombro y tengo tu culo bajo una mano. No hace falta que estés de infarto para provocarme ciertos pensamientos. Le pasa al cuerpo, aunque a la mente le importe un comino.

—En pocas palabras, solo piensas con…

—Ni mucho menos. Si pensara solo con eso, no estaríamos hablando. Estarías desnuda debajo de mí. En cambio, aquí me tienes, soportando tus memeces, prueba evidente de que uso la cabeza.

Penny no dijo nada más. No le halagaba el descubrimiento de no ser, a fin de cuentas, invisible. Le turbaba que su cabeza se desentendiese. Que el cuerpo y la mente recorrieran dos caminos separados. Marcus podría estar dispuesto a acostarse con ella, pero sin añadir al banquete sus pensamientos ni su corazón atravesado por una corona de espinas. Era una del montón y le convenía comprenderlo antes de hacerse daño de verdad. Había visto a Francisca, ¿no? Era imposible competir con ella. Debía encontrar una solución para salir de ese callejón.

A la mañana siguiente, el coche arrancó de forma milagrosa. Casi parecía que lo hubiera hecho adrede, como una vieja alcahueta. Se levantaron al amanecer, bebieron con las manos del arroyo y se pusieron en marcha. El aire era gélido, los colores pálidos, pero a medida que iba saliendo el sol las hojas dejaban de parecer de mármol para volver a asemejarse a gotas coaguladas de sangre.

No hablaron en todo el viaje, como si unos secretos los separasen. Cada uno tenía los suyos. Cuando llegaron a su destino, Marcus se despidió de ella en la escalera sin mirarla siquiera.

—¡Por Dios, basta ya de agradecimientos! Me abrumas —le dijo ella mientras se alejaba, dirigiéndose a su espalda.

Marcus no se volvió; levantó un brazo para enseñarle el dedo medio y desapareció de su vista.

CAPÍTULO 10

Marcus

No entiendo si Penny es ingenua o estúpida. En cuanto la veo vestida de esa forma me entran ganas de blasfemar. Me contengo porque hay viejos cerca y porque me he jurado a mí mismo no hacerle mucho caso. Después de haber descubierto que mis partes íntimas se la tirarían de buena gana, sin importar lo que digo y repito, apenas le he dirigido la palabra. Cuanto menos habla, menos me estreso. Cuando habla, no puedo por menos que mirarle la boca, y de ahí parten un sinfín de pensamientos obscenos. No dejo de repetirme: no quiero follar con Penny, no quiero follar con Penny. En cambio, me muero de ganas de hacerlo.

En mi caso, es algo extraño e insólito; por lo general, no pienso tanto: cuando una me gusta, me la tiro o la descarto y adiós muy buenas.

Esta vez no dejo de pensar en lo que le haría, pese a que no lo hago. Y no acabo de entender por qué no lo hago. A fin de cuentas, ¿qué me cuesta? Pero, sobre todo, ¿qué me pasa? He visto muchas mujeres desnudas y mucho más guapas que ella. Así pues, ¿por qué estoy en perenne estado de excitación después de haber visto durante tres minutos a una tía que ni siquiera sabía que la estaba espiando vistiéndose sin la menor sensualidad?

¿Qué significa? ¿Que me basta pensar en su espalda, en su fina columna vertebral, para sentir que el espacio en los pantalones se reduce porque de repente lo ocupa una erección incontenible?

Si tuviera ocasión iría a un médico, quizá esté incubando una enfermedad misteriosa, pero no puedo perder tiempo. Así que pocas confianzas, no te acerques a mí.

Desde luego, me gustaría estrangularla por la manera en que se ha vestido. No solo por el efecto que me produce, sino también por el que, me temo, produce a los demás. Me doy cuenta de que, en realidad, está bajo mi responsabilidad y que si alguien se pasa, tendré que intervenir, pero preferiría evitarlo. La muy estúpida no se da cuenta de que está hecha de carne y de que tiene dos piernas que no pasan inadvertidas, sobre todo si las deja a la vista bajo una falda que apenas le tapa el trasero. Repito: ¿es ingenua, es estúpida o es solo una putita provocadora?

Me gustaría moler a patadas al tipo que la mira por la ventanilla del coche con la bragueta bajada, uno que está medio colocado, medio borracho y a saber qué más. Me contengo. Tengo que conservar la calma, tengo que conservar la calma. Debo pensar en Francisca y en estar con ella lo antes posible. Como digo siempre, el resto solo es mierda.

Cuando sale por la puerta de la cárcel está pálida como una muerta. Se tambalea como una niña que se ha puesto los zapatos de tacón de su madre. Tengo que dominar el absurdo impulso de sujetarla.

Me cuenta el encuentro con Francisca con una voz débil, inexpresiva. Luego calla, como si se le hubieran descargado las pilas.

Debería alegrarme de ello, pero no es así. Daría lo que fuera por saber qué le pasa. Pero ella no responde, no va al grano, me trata como a un desconocido. De acuerdo, soy un desconocido, pero creo que tengo derecho a saber si Francisca ha desenfundado la espada. Tengo que saberlo todo de ella y me da la impresión de que Penny me oculta algo.

Fumo como un condenado. Le pregunto si tiene hambre. Comemos. Bebemos. Orinamos. Guardamos silencio casi todo el rato. Luego el motor decide pasar a mejor vida y todo se precipita.

Nos vemos obligados a dormir en el coche. La oscuridad casi se puede cortar. Descubro que la aterroriza, jadea como la primera vez que la vi en la escalera. No sé por qué sigo sintiéndome responsable de ella. Intento consolarla a mi manera. Si miras las estrellas, no puedes tener miedo.

Lo peor sucede cuando nos tumbamos detrás. Quizá deberíamos haber dormido separados, pero tiene tanto frío que corre el riesgo de quedarse helada. El problema es que cuando la abrazo, la siento encima de mí, capto su olor, mi cuerpo vuelve a declarar la guerra al sentido común. La lleno de palabras obscenas, burlonas, propias de un cabrón. La verdad es que me gustaría llenarla de otra manera. En cuanto vuelva tengo que encontrar a una tía que se deje: de nada sirve que me porte bien si luego estallo de esta manera. Estoy seguro de que esta locura pasará si descargo la tensión acumulada. Por el momento hay que aguantar esta noche. Tengo que ordenar a mi cuerpo que no haga lo que le gustaría hacer. Tengo que ordenar a mi mente que deje de imaginarse a Penny, dulce y salvaje, completamente desnuda salvo por un par de botas de tacón alto, abriéndose a mí en este asiento.

No veo la hora de que amanezca para intentar arrancar esta mierda de coche y regresar a casa, escribir a Francisca, esperar su respuesta y retomar la vida de antes en la que todo tenía el sentido habitual.

La dejo en la escalera sin darle siquiera las gracias. Después de todo, ella se brindó, yo no le pedí nada. Una vez en casa, me desnudo y me doy una ducha. A pesar del agua fría y de los buenos propósitos, estoy tremendamente excitado. Alivio la tensión con un brazo apoyado en la pared alicatada, mientras el agua me azota. Es la última vez que hago algo así, que pienso en esa chica de esta forma, que me la imagino aquí, bajo el agua, con los labios entreabiertos y un gemido en la garganta. A partir de mañana —mejor dicho, de esta noche— volveré a follar con la primera que se presente. Si la moderación me lleva a estos resultados, prefiero ir a lo loco. Estoy convencido de que Francisca aprobaría mi decisión.

CAPÍTULO 11

Desde que Grant se había presentado en la biblioteca, Penny se había vuelto prudente. Si debía dejar o ir a buscar un libro en una estantería situada en un rincón apartado, lo hacía con el corazón en un puño, temiendo que su peor pesadilla se materializase de repente. Una tarde, mientras estaba subida en el último peldaño de la escalera de mano, oyó que una voz la llamaba desde abajo y estuvo a punto de caerse.

Bajó poco a poco, con un grueso volumen, preparada para tirárselo a la cara si era necesario, pero luego vio que no era Grant, tampoco era un hombre. Una joven le sonreía y Penny pensó que le sonaba de algo. Era alta, muy delgada, con el pelo cortado a la última moda y los dientes a todas luces enfundados, porque eran demasiado blancos y perfectos para ser verdaderos.

—Penelope Miller, ¿no te acuerdas de mí? —le preguntó la joven, estrechándole la mano.

La memoria de Penny ordenó su mente mostrándole varios recuerdos fugaces del pasado: los dieciséis años, el instituto, la rabia porque su abuela había insistido en trasladarla a un centro alejado del barrio donde vivían, un instituto caro en el que había gastado todos sus ahorros, excelente pero lleno de idiotas racistas.

—¿Rebecca Day? —exclamó, casi tentada de preguntarle dónde había dejado la otra mitad de sí misma, dado que pesaba unos cuarenta kilos. Penelope no era precisamente un coloso, pero su excompañera de instituto parecía no haber comido en meses. Lo primero que pensó Penny fue que estaba enferma, pero su sonrisa, la ropa que costaba seis veces su sueldo y el aire triunfal le revelaron que Rebecca solo era la enésima aspirante a modelo medio anoréxica. Quedaba por entender qué hacía allí, en una zona tan poco habitual para ella, que vivía en un barrio bueno.

—¡Soy yo! Te estábamos buscando.

—¿Quiénes me estabais buscando? ¿Por qué?

Un nuevo personaje salió de detrás de una estantería. Esta vez Penny lo reconoció enseguida. Era Igor, otro compañero de instituto, el primer chico del que se había enamorado. Aún era muy guapo, con sus rizos rubios y sus ojos color verde musgo. A decir verdad, entre ellos nunca había habido nada: Penny se había limitado a soñar con él y a escribir pensamientos empalagosos, rosas hasta la médula, sobre él y sobre la remota posibilidad de que se casaran un día, cuando fueran mayores, en un ridículo diario con la cubierta del mismo color de sus esperanzas románticas. No se habían casado, en realidad apenas se habían dirigido la palabra, y al terminar el instituto habían perdido el contacto por completo. Así pues, ¿qué demonios hacían allí?

—Fuimos a tu casa y tu abuela nos dijo que trabajas aquí —le explicó Rebecca, pasándose un mechón de pelo por detrás de la oreja con un movimiento estudiado. Su manicura era perfecta; en cada uña resaltaba un pequeño brillante, todos de distintos colores. La piel de sus manos era la propia de quien nunca ha realizado un trabajo manual, excepto ponerse una crema perfumada.

Por un instante Penelope sintió que una fuerza cruel la hacía retroceder. Volvió a ser una niña sola, humillada, tan llena de rabia como la Carrie de Stephen King, pero sin poderes sobrenaturales con los que defenderse de una pandilla de cabrones. De todas formas, se había defendido, pero no como le habría gustado. No había podido arrasarlo todo con el fuego.

No obstante, la sensación oprimente duró poco. La nueva Penny, la que pasaba de todo, la que decía lo que pensaba y no permitía que nadie la pisoteara, regresó de inmediato.

—¿Necesitáis un libro? —preguntó mirándolos de arriba abajo, como ellos la habían mirado en el pasado y como trataban de hacer ahora. Solo que ya no conseguían herirla.

Igor se había conservado mejor que Rebecca: tenía veintitrés años y era bastante alto, pese a que Penny había cambiado su concepto de estatura después de haber conocido a Marcus. Antes habría dicho que un chico de un metro ochenta era muy alto; en ese momento, en cambio, solo le parecía aceptable. Vestía una chaqueta de *tweed* y unos vaqueros sencillos, tenía un poco de barba y un pendiente minúsculo en un lóbulo.

—Te necesitamos a ti —contestó Igor, tomando la palabra.

Penny los miró, estaba empezando a perder la paciencia.

—¿Me decís de qué se trata o jugamos a las adivinanzas?

Rebecca volvió a sonreír y Penny casi pudo oír el chirrido que emitían sus mejillas, tan túrgidas como pomos de latón, al verse obligadas a fingir una falsa cordialidad.

—El caso es que estamos organizando una reunión de antiguos alumnos —le dijo—. Queremos que vengan todos los de nuestro curso. ¡Será muy divertido! Descubriremos cómo hemos cambiado, qué nos ha ocurrido… —añadió con la evidente intención de hablar sobre todo de sus éxitos y de reírse con sarcasmo de los fracasos ajenos—. Por ejemplo —prosiguió—, ¡estoy a punto de casarme! Mi novio es empresario.

Alargó una mano en el ademán típico de una futura esposa que enseña al mundo un anillo digno de todo respeto, con la esperanza de suscitar envidias y gastritis. Penny vio un diamante del tamaño de una avellana, rodeado de brillantes más pequeños, que destacaba de forma grotesca, como un grano, en su anular huesudo.

—Felicidades —le dijo sin hacerle el menor caso.

Notó que, detrás de Rebecca, Igor le estaba guiñando un ojo y haciéndole un gesto extraño, como si quisiera meterse dos dedos en la garganta para vomitar. Le sonrió de forma instintiva y Rebecca pensó que la sonrisa iba dirigida a ella.

—Entonces, ¿vendrás? —le preguntó.

—Esto…, ¿cuándo será?

—El sábado que viene, en casa de mi novio. ¡Nos la presta para la ocasión!

«Así todos podremos comprobar lo rico que es».

—Hum, no sé si podré. El sábado trabajo.

—Ya me dirás, aquí tienes mi número de móvil. Si vienes, ¿te acompañará alguien?

—¿Alguien? ¿En qué sentido?

—Quiere saber si estás sola como un calcetín con un agujero en el dedo gordo o si tienes algo parecido a un novio.

—¡No es verdad, vamos! —replicó Rebecca con una vocecita chillona—. ¡No hay que tener novio a la fuerza! Además, por lo que recuerdo, los chicos nunca te gustaron demasiado, en el instituto no salías con ninguno. No te preocupes, da igual si vienes sola. —Su tono de fingida desenvoltura expresaba un sentimiento de piadosa compasión y de secreto triunfo.

—No estoy sola —afirmó Penelope sin preguntarse qué sentido tenía mentir.

—Ah, ¿no? ¿Tienes novio?

—Tengo novio, sí.

—Bueno, en ese caso ven con él.

—Ya te he dicho que no sé si podré ir, por el trabajo.

—¡Claro! —exclamó Rebecca como si, por fin, hubiera comprendido el misterio. Penny se lo leyó en la cara.

«No me cree y piensa que no quiero ir a la fiesta para no reconocer que estoy sola, que soy una perdedora con un trabajo de mierda y un vestido que, desde luego, no está a la última moda».

Cosa que era, ni más ni menos, la verdad.

Para no darle el gusto y haciendo oídos sordos a las protestas de la prudencia, Penelope dijo:

—Haremos todo lo posible por ir. Así os lo presentaré. Se llama Marcus.

Fingir con Rebecca había sido fácil. Convencer a Marcus no lo iba a ser tanto. Al volver de la biblioteca Penny trazó un plan.

Tras encerrarse en su habitación, rebuscó en el cofre donde guardaba sus joyas. «Cofre» era una palabra altisonante para definir la caja de cartón que ella misma había decorado con *decoupage* usando un papel estampado de cachorros, y «joyas» era un término presuntuoso, además de falaz. En el recipiente rectangular había sobre todo pulseras hechas con bolas de plástico de cuando era niña, pendientes de plata y zircón, un anillo de plastilina para hornear en forma de tarta de cumpleaños y una hebilla de cinturón con brillantitos. Pero en ese revoltijo de baratijas había también un colgante lo bastante valioso como para merecer que Penny lo tuviera guardado en un saquito de tul, como los de las peladillas que se reparten en las bodas.

Penelope lo sacó y lo admiró a la luz. Era un corazón de oro blanco con un pequeño brillante engastado en el centro. Era suyo, solo suyo, un antiguo regalo de sus padres, de los que solo le había quedado el miedo a la oscuridad, causado por el accidente que los había matado.

Se interrogó unos minutos sobre sus intenciones. ¿Tenía sentido arriesgar el único objeto que la unía a su familia desaparecida? Además, ¿con el único objetivo de acallar la perfidia de Rebecca?

¿No era mejor pasar de todo, darle cuerda para que se ahorcase sola con la esperanza de no volver a verla?

Era mejor, desde luego, pero los recuerdos escolares de Penny aún estaban demasiado frescos, a diferencia de los de sus padres. Si bien había salido adelante, con el espíritu y el valor fortalecidos, no podía olvidar las vejaciones cotidianas a las que la había sometido esa bruja anoréxica creando a su alrededor una barrera de escarnio, hasta el punto de que nadie había vuelto a acercarse a ella para tratar de conocerla. Incluido Igor. Igor, que ahora se reía a espaldas de Rebecca. Por aquel entonces él también estaba pendiente de sus palabras.

A ellos no les bastaría su indiferencia, no eran tan sutiles: si no les demostraba algo tangible, seguirían considerándola una perdedora. Y esto era algo que Penny no podía soportar.

Así pues, hizo lo que le parecía justo o, en cualquier caso, necesario. Ese mismo día fue a la casa de empeños y dejó allí el colgante. Sacó menos de lo previsto, solo doscientos cincuenta dólares y, a la vez que se disculpaba mentalmente con sus padres, se prometió que volvería a recogerlo.

Por la noche, después del trabajo, fue a ver directamente a Marcus al Maraja, no lo esperó delante del Well Purple, donde solían verse. Deambuló un poco delante de la entrada, pero no lo vio. Había otro encargado de la seguridad, un tipo más gordo que imponente, que se rascaba la entrepierna con aire de cansancio. Penny hizo acopio de valor y le preguntó. El hombre la miró de arriba abajo y luego soltó una risita.

—Nuestro Marcus y las mujeres. Desde que está aquí no dejan de desfilar tías buenas para hacerle proposiciones.

Penny se preguntó si la incluía también entre las tías buenas, pero prefirió no indagar.

—¿Sabes dónde está? ¿Se ha marchado?

—No, está detrás, fumando.

—Tengo que decirle algo importante.

—Ya veo que también estás cachonda. Ve por ahí.

Penny asintió con la cabeza y enfiló por un callejón, más estrecho de lo habitual debido a la escalera de incendios del edificio de al lado, que trepaban como serpientes metálicas. De los dos bidones abiertos que estaban pegados a la pared del local emanaba un olor espantoso a basura. Los rebasó conteniendo la respiración y llegó a la parte trasera del Maraja.

Entonces vio algo que habría preferido no ver.

Marcus estaba apoyado en la pared con el suéter subido en el abdomen y los pantalones bajados hasta los muslos. Encima de él, sin tocar el suelo y sujetándose en las manos de él, que le apretaban las nalgas, había una joven casi desnuda. No estaban fumando ningún cigarrillo. Estaban haciendo el amor.

Ninguno de los dos reparó en la espectadora. Se movían a un ritmo endiablado, rápidos, cada vez más rápidos. Al chocar sus cuerpos emitían un ruido sordo y obsceno. La chica, una rubita con la melena larga y un trasero que parecía recortado en forma de banjo, gemía con desenfreno. Marcus no decía nada, no respiraba, solo gruñía entre dientes de cuando en cuando.

Antes de que Penny pudiera dar un paso se corrieron. Sus voces satisfechas le recordaron el sonido de las águilas heridas. A continuación él se apartó de la chica y sacó su miembro envuelto en un preservativo pringoso. La bajó al suelo y la joven le dijo en tono malicioso:

—¡Eres una bestia!

Marcus no respondió, se limitó a tirar el preservativo al suelo.

Penny se quedó paralizada; pese a la turbación que sentía, no podía moverse de allí. Tenía un nudo en la garganta y otro en el estómago. Quería escapar, quería borrar a Marcus de su mente, quería gritarle lo que pensaba de él y de su amor extraordinario por Francisca, pero solo conseguía temblar, odiarlo en lo más profundo de su alma y decirse a sí misma que si eso era el sexo, esa cosa repugnante y sudorosa, jamás lo haría.

En ese momento Marcus la vio. Mientras la rubia se vestía, él desvió la mirada hacia ella y Penny tuvo al menos la satisfacción de ver que se sobresaltaba como si se avergonzara. Aunque quizá no fuera vergüenza, quizá era solo la rabia de un capullo que quiere follarse en paz a una putita cualquiera y no soporta tener a alguien cerca fastidiándolo y mirándolo con aire de reprobación.

Porque lo miró con aire de reprobación, sí.

Después retrocedió por el callejón y volvió a la parte delantera del local.

Al verla, el gordo de seguridad se echó a reír.

—¿Has visto qué buen cigarrillo se ha fumado?

Penny hizo caso omiso y echó a andar por la acera en dirección a su casa. Esa noche volvería sola, no necesitaba niñeras. Estaba tan enfadada que si Grant tenía la mala idea de aparecer, lo despedazaría sin dejarle decir siquiera «ay».

No tenía muy claro por qué estaba furiosa, disgustada, decepcionada, desesperada y hasta un poco muerta. Sabía que Marcus se comportaba así, con el permiso de Francisca, además, que no desaprobaba sus aventuras puramente físicas. No obstante, esos eran sus sentimientos. No conseguía quitarse la escena de la cabeza.

Al cabo de unos minutos se dio cuenta de que había caminado a toda prisa. Casi había llegado, sentía los músculos cansados e incluso cierta náusea. Además tenía ganas de llorar. «Malditas lágrimas inútiles». Las enjugó con las palmas de las manos abiertas. «Estúpida cretina llorona».

Subió la escalera y se refugió en casa. No había ni rastro de Marcus. Perfecto.

«Cuanto menos lo vea, mejor».

Llevó a cabo sus ritos nocturnos y se metió en la cama.

En ese momento el corazón se le subió a la garganta y estuvo a punto de morir de un infarto.

Había alguien en la escalera de incendios. Un perfil imponente le quitó la luz de la luna. Se incorporó de un salto en la cama pensando que era Grant, que había trepado hasta su ventana. Pero no: era Marcus.

Lo miró a través del cristal. Él le pidió que lo dejara entrar. Su expresión era tiránica, como si quisiera decir: «Abre o lo rompo todo». Ella sacudió la cabeza como respondiendo: «Lárgate». Entonces Marcus metió dos dedos por el marco, trajinó unos segundos y levantó la ventana de guillotina.

Penny se quedó boquiabierta.

—Espero que a Grant no se le dé tan bien como a mí forzar cerraduras —le dijo franqueando el alféizar y entrando impunemente en la habitación.

—Esfúmate, me gustaría dormirme sin vomitar en la almohada —lo intimó ella tapándose con la sábana. Como si le hiciera falta: hasta una monja se habría negado a ponerse el pijama que llevaba.

Marcus se quedó de pie; al lado de su cuerpo escultural ella se sentía minúscula.

—¿Qué pasa? ¿Te has escandalizado? No follas mucho, ¿verdad? «Nunca follo».

—Lo suficiente —mintió Penny—, pero no con gente que acabo de conocer y de esa manera tan asquerosa. Casi estabais en medio de la basura.

—Cualquier sitio va bien cuando te entran ganas. Sobre todo con desconocidas. Al menos no pretenden nada. Se divierten y luego se quitan de en medio.

—¿Lo haces siempre en los callejones? ¿Nunca en la cama, por poner un ejemplo?

—En la cama corres el riesgo de que quieran quedarse a pasar la noche. En los callejones, no.

—Si a ti te gusta…

—Me encanta. Pero la cuestión es qué hacías tú en la parte trasera del local. ¿Me espiabas? ¿Te gustó lo que viste?

—¡No vi nada!

Marcus le lanzó una mirada sardónica.

—Lo viste todo. No podías apartar los ojos.

—Más bien di que estaba petrificada, como cuando ves algo espantoso y el miedo te paraliza.

—Eres una estúpida mentirosa, pero da igual. He de reconocer que corres como una exhalación. Me vestí y salí a la calle en un abrir y cerrar de ojos, pero ya habías desaparecido. ¿No teníamos un pacto? ¿Por qué has venido tú esta noche? ¿Grant ha vuelto a visitarte?

—No, quería…, quería decirte algo. Algo con lo que habrías ganado más dinero. Pero he cambiado de opinión, da igual. Puedes marcharte.

—De eso nada, cuéntamelo todo. Cuando hay dinero de por medio soy muy curioso.

Penny bajó la mirada hacia la sábana. Marcus se sentó en la cama e hizo amago de encenderse un cigarrillo. Ella lo detuvo.

—No, en casa no. A la abuela le molesta.

Él se acercó a la ventana y se sentó a horcajadas en el alféizar, a caballo entre el interior de la habitación y la escalera. Encendió de todas formas el cigarrillo, pero tiró el humo fuera. Penny reflexionó unos segundos, vacilando entre decírselo o no, pero al final el recuerdo de Rebecca la venció. Se lo contó todo en voz baja.

Marcus soltó una carcajada.

—¿Quieres que finja que soy tu prometido? ¿Crees que tengo pinta de novio?

—Tienes pinta de ser salvaje, canalla y sexy, y eso me basta. Ya que no los deslumbro por ser más rica o más guapa, al menos se morirán de envidia porque tengo un hombre con el que todas se querrían acostar.

Se dio cuenta de que había sido demasiado franca cuando ya era tarde. Marcus sonrió con picardía.

—¿Debo considerarlo un cumplido?

—No lo sé, si te parece un cumplido parecer un tipo que llama más la atención por su pene que por su inteligencia, entonces sí. Y ahora vete.

—¿Así que ya no quieres burlarte de tus amigos?

—No son mis amigos, son unos imbéciles.

—¿Cuánto pensabas pagarme?

—Doscientos cincuenta dólares.

—¿Por una sola noche?

—Sí.

—Es mucho dinero. ¿Dónde lo has encontrado?

—Eso es asunto mío.

—Quiero saberlo. Puede que sea dinero robado, de ser así podrían meterme de nuevo en la cárcel por blanqueo.

—Lo he ganado de manera honesta. Esta noche he hecho un servicio estratosférico a uno que tiene mucha pasta, uno que está obsesionado por las chicas de aire cándido, y me ha pagado enseguida.

Marcus se quedó con el cigarrillo suspendido en los labios.

—No digas gilipolleces —murmuró.

—¿Tú puedes hacer porquerías y yo no?

—Ya basta.

—¿Por qué? Mientras eres tú el que provocas y tratas de avergonzarme, todo va bien, ¿es que no puedo jugar de la misma forma?

—Juegas mal. Te aconsejo que no vayas diciendo esas memeces por ahí. Yo soy un buen tipo, pero si provocaras a otro de esta manera, te atravesaría en menos que canta un gallo.

—A ti, en cambio, ni se te pasa por la cabeza.

—Se me pasa, por supuesto. Pero sé controlarme. Bueno, ¿qué hacemos?

—¿Qué hacemos? ¡No hacemos nada!

—Me refería a esos imbéciles.

—Ah, ellos…, no lo sé.

—¿Qué debemos hacer en esa fiesta?

—Nada especial. Solo debes fingir que besas el suelo que piso.

Marcus exhaló una bocanada de humo y cabeceó.

—No podría hacerlo ni siquiera después de un curso de teatro.

—En ese caso, ¿puedes fingir que estás loco por mí?

—Mmm… ¿No tienes un plan C?

—¡Qué carajo, debes ganarte el sueldo! Si no te sientes capaz, no iremos siquiera. Mejor así, punto final.

—A ver, podría fingir que me atraes como un imán, que si te miro la boca me entran ganas de besártela hasta hacerla sangrar, que sueño todas las noches con follar contigo horas y horas, y que me gusta todo de ti, incluso ese pelo ridículo y tu estúpida manera de plantarme cara y de provocarme. ¿Es suficiente?

Penny tuvo que tragar saliva antes de poder hablar. Tenía la garganta seca y se sentía caliente, blanda y un poco aturdida, como después de un largo masaje.

—Pues… sí, supongo que con eso bastará. Aunque no sé cómo piensas conseguirlo. Te pagaré después, nunca se sabe.

—Creo que puedo fiarme de ti.

—Bueno, ahora lárgate.

—Mañana te pondré un cierre mejor en la ventana. Este parece de mantequilla. No es seguro. Ciérralo bien cuando salga.

—¿Te preocupas por mí?

—¡Claro que sí! Ya que no me pagas por adelantado, si te ocurre algo, no veré un solo dólar.

—Ah, ya me extrañaba.

Marcus saltó a la escalera de incendios y la saludó irónicamente con la mano. Penny levantó el dedo medio como solía hacer él. Marcus se rio y desapareció. Una vez sola, Penny se refugió bajo las sábanas.

Tal y como le había dicho, a las doce de la mañana del día siguiente Marcus se presentó con varias herramientas para arreglar el cierre de la ventana. Al abrirle la puerta Penny pensó que debía dejar de sentirse como si acabara de salir de un centrifugado cada vez que lo veía.

A diferencia de ella, que fingió que su presencia casi le molestaba, su abuela se mostró contenta de verlo:

—¡Qué maravilla tener un chico tan guapo en casa! ¡Qué amable eres! Tienes que devolverle el favor de alguna manera, Penny.

Penelope se ruborizó sin motivo y le volvió a la mente la escena que había visto en la parte trasera del Maraja. Como si le hubiera leído el pensamiento, él le sonrió con aire canalla.

—Arregla la ventana y vete —le ordenó mientras lo acompañaba a su habitación.

Marcus trajinó con el marco mientras Penny lo miraba trabajar desde el umbral de su cuarto. Llevaba una camiseta de manga larga, pecaminosamente ceñida, que resaltaba los haces de músculos de sus hombros y de sus brazos, cubiertos de tatuajes. Penny se mordió los labios y miró el suelo odiándose, porque no era fácil apartar los ojos de él: la tentación de quedarse embobada contemplándolo era tan fuerte que se sintió hipnotizada.

De repente, Marcus se paró, sacó algo de un bolsillo posterior de los vaqueros y se lo tendió.

—Es una carta para Francisca. Escribe la dirección y el remitente y envíala.

—Agradecería que añadieras «por favor».

—Ya te estoy haciendo un favor arreglándote la ventana.

—¡La rompiste tú! En cualquier caso, te he pagado de sobra.

—Me pagas para escoltarte desde el sitio donde trabajas hasta aquí y me pagarás por fingir que no tengo ganas de olfatear a ninguna mujer salvo a ti, no por hacer de carpintero.

—Eres vulgar y codicioso.

—Sí, siempre han sido dos de mis rasgos. Los dos fundamentales. Sexo y dinero.

—Añade un tercero, «repugnancia». Solo una persona repugnante podría hacer lo que hiciste anoche y escribir a continuación a su mujer.

—De hecho, fue una noche provechosa. En cualquier caso, deja de sermonearme sobre Francisca. Nuestra relación es así, una idiota como tú no puede entenderlo.

Penny no dijo nada: cuando le hablaba de Francisca, Marcus perdía su merdosa alegría y se convertía en un simple merdoso.

—Otra cosa —prosiguió al cabo de unos minutos—, si he de hacerme pasar por tu novio, supongo que deberé saber algo más sobre ti. Para no soltar alguna memez, eso es todo. ¿Cómo eras cuando tenías dieciséis años? Aunque un poco me lo imagino ya.

—No creo.

—Dime si acierto. Eras solitaria, introvertida, aunque no tímida, solo te disgustaban los que te rodeaban. A pesar de que ellos pensaban que eras estúpida y sumisa, en realidad eras inteligente y estabas llena de rabia. Habrías querido agarrar por el pelo a las que se las daban de tías buenas y meterles la cabeza en la taza del váter como mínimo. Te gustaba algún chico, pero ninguno te hizo caso. ¿Me equivoco?

Penny lo observó boquiabierta.

Marcus frunció el ceño y se concentró de nuevo en su trabajo.

Ella le preguntó:

—¿Cómo... lo has hecho?

—Eres bastante previsible —masculló Marcus sin apartar los ojos de lo que estaba haciendo.

La abuela entró en la habitación en ese momento.

—¿Te quedas a comer con nosotras? —preguntó a Marcus, exultante.

Penny y Marcus le dieron a la vez dos respuestas distintas.

—No —dijo ella.

—Sí —dijo él.

La abuela volvió a la cocina brincando como una niña.

—¿Qué pretendes? —le preguntó Penny, furiosa.

—Comer.

—Ve a comer a tu casa.

—Tengo la nevera vacía y me muero de hambre. Ya sabes que cuando tengo hambre no razono. Además, debes pagarme el trabajo que estoy haciendo, ¿no? Después arreglaré también la ventana de la habitación de tu abuela y la mierda de cadena que tenéis en la puerta. Ya ves, o me das veinte dólares o me invitas a comer.

—Sé por qué lo haces. Así luego podrás criticar también cómo cocino.

—¿Cocinas tú?

—Por supuesto. Si lo hiciera mi abuela, como mínimo echaría azúcar en los macarrones con queso.

—En ese caso, mueve el culo. Ve a preparar algo.

—El culo que lo mueva tu hermana —replicó Penny mientras salía de la habitación.

Comer con Marcus fue realmente extraño. La casa parecía más estrecha con ese coloso, que tocaba las lámparas con la cabeza. Hasta su abuela parecía más pequeña.

El corazón de Penny, en cambio, se agigantaba a cada paso, mordisco, palabra o silencio de él. Cada vez la atemorizaba más, no por los motivos por los que debería haber tenido miedo de él ni porque fuera arrogante, antipático, pendenciero y animal. Le asustaba haberse acostumbrado demasiado a su presencia, depender de la necesidad de verlo. Demasiadas cosas se estaban haciendo familiares: su olor, una combinación de jabón de cítricos y tabaco; la manera en que arqueaba una ceja o fumaba, dejando colgar el cigarrillo, mientras el humo flotaba alrededor de él, y agarrándolo bruscamente con los dedos después; sus brazos sólidos y pintados; sus hombros, tan majestuosos que parecían capaces de sostener la bóveda celeste.

Debía calmarse, al menos emotivamente. Debía evitar que su corazón fuera adonde quisiera, deambulando por la caja torácica como un borracho que choca contra las paredes del mundo.

Cuando acabaron de comer, mientras la abuela se acomodaba en el sofá para ver su telenovela preferida, Marcus observó a Penny.

—Reconozco que sabes cocinar —le dijo.

—¡Menuda concesión!

—No, en serio, se te da bien. La próxima vez que hagas esa pasta súbeme un poco.

—¿El señor desea algo más?

—Después de comer tengo un desfallecimiento de otro tipo, pero no eres la persona adecuada para remediarlo.

—Eres un animal, repito.

—¿A qué edad lo hiciste por primera vez?

Penny se tambaleó como si alguien la hubiera empujado.

—¿Eh? ¿Qué tiene que ver esto con la comida? ¡Métete en tus asuntos, pervertido!

—¿Y bien?

—Pero ¿de dónde sacas estas preguntas?

—Se me ocurren y las suelto.

—¡No podemos soltar siempre todo lo que se nos ocurre!

—Tienes razón. Todo no. Pero esto sí; vamos, es una pregunta inocente y se supone que un novio sabe estas cosas. ¿Cuándo? ¿O no lo has hecho nunca y te las das de mujer experimentada?

—Lo he hecho, por supuesto, pero no pienso hablar de eso contigo.

Marcus hizo amago de encenderse un cigarrillo, pero se detuvo.

—¿Vamos a mi casa? Así podré fumar mientras me cuentas uno de tus vergonzosos secretos.

La respuesta más sensata habría sido un no colosal, pero en los últimos tiempos Penny tendía a enterrar la sensatez, como hacen los perros con los huesos. De esta forma, dejándose guiar por la parte de sí misma que ya no entendía nada y que se ponía en manos del deseo, asintió con la cabeza y lo siguió.

No tardaron en llegar a la buhardilla de Marcus y este encendió el enésimo cigarrillo del día. Se sentó en la cama con la espalda apoyada en la pared. Penny se quedó a cierta distancia, apoyada en el brazo del sofá, fingiendo que no lo observaba y que no tenía intención de hacerlo. De improviso, hizo acopio de valor y le propuso un nuevo pacto:

—Responderé a tu pregunta entrometida si tú también me cuentas algo.

Marcus frunció el ceño.

—Antes debes responder tú.

—Así, si no te gusta mi pregunta, te negarás a responderla, pero yo ya habré contestado la tuya, ¿no?

—Vaya, por lo visto la niña no es tonta.

—Dijiste que soy inteligente, ¿no?

—Sí, y lo pienso en serio. Pero ahora cuéntamelo todo sobre tus escandalosas experiencias. Si quieres, en la fiesta podemos dejar caer que la primera vez lo hiciste conmigo. Estoy seguro de que a las idiotas de tus antiguas amigas les encantará ese detalle, en caso de que te lo pregunten.

—Solo son idiotas, no son amigas. Son tan idiotas que serían capaces de preguntarlo.

—Pues venga, cuéntame qué pasó. Me muero de curiosidad. No consigo imaginarte ocupada en una actividad lujuriosa.

—El amor no es una actividad lujuriosa. Lo es lo que tú haces, el sexo repugnante y sin emociones que practicas con mujeres de paso. Cuando quieres a alguien es diferente, es romántico; deberías saberlo, ya que estás con Francisca.

—Yo siempre soy lujurioso, nunca seré romántico en la cama y a Francisca le encanta. Pero aún no has contestado a mi pregunta.

Penny se mordió el labio inferior a la vez que escrutaba un rincón de la pared. Podía inventarse lo que quisiera, ¿no? Lo bueno de las mentiras es que no se ven sometidas a los pobres y estrechos confines de la verdad. Así pues, intentó imaginarse una situación ideal, la que le habría gustado vivir de verdad, y la plasmó en la película de una falsa experiencia consumada.

—Estaba muy enamorada, mucho. Cuando lo vi en la habitación casi me estalla el corazón. Fue algo natural y precioso. Era mi hombre ideal. Además había una bonita música de fondo, velas perfumadas y pétalos de flores en la cama. Nada de detalles sórdidos, el amor hace que todo sea inocente.

Por un instante, Marcus se mostró distraído, como si no la estuviera escuchando. Después la escudriñó como si fuera una extraterrestre que acabara de salir de un platillo volante.

—¿Y qué fue de ese tío tan perfecto?

—Esto… Hum, murió.

—¿Murió?

—Sí, estaba enfermo. De leucemia. Pero no quiero hablar de ese tema, me duele solo pensarlo. Ahora es mi turno.

Él fumó unos minutos en silencio mirando el cielo, que lo contemplaba a él a través de la claraboya del techo.

—Vaya chasco, esperaba algo más picante.

—Ahora es mi turno —repitió Penny.

—¿Quieres saber cuándo lo hice yo? Será mejor que no, niña, estropearíamos esta atmósfera romántica llena de príncipes azules y suspiros.

—No es eso lo que quiero saber.

—¿No? Entonces, ¿qué?

—¿De quién es el anillo que llevas al cuello?

Al ver que Marcus saltaba de la cama y, nervioso, aplastaba el cigarrillo aún encendido en el suelo, se arrepintió de haber hecho la pregunta. Vio que se llevaba una mano al cuello y que con un ademán irritado se metía dentro de la camiseta la cuerdecita de cuero y el anillo que colgaba de ella para que no lo viera. Después se acercó a ella, tanto que la aplastó contra la pared. Penny sintió el cálido peso de su cuerpo, una auténtica manta de músculos.

—No vuelvas a preguntármelo —gruñó a la vez que se inclinaba hacia su cara para mostrarle su rabia.

Se enfrentaron por un instante en una guerra de miradas, sin palabras, porque el iris plateado y el cielo nevoso bastaban para decir todo lo que había que decir. Penny ni siquiera respiró y no porque tuviera miedo de él: le atemorizaban sus propios sentimientos. Deseaba besarlo, deseaba que él la besase. Por unos segundos dio la impresión de que Marcus iba a satisfacer esa necesidad secreta, como si hubiera leído sus pensamientos en sus labios entreabiertos, en su respiración entrecortada. Pero, por desgracia, solo fueron unos segundos. De hecho, después de ese instante de confusión, Marcus se apartó. Retrocedió, la observó con una hostilidad indefinida, con el ceño fruncido y la respiración también quebrada.

—Será mejor que te vayas —dijo antes de dar media vuelta y encerrarse en el cuarto de baño.

CAPÍTULO 12

Marcus

No es difícil encontrar una tía. Tengo donde elegir. Nos dirigimos a la parte trasera del local y me la tiro sin darle siquiera un beso. No me basta, solo es un desahogo fugaz, no colma el hambre y la sed ni satisface la necesidad primitiva que me devasta. Pero algo es algo.

De repente oigo un ruido en el callejón. Me vuelvo y por poco no suelto un taco. Penny. ¿Qué hace aquí Penny?

Está de pie, mirándome. Después escapa como si yo fuera un demonio que roba el alma a los inocentes.

Me ajusto la ropa, aviso a mi jefe, la busco, la persigo. Debe de haber corrido para estar ya tan lejos. Una voz interior me dice: «Vale, ya ha llegado, si no la has encontrado muerta en una acera o violada en un callejón, con toda probabilidad debe de estar en la cama haciendo una lista de las razones por las que eres ciudadano honorario del planeta de los puteros asquerosos».

Eso debería hacer, irme a casa, darme una ducha, dormir y olvidarme de lo que piensa de mí la señora Penelope Miller.

Entonces, ¿por qué estoy subiendo por la escalera de incendios?

No lo sé, no tengo todas las respuestas. Lo único que sé es que subo hasta el penúltimo piso y golpeo el cristal.

Lo suponía, las acusaciones me llueven como flechas envenenadas. Pervertido, animal, asqueroso y a saber cuántas más piensa y no me dice. Me importa un comino, yo soy yo, no puedo tener la polla en apnea, estoy vivo, respiro, pulso y quiero. El hecho de que la desee también a ella lo prueba. No me atrae ninguna cualidad especial de esa chica, no siento nada que no sea una urgencia feroz. Es una mujer, no es repugnante, tiene dos piernas, un coño, un culo, una boca. Me divierte provocarla y me excita. Si soy una bestia por esto, de acuerdo, lo soy.

Por la noche escribo a Francisca. Le escribo y arrugo la hoja, le vuelvo a escribir. Repito este cansado ejercicio al menos media docena de veces antes de conseguir redactar un par de ideas aceptables. Jamás he sido un literato, pero esta vez la desazón no procede de la habitual antipatía que despiertan en mí las hojas en blanco y los bolígrafos.

Me siento culpable con mi compañera.

¿Por qué debería sentirme mal por haber follado con una furcia cualquiera? Lo he hecho siempre, sin problemas ni arrepentimientos. Así pues, ¿por qué ahora es distinto?

Solo cuando, por fin, firmo la carta, una sospecha fugaz me hace fruncir el ceño y soltar una imprecación. Maldita sea.

No me siento culpable porque me haya tirado a una tipa que ni siquiera sé cómo se llama.

Me siento así porque cuando Penny me propuso que la acompañara a la fiesta de su antigua clase y me ofreció doscientos cincuenta dólares, yo le pregunté de dónde los había sacado. Ella me dijo que había prestado un pequeño servicio a un tipo y por un instante pensé: «Dime quién es y lo mato».

Bromeaba, pero esa no es la cuestión.

La cuestión es que, hasta que no lo comprendí, una furia homicida sacudió mis entrañas.

¿Qué más me da con quién folla esa? Basta con que me pague, ¿no?

No tiene sentido, la verdad es que no lo tiene. Y las cosas que no tienen sentido me ponen nervioso.

Solo consigo sentirme mejor después de haber pateado el saco una hora, un golpe tras otro, de haberlo molido a puñetazos hasta sentir que los brazos me ardían y que la buhardilla parecía estar a punto de estallar bajo el peso de mi cólera. Al final me siento agotado, aunque lúcido, y me acuesto sudado, pero libre ya de estúpidos tormentos.

Acepto acompañarla a esa fiesta absurda. El dinero me viene bien. No pienso en nada más, no debo pensar en nada más. Lo hago para complacer a mi fuente de ingresos extras, para asegurarme de que viva hasta el próximo mes, luego puede irse al carajo.

La verdad es que ella y su abuela parecen sacadas de una película lacrimógena. ¿Cómo se puede vivir así, prisioneras de una vida siempre idéntica? ¿Cómo es posible que Penny no tenga ganas de largarse? Se ocupa de la vieja como si esta fuera su hija, y se ocupa de todo, lo sé por sus manos. Son las manos de alguien que ha trabajado siempre y que sigue haciéndolo. Ásperas, cansadas, agrietadas. ¿De dónde saca tiempo para vivir? Duerme, come, respira y trabaja. ¿Y la vida?

De acuerdo, dicho por uno que ha pasado los últimos cuatro años en la cárcel puede parecer presuntuoso, pero yo antes tuve una vida. Desordenada, retorcida, tóxica, violenta, pero plena. Vi cosas, hice cosas, cambié cosas, rompí cosas, maté cosas. Pero no paré ni un momento.

Penny lleva siglos en esta casa. Y ahora cuida también de una abuela medio ida. ¿No tiene ganas de plantarlo todo y mandarlo a la mierda?

No sé por qué le pido que salga conmigo. Últimamente están aumentando de forma alarmante las cosas que no sé y que no entiendo. Lo único que sé es que, mientras hablamos de las mentiras que vamos a soltar a sus antiguos compañeros de instituto, me entran ganas de conocerla más. En especial me interesa cómo es en la cama. El mejor modo de averiguarlo es tirármela, claro. Pero eso nunca sucederá: a pesar de que me muero de ganas de hacerlo, no sucederá. Así que la única alternativa que me queda es hacerle preguntas impertinentes. No obstante, mientras me cuenta cómo fue su primera vez, me doy cuenta de que no consigo imaginármela con ese tipo, con el hombre perfecto, romántico hasta la náusea, tan patético como el personaje perdedor de una película. No consigo imaginármela porque, sencillamente, mientras me habla sigo el movimiento de sus labios, la veo, sí, la veo desnuda con los ojos de la mente, pero soy yo el que está encima de ella, el que está dentro. Creo que será mejor que no le haga más preguntas de este tipo. Soy un idiota. Un idiota indisciplinado. Me hago la guerra yo solo.

Luego me pregunta por el anillo que llevo colgado al cuello y me cabreo, como siempre que alguien me lo pregunta. Hay secretos, los más duros o los más frágiles, que prefiero guardarme para mí.

Pero cuando la aplasto contra la pared siento que tiembla y la miro, y sus ojos son fuegos, sus labios flores, su tórax un fuelle y... de pronto me importan un comino el collar y los secretos. Lo único que quiero es besarla. Le lamo, acaricio los pétalos frescos con la punta de la lengua, y deseo entrar en ella. Maldita sea, quiero entrar en ella en todos los sentidos.

No debo secundar esto. Es insensato, es una reacción propia de un borracho, de un drogado, jodida, pese a que estoy sobrio, no fumo nada extraño desde hace años y nadie me jode nunca. No puedo tratar de besar a una así y sentir que me pitan los oídos, que el suelo se abre y que la polla me pide, me suplica, me tortura y se transforma en un monstruo de piedra. Debo encontrar una solución: o me voy o me la tiro. Después, quizá, después de haber follado con ella, de haberme concedido el capricho, volveré a pensar en ella como en una tía más sin cara ni nombre.

CAPÍTULO 13

No tenía bastante dinero para comprarse también un vestido nuevo y ya no le quedaba nada para empeñar. Tenía que arreglárselas de alguna manera.

Por suerte, en el armario de la abuela había un sinfín de vestidos viejos que podía ponerse. ¿Acaso no estaban volviéndose a poner de moda los años cincuenta? Pues bien, tendría un traje de los años cincuenta original, no una imitación reinterpretada y corregida.

Por suerte, Barbie y ella tenían la misma talla, de manera que cuando se probó uno delante del espejo vio a su abuela de joven, delgada, infantil y traviesa, solo que con el pelo más corto y desgreñado y una sonrisa menos espontánea. El vestido era de color amarillo sol, ceñido a la cintura y con una falda ancha y acampanada, como un tulipán al revés, y tres enaguas de organza que le hacían cosquillas y que crujirían en caso de que alguien intentara levantarlas. Ese pensamiento blando y grosero le trajo a la mente Marcus, el beso-no-beso que le había dado, más un atropello que un beso, un castigo por haber pecado de curiosidad. ¿Qué escondía el anillo que colgaba del cordón de cuero?

Tenía la ligera impresión de que empezaba a detestarla, pesé a que no sabía por qué. En las noches sucesivas, las que precedieron a la noche de la fiesta, mientras la acompañaba a casa para ganarse sus cincuenta dólares semanales, Marcus puso en práctica la terapia de la absoluta indiferencia. Ella tampoco trató de entablar conversación, así que caminaban como estatuas mudas, un poco cabreadas, los dos con las manos metidas en los bolsillos. Penny lo observaba de cuando en cuando por el rabillo del ojo preguntándose si habría estado con otras en la parte trasera del local, si habría entregado su cuerpo a un cuerpo de paso, y qué habría sentido mientras lo hacía, qué sentiría su corazón en esos momentos. Después se preguntaba qué habría escrito en la carta para Francisca y si, al leer sus palabras, su alma había vuelto a palpitar y a hablar, en lugar de mantener el odioso silencio que le reservaba a ella.

Se preguntaba todas estas cosas y se sentía triste, desechada como un mendrugo que nadie ha intentado siquiera comer, porque el pan a secas no sabe a nada.

Mientras se arreglaba para salir la asaltó la tentación de no hacerlo. ¿Qué sentido tenía? Marcus la ignoraba, se comportaría fatal en la fiesta, demostraría que todo era un montaje y su deseo de renacer se quebraría haciéndola caer aún más bajo.

Se observó. El vestido le sentaba bien y era gracioso. Se había puesto una diadema de brillantitos, también de su abuela, muy auténtica y *vintage*, y se había echado hacia atrás el mechón de un color rosa, que cada vez estaba más pálido. Era mona, no una «tía despampanante», como diría Marcus, pero tampoco insignificante. No obstante, se sentía abatida.

«He tenido que pedir permiso en el trabajo para ir a una estúpida fiesta en la que, a buen seguro, me sentiré humillada. Pues no pienso ir; a fin de cuentas, no creo que me echen de menos».

Pero cuando salió de la habitación calzada con unos zapatos de tacón a cuadritos blancos y amarillos, vio que Marcus estaba en casa

—su abuela lo había dejado entrar sin avisarla— y estuvo en un tris de caer al suelo como un zancudo de circo que se ha hecho una torcedura.

—Pero ¡qué guapa estás, preciosa! —chilló la abuela con sincero amor.

Penny respondió a su cumplido con una sonrisa igualmente rebosante de cariño, segura de que, aunque hubiera salido de la habitación vestida de plátano, Barbie la habría encontrado guapísima. Marcus, en cambio, no parecía dispuesto a hacerle ningún cumplido, ni siquiera a mirarla. Ella sí lo escrutó. Era imposible no hacerlo y no sentir, en algún rincón en el interior de sí misma, que su corazón hacía una rocambolesca pirueta.

Vestía unos vaqueros gris oscuro y un suéter de color perla, de lana fina, con el cuello de pico, tan ceñido al cuerpo como un traje de neopreno. Se entreveían varios de sus tatuajes, los que le asomaban por la garganta, confiriendo a ese borde de piel una fascinación feroz. Calzaba unos botines negros con hebilla, planos, de aspecto intimidatorio. Completaba el conjunto un abrigo largo de cuero, tan usado y salvaje como sus ojos. El muy canalla era rematadamente sexy. Y lo sabía. Quizá sus antiguas compañeras de estudios tenían ahora novios con la cartera bien llena, pero estaba segura de que si lo hubieran visto en ese momento, habrían pensado en la mejor manera de arrancarle los pantalones.

«Esas imbéciles morirán babeando. Solo espero no morir antes que ellas».

Le sonrió de forma instintiva, pero él, tras echarle solo un rápido vistazo, contestó con un «vámonos» apresurado y desmañado. Penny agarró su abrigo preferido, el de color rosa antiguo, de lana hervida, con los botones de tela en forma de flor, y lo siguió para pasar una velada que luego iba a ser mejor olvidar.

—Iremos en taxi —dijo Marcus cuando salieron a la calle.

—No tengo dinero —replicó ella, irritada.

—En ese caso, te invitaré yo.

—¿A qué viene tanta generosidad?

—Odio ir en autobús. Ya me pesa bastante tener que acompañarte.

—No te he obligado. Si no quieres venir, seguiremos siendo enemigos como antes.

—¿Y privarme del placer de escoltarte en medio de una partida de imbéciles? No, no puedo —comentó él en tono irónico.

Llegaron a la calle más transitada, próxima al Maraja. Pese a que no le dijo nada amable, mejor dicho, no le dijo nada en absoluto, Marcus permaneció a su lado, no como hacía algunas noches en que apretaba el paso, la dejaba atrás y luego se detenía y la observaba como si ella fuera un caracol con algo de cangrejo. De repente, pararon un taxi. Dieron una dirección al taxista, que exclamó: «Un barrio elegante, ¿eh?».

Pero después su mirada se cruzó con la de Marcus en el espejito retrovisor y calló.

No dijeron una palabra en todo el trayecto. Marcus parecía un *killer* tatuado, su mirada era hostil y apretaba con fuerza la mandíbula. Uno no podía por menos que preguntarse si no llevaría una pistola de calibre 357 y cañón largo bajo el abrigo.

Poco antes de llegar, Penny se sintió tan oprimida por el silencio que, tras contener un instante la respiración, le habló en voz baja para que no la oyera el taxista:

—Oye, no entiendo muy bien qué te he hecho. Si te ofendiste porque te pregunté por el anillo, te ruego que me disculpes, no te preguntaré nada más. En cambio, si lo que pasa es que no me aguantas, a partir de mañana no volveremos a hablar. Pero esta noche haz lo que te digo. Si quieres que te dé los doscientos cincuenta dólares que hemos acordado, debes ganártelos. No quiero que finjas, el aire de cabrón va de maravilla, pero debes ser amable conmigo. Deben envidiarme imaginando que follamos como locos y que, por mucho que ellas tengan novios con dinero, el mío es el que tiene la polla más grande, ¿de acuerdo?

Los ojos de Marcus brillaron como ónices en la oscuridad.

—Seguro que tengo la polla más grande —dijo con frialdad, sin complacerse, como si se estuviera limitando a afirmar una verdad evidente.

—Lo sé, la he visto, pero esa no es la cuestión. La cuestión es que debes fingir que estás enamorado de mí o, en caso de que eso sea excesivo, fingir al menos que te gusto, ¿entiendes? Cuando nos vean juntos deben pensar: «Qué suerte tiene, hay que ver cómo la mira».

El taxi se detuvo, habían llegado a su destino. Alrededor de ellos se extendía un barrio residencial con aceras impolutas, mansiones de estilo colonial y grandes zonas verdes. Otro planeta, respecto a la zona en que vivía Penny. Por un instante tuvo miedo de estar cometiendo un error y de que ese mundo tan ajeno a ella pudiera contaminarla de alguna forma o, peor aún, hacerla retroceder en el tiempo, a la época en que era una adolescente de dieciséis años rabiosa e infeliz. Marcus pagó el taxi y se apeó de él, mientras ella seguía dentro, casi paralizada en el asiento, embutida en su estúpido vestido dorado de segunda mano.

Pero en ese momento Marcus se asomó al interior del vehículo y le susurró al oído algo que le infundió un inesperado valor:

—Será como quieres. Esas cabronas desearán estar en tu lugar.

La casa era, efectivamente, un auténtico palacio y ya estaba llena de gente. Desde fuera se oía la música y ruido de voces. El corazón de Penny latía a toda velocidad, como si fuera a estallar. Marcus le aferró una mano, que se perdió entre los dedos de él.

—Ya no tienes dieciséis años. Mándalos a tomar viento —dijo él con rabia.

Penelope asintió con la cabeza, pero en su fuero interno no podía. Dentro de ella el miedo y la rabia se alternaban en trémulas oleadas.

Rebecca les abrió la puerta acompañada de su cacareado novio. Penny experimentó la primera sensación de victoria de la velada de su vida al confrontarse con su antigua compañera de instituto y verdugo.

Ella era una falsa belleza anoréxica, con una melena rubia y unas pestañas de color negro alquitrán a todas luces sintéticas, y su novio, un treintañero guapo solo en apariencia, vestido a la última moda, con los hombros raquíticos y las orejas de soplillo. Pese a que olían a dinero de pies a cabeza, solo eran dos figuras grotescas, mortales, relucientes pero huecas.

Apenas vieron a Marcus se inclinaron ligeramente hacia atrás, como si se hubiera producido una explosión. Rebecca abrió los ojos como si una luz violenta la hubiera deslumbrado. Su novio, que se llamaba Mordecai, se sobresaltó a la vez que palidecía. Penelope se preguntó si no habría sido también víctima de algún prepotente. Fuera como fuese, se recuperaron de inmediato, simularon dos sonrisas combinadas, les estrecharon las manos y los invitaron a entrar.

Para Penny fue como una inmersión total en su pasado. Allí estaban, unos en pareja y otros solos, pero todos con ganas de contar sus éxitos, tanto los auténticos como los presuntos. Vio a Gaya, la inteligente, que se acababa de licenciar en Yale; Robert, el rebelde, que había dejado de rebelarse y trabajaba en la empresa de su padre; Jessica, la puta, la que se la chupaba a todos en los servicios, que ahora era casi abogado; y también Igor, que le sonrió desde lejos y miró a Marcus con una suspicacia mal disimulada.

A decir verdad, todos escrutaban a Marcus, aunque con varios tipos de curiosidad. Él hablaba poco, como corresponde a un idiota, pero no le soltaba la mano, como hace un hombre que marca los confines de su territorio. Sentirlo tan cerca era agradable y excitante. Interpretaba su papel a la perfección. Ni el mismo Al Pacino en su época dorada se habría identificado tanto con los humores de un ferviente enamorado. Nada asombroso ni ajeno a su manera de ser: nada de dulzura ni de sonrisas, nada que desentonase con su aspecto de picapedrero. Pero, por ejemplo, cuando sonó *Trying Not to Love You* de los Nickelback, mientras varias parejas bailaban en una cálida sala de tonos anaranjados, sin preguntar ni decir palabra le ciñó la cintura con una mano y se puso a bailar con ella. La abrazó tan fuerte que Penny sintió que su cuerpo era una prolongación del suyo. Descubrió en un instante el verdadero sentido de la palabra «tormento». Si alguno de sus antiguos compañeros la hubiera observado con más atención, no le habría quedado ninguna duda sobre la pasión devoradora que sentía por su acompañante. La devoraba en serio, hacía que se sintiera pequeña y palpitante, inerme y guerrera, presa de un deseo escandaloso y tímidamente aterrorizada de ese deseo.

—No me estrujes —le susurró mientras seguían bailando.

Marcus se inclinó un poco hacia ella y le habló al oído:

—Si quieres que se lo traguen, debes dejar que te toque. No recito poesías cuando una tía me gusta. Le meto mano.

—Sí, vale, pero…

—Si te molesta, paro.

«No me molesta, el problema es que me gusta».

—Entiendo, pero si sigues así, dentro de nueve meses tendremos cuatro gemelos —replicó apretando los dientes.

Él soltó una risita canalla.

—Me parece que voy a tener que recordarte cómo se hacen los niños.

—No quiero que me recuerdes nada.

—Te sugiero que finjas, porque esa estúpida viene hacia aquí.

En ese momento Penelope oyó a su lado la voz de Rebecca.

—¡Queridos! —exclamó con el tono condescendiente de una *first lady* que saluda a los obreros de una empresa metalúrgica en una conferencia de prensa—. Alguien ha propuesto que hagamos el viejo e infantil juego de la botella. ¿Queréis participar?

En unos minutos casi todos estaban sentados en el suelo, en círculo, como si tuvieran trece años, solo que la botella que giraba no era de Coca-Cola sino de Moët & Chandon. Marcus destacaba en el corro como un baobab entre amapolas.

Las reglas eran un poco distintas de lo habitual. La persona señalada en el primer giro de la botella podía hacer una pregunta o pedir una prenda a los que salían en las vueltas sucesivas. Penny y Marcus se sentaron juntos y tardaron un poco en salir. Asistieron a un alud de preguntas indiscretas y de prendas en forma de besos, manoseos para averiguar si las tetas eran auténticas o falsas, pantalones desabrochados para ver si sus dueños llevaban bóxers o slips, y otras tonterías pruriginosas. Después, de improviso, la botella de champán eligió a Rebecca y a continuación a Marcus. La muy cabrona era demasiado lista para pedirle que le metiera la lengua en la boca delante de todos, pese a que saltaba a la vista que se moría de ganas. Mordecai no participaba en el juego, había desaparecido en otra habitación, pero de todas formas Rebecca era una oportunista demasiado astuta como para arriesgarse a ofenderlo. Así pues, con una sonrisa en apariencia apacible y romántica, preguntó a Marcus:

—¿Qué sientes por Penny?

Penny tembló como la casita de paja cuando sopló el lobo. Marcus, en cambio, no se inmutó. Mirando a Rebecca de forma penetrante, dijo con voz igualmente firme:

—Estoy loco por ella y me gustaría tirármela las veinticuatro horas del día, ¿es suficiente?

Las mejillas de Penelope se pusieron tan rojas como las de Rebecca, aunque por una razón diferente. Penelope se sintió turbada y avergonzada; Rebecca, detrás de su sonrisa inagotable, parecía encolerizada.

El juego continuó con otras preguntas y prendas hasta que, una vez más, el azar volvió a involucrarlos. La botella eligió a Igor y luego a Penny.

Igor, que estaba justo delante de ella y que no le había quitado ojo en toda la noche, declaró con aire de desafío aparente:

—Quiero un beso.

Miró también a Marcus, quien, sentado al lado de Penny y con una mano apoyada en una rodilla, lo observaba a su vez con sus ojos de acero. Los demás aplaudieron, salvo Rebecca, que parecía estar al borde de un ataque de nervios. Igor se acercó a Penelope gateando y atravesó el círculo de amigos, que se reían y lo empujaban haciendo comentarios alusivos.

—Pero solo si quieres —dijo cuando estuvo lo bastante cerca de ella.

Penelope recordó cuando tenía dieciséis años y habría dado cualquier cosa porque Igor la besara o, simplemente, se mostrara considerado con ella. Notó que Rebecca parecía cada vez más sombría, como si la velada no estuviera saliendo como había previsto. Sintió un estremecimiento de euforia al pensar que iba a sacarla de sus casillas. Así pues, y a pesar de que los labios de Igor ya no eran tan atractivos como antes, dijo resuelta:

—De acuerdo.

La mirada de Igor resplandeció como si escondiera un sinfín de velas.

Pero ninguno de los dos había pensado en el invitado.

De hecho, mientras Igor se inclinaba hacia ella y Penny le ofrecía su boca inviolada, Marcus, sin hacer un ademán particularmente enérgico, lo empujó hacia atrás con un brazo a la vez que con el otro aferraba a Penny y la besaba.

No fue un beso superficial ni breve. Fue un chapuzón profundo, una invasión de su paladar, una batalla entre dos lenguas. Penny sintió que su cuerpo se transformaba en algodón suave y en lava ardiente. Alrededor oía un murmullo de voces, pero tenía la impresión de que la vida se había interrumpido en ese paréntesis y no podía ver nada más, oír nada más, desear nada más, hasta tal punto que, por un instante, temió que se le hubiera escapado un gemido delante de todos. El beso fue más que un beso. La penetró con un intenso acto de amor.

Sabía que no era amor. Sabía de sobra que Marcus solo se estaba comportando como el jefe de la manada que no permite que un macho cualquiera se acerque a su hembra y lo amenaza con la derrota y la humillación. Sabía que ella le importaba un comino y que la estaba besando como había besado a un sinfín de mujeres, que nunca la besaría como a buen seguro besaba a Francisca, con la lengua y el corazón. Pero por el momento no estaba mal.

Cuando el beso terminó —porque, por desgracia, terminó—, Penny se dio cuenta de que todos, absolutamente todos, los estaban mirando, incluido Mordecai, que había aparecido de repente, con aire risueño y un poco torpe, como si hubiera estado bebiendo hasta ese momento.

Entonces Rebecca, que no soportaba la idea de no haber sido el único centro de atención, dio por concluido el juego. Penny fue la última en levantarse. Aún estaba aturdida.

Marcus le tendió un brazo para ayudarla a ponerse en pie. Cuando quedaron uno frente a otro, aunque a distinta altura, él dijo en tono cortante:

—Me estoy ganando a pulso los doscientos cincuenta dólares, ¿no crees?

—Si te cuesta tanto, evítalo. Nadie te ha pedido una interpretación tan realista.

—Procura no restregarte con ese tipo mientras estás conmigo. Mi novia no mete la lengua en la boca de otros.

—¡Yo no me restriego con nadie! ¡Y no soy tu novia!

—Ellos piensan que lo eres. Ese tontaina con el pelo rubio lo piensa. Nadie toca mis cosas, y punto. Pero si quieres que lo dejemos, si quieres contarles que es un montaje, hazlo, así podrás follar con tu amigo sin dejarme como un cornudo. Lleva toda la noche mirándote como si quisiera lamerte delante de todos.

Penny abrió desmesuradamente los ojos, pasmada.

—¿De qué…? —farfulló—. ¿Sabes que eres…?

—¿Vulgar? ¿Brusco? ¿Maleducado?

—¡Sí!

—Nunca he pretendido ser un principito de mierda. En cualquier caso, te ha encantado besar a este vulgar maleducado.

—¡No es verdad! Solo es que… Tuve que seguirte el juego para…

Él se acercó a ella y le sonrió como un tigre.

—Te ha gustado, Penelope, es inútil que inventes historias. Pero, si me permites, he de decirte que besas como si hubieras practicado muy poco con la lengua. ¿Ese novio romántico que tuviste prefería ver la televisión?

Penny lo escrutó con rabia. Cuando se disponía a replicar para defender el ardor de su novio imaginario, Rebecca entró en la habitación.

—¡Desde luego que vosotros dos sois inseparables! —exclamó con falsa alegría—. ¿Crees que tu chico resistirá cinco minutos sin ti? —preguntó a Penny en voz alta en tono quejoso—. ¿Podemos estar un poco entre chicas?

La arrastró al piso de arriba, a uno de los numerosos cuartos de baño que parecía haber en la casa. Delante de los espejos más grandes que Penny había visto en su vida, con marcos de jade, la vieja Rebecca se quitó la máscara.

—¿Me explicas quién es? ¿Un gigoló?

Penny ordenó a sus mejillas que no se incendiaran y a su voz que supiera estar a la altura. No podía derrumbarse en lo mejor confesándole que sí, que el tío bueno no era su novio y que, pese a no ser un gigoló en sentido estricto, se hacía pagar por respirar.

—Pero ¿cómo te atreves? —replicó horrorizada.

—Oye, ¡es imposible que uno así quiera estar contigo! Pero ¿te has visto?

—¿Por qué es imposible? Entre Marcus y yo hay algo especial, algo que tú y ese deficiente de Mordecai no podéis entender, porque solo os une el dinero.

Rebecca se rio con una vocecita nasal, sutilmente pérfida.

—¿Y a vosotros qué os une? Te escucho —la provocó.

Penny se irguió todo lo que pudo haciendo acopio de valor. La empujó y se dirigió hacia la puerta del baño. Antes de salir, sin embargo, declaró en tono altivo:

—Un amor con mayúscula, un amor con raíces profundas, algo que tú nunca sentirás.

Tras salir del baño se encerró unos minutos en una habitación de la casa. Debía dar tiempo a su respiración para volver a la normalidad. Le ardía la cara, le temblaban las manos y sentía las piernas como si fueran de goma. Rebecca era astuta, una arpía, insinuaría esa duda al resto de las chicas, se reirían de ella a sus espaldas y el encuentro se convertiría en la enésima derrota.

Se dio cuenta de que había entrado en un dormitorio señorial, amplio y lujoso, quizá el de los padres de Mordecai. Se miró en un espejo oval, sujeto por un pie de león, que no parecía simplemente dorado sino de oro de verdad, y se vio de cuerpo entero. Contempló a una muchachita patética, acosada durante seis años por una banda de arpías que, en lugar de escobas, presumían de tener unas colas de caballo sedosas, insultada porque era pobre, porque iba al instituto en autobús, porque calzaba siempre los mismos zapatos y no destacaba en nada. No sobresalía en ninguna asignatura, era un desastre con los chicos, pero, por encima de todo, no le importaba que ellas la ignoraran. Reaccionaba manifestando el odio que sentía, las miraba sin bajar la barbilla y, cuando podía, se vengaba de forma sutil. Una vez la encerraron en un trastero oscuro para obligarla a suplicarles, pero Penny no gritó, no pidió ayuda, no lloró. Esperó en silencio a que el conserje la encontrase por casualidad y la sacase de allí, tan tarde que perdió el último autobús y se vio obligada a volver a casa a pie. Solo Dios sabía el miedo que había sentido en ese espacio angosto y oscuro. Como para vomitar. O perder el conocimiento. O dejar la piel. Pero no les había dado la satisfacción de ver ni de oír sus lágrimas y su desesperación. Con todo, al cabo de unos días alguien robó los uniformes de las animadoras y luego aparecieron destrozados en el patio.

Al vengarse siempre se había sentido mejor, pero esta vez no fue así. De hecho, nadie se creía que Marcus fuera su novio. Era obvio que se trataba de un montaje. En el mundo real no sucedían esas cosas. En el mundo real, los tipos como él acababan con chicas como Francisca y, entretanto, se tiraban a la mayoría de las mujeres existentes, incluidas las que eran como Rebecca, pero no como Penelope Miller, desde luego.

Exhaló un suspiro y se sentó de golpe en la gran cama matrimonial que tenía un dosel de madera de color blanco perla y una colcha de seda de color bronce.

En ese momento oyó que alguien llamaba a la puerta. Temiendo que fuera la dueña de la casa —aunque, en realidad, si hubiera sido ella, no habría llamado—, se puso de pie de un salto, aún más encendida y alterada. Mientras pensaba en una excusa, entró Igor.

Le sonrió y le dijo:

—Te estaba buscando. Te vi salir con esa imbécil y luego vi que bajaba sola. ¿Estás bien?

Ella asintió con la cabeza de forma mecánica y se sentó de nuevo en la cama.

—¿Te ha hecho llorar? Tienes los ojos… —prosiguió Igor.

—Nadie me hace llorar.

—Lo sé, siempre te he admirado por eso. Pero pareces alterada.

—¿Cuándo me has admirado tú? —exclamó Penelope en tono irónico.

—Cuando íbamos juntos al instituto. Eras dura. A pesar de que nunca tuve pruebas y que no sé cómo demonios lo hiciste, estoy seguro de que tú fuiste la que le rompió el móvil nuevo a Rebecca el día que apareció presumiendo con esa joyita exclusiva. ¿Cómo conseguiste quitárselo y tirarlo al váter del baño de los chicos?

Penny sacudió la cabeza.

—Si hubiera sido yo, no te lo contaría, tú eras su cómplice.

—No es cierto. Yo solo miraba, jamás participé en sus payasadas.

—El hecho de que llames «payasadas» a sus maldades demuestra que nunca entendiste nada. No es una payasada hacer que un pedazo de torta de cacahuete acabe en la comida de una persona alérgica a los cacahuetes, de forma que esta acaba en urgencias. No es una payasada acusar injustamente a alguien de haber copiado los deberes o humillarlo delante de todos porque tiene un parche en la camisa. Además, el que no hace nada para impedir el mal, aunque no participe en él, también es responsable. Peor aún.

—Solo tenía dieciséis años, Penny.

—También Mengele tuvo dieciséis años, pero estoy segura de que algo se podía barruntar ya en él.

Igor se rio divertido.

—¿Me comparas con Mengele? De acuerdo, yo también era un poco imbécil, pero te aseguro que ya no lo soy.

—¿Cómo es eso? ¿Te has convertido?

—He crecido y he comprendido la verdad.

—Ah, ¿sí? ¿Y cuál es?

—Que la mayor parte de los que están ahí abajo son insignificantes. Antiguas reinas de belleza del instituto ajadas antes de hora, antiguos *quarterbacks* fracasados, hijos de papá cocainómanos. Rebecca parecerá tu abuela cuando tenga treinta años, ya lo verás.

—Mi abuela es mejor que ella.

—Siempre me ha gustado tu aire guerrero.

—Gracias, Igor, eres un mentiroso. Pero ahora dime: ¿es que a Rebecca no le gusta cómo va la fiesta? ¿Quería verme llegar con parches en el culo y un novio más feo que el suyo, y al no conseguirlo ha pasado al plan B?

—¿Qué plan B?

—No sé, por ejemplo, convencerte para venir aquí fingiendo que estás de mi parte y pasar al ataque después. No sé, algo así como acostarte conmigo y sacar unas fotos en el mejor momento para colgarlas luego en Twitter.

—No sé cómo puedes pensar algo así.

—Vaya si lo pienso. Dime con quién vas y te diré quién eres. Te invito a desaparecer cuanto antes. Si estás grabando nuestra conversación o si Rebecca está detrás de la puerta carcajeándose, debéis saber que…

—Escucha, Penny —la interrumpió con firmeza—. Me gustas mucho, me gustabas también en el instituto. Me intrigaste desde el primer día, porque en medio de una pandilla de falsos rebeldes eras la única rebelde de verdad. Además, eras mona. Siempre he pensado que tienes los ojos y los labios más sexis del mundo. Antes, mientras jugábamos, me moría de ganas de besarte. Lástima que Marcus sea tan posesivo. Por un instante temí que quisiera matarme.

—Deja de decir tonterías. No me engañas.

—No quiero engañarte y no son tonterías. Solo quiero explicarte el motivo por el que nunca te dije nada. Rebecca me contó que eras lesbiana.

—¿Qué?

—La verdad es que eras especial, ibas a la tuya y no salías con chicos. No te enfades porque me lo creyera.

—Me importa un comino que te creyeras lo que dijo. Por mí podéis ahorcaros los dos con vuestros intestinos. Y ahora me voy, esta fiesta es una mierda.

—Desde luego. Pero, a propósito de Rebecca, has acertado en una cosa. Creo que piensa pasar de verdad al plan B, porque no le has dado la satisfacción de poder humillarte.

—Estaba segura. ¿Y ahora qué piensas hacer?

—Yo nada. Ella hará algo.

—Figúrate si ese palo de escoba me da miedo. Que venga si quiere.

—Yo, esto…, debe de haber entrado ya en acción.

—¿En acción? ¿Qué quieres decir? —preguntó Penny mirando alrededor, como si Rebecca pudiera estar de verdad escondida en un rincón de la gran habitación llena de estucos.

—No me ha dicho qué piensa hacer, ya no somos buenos amigos como antes. Pero hace poco le dijo a Mordecai que bajaba a la bodega a buscar un par de botellas de vino bueno.

—Ojalá se la coman las ratas.

Igor cabeceó mientras observaba a Penelope arrepentido.

—Le pidió a Marcus que la acompañara.

Penelope se puso en pie a toda prisa, con un tumulto de corazones en todo el cuerpo.

—¿Y él qué dijo? —preguntó con la voz quebrada por la angustia.

—Él aceptó.

Igor siguió hablando, estaba segura, oía su voz a su espalda, pero no entendió lo que le decía. Bajó la escalera con la autonomía mental de un autómata y la misma agilidad de movimientos. Rígida y desesperada. El dolor era como una niebla que había entrado en ella por los oídos.

En la planta baja la fiesta continuaba ajena a sus problemas. Habían puesto música, comían, bebían, bailaban, fumaban. Varios se habían tirado a la piscina vestidos. Otros hojeaban álbumes de viejas fotos. Parecía una reunión cualquiera, un poco nostálgica y un poco cínica a la vez.

Salvo por el hecho de que, sin lugar a dudas, Rebecca y Marcus estaban follando en la bodega. No le cabía duda.

Su primera reacción fue preguntar a Igor dónde estaba la maldita bodega.

—Te acompaño —contestó él—. Pero si vas, si le demuestras que te hace sufrir, perderás la batalla, ¿no crees?

—Deja de jugar al consejero, cretino —replicó Penny. Al pasar por delante de la mesa del bufé aferró al vuelo una copa de Martini seco y la apuró. Después miró a Igor con todo el odio del que era capaz en ese momento, que era mucho, pese a que en buena parte estaba dirigido a Marcus—. Ahora lo entiendo, viniste para distraerme con tu charla para que esa desgraciada tuviera tiempo de ponerme la zancadilla.

—¡No, te lo juro! ¡Debes creerme!

—¡Anda y que te den! Dime dónde está la bodega y esfúmate.

Él se lo explicó y luego Penny le ordenó que se quitara de en medio, en un tono tan categórico que Igor no pudo por menos que marcharse.

Bajó un tramo de escalera y encontró la puerta de madera que le había indicado Igor. Estaba cerrada por dentro. Si no hubieran tenido pésimas intenciones, no tenían ningún motivo para hacerlo.

Se detuvo frente al obstáculo y se dio cuenta de que estaba llorando. Rabia, frustración, decepción. Sentía todo eso en una maraña caleidoscópica y no conseguía aplacar el llanto.

Comprendió que si montaba una escena, haría el ridículo.

«Él no es tu novio.

»Y aún no le has pagado».

Sacudió la cabeza, como si delante de ella hubiera alguien que al verla pudiera intuir que había perdido su determinación. Dio media vuelta y salió de la casa sin volverse siquiera. Tambaleándose sobre los zapatos de cuadros, se dio cuenta de que se había dejado el abrigo dentro, pero no habría ido a buscarlo por nada en el mundo. Hacía un frío del demonio y la humedad del aire presagiaba lluvia. Lo único que quería era encontrar un medio, el que fuera, para regresar a casa, aunque tuviera que hacerlo transformada en un carámbano.

Preguntó a un transeúnte que paseaba con el perro dónde estaba la parada del autobús y tuvo que caminar un poco más para llegar a ella. Entretanto, empezó a llover. Una lluvia aguda, como si Dios estuviera disparando a la Tierra una descarga de clavos.

Se sentó bajo la marquesina, en un banco de plástico. De cuando en cuando, los clavos de agua se filtraban y le azotaban la cara, la ropa, los zapatos, que habían sobrevivido a medio siglo de aburrimiento y que iban a morir en una estúpida noche. Ni siquiera tenía ganas de alzar la mirada; permanecía encorvada como una muñeca de trapo afligida, derramando lágrimas, algunas tan densas que parecían de crema. Ya no sentía el corazón, no como antes, cuando lo notaba en todas partes: ahora no estaba siquiera donde correspondía.

Se pasó la palma de la mano helada por las mejillas y notó que estas también estaban ateridas.

«Cogeré una bronconeumonía. Espero que todos me la paguéis. Que enferméis, al menos, de ébola».

El autobús llegó. Le castañeteaban los dientes y tenía los hombros encogidos. Se levantó para acercarse a la entrada, empapada y con el maquillaje chorreando.

En ese momento alguien apoyó las manos en su cuerpo. Penny lanzó un grito instintivo y trató de desasirse en el mar de lluvia.

A su espalda, cerniéndose literalmente sobre ella, estaba Marcus.

CAPÍTULO 14

Marcus

Si espera que le diga que está mona, se equivoca de medio a medio. Aunque puede que no vaya por ahí la cosa, parece que no se considera mona, así que no creo que espere que los demás lo piensen. Está nerviosa. No quiere nada de mí, solo que represente mi papel en el momento adecuado. No pretende idioteces añadidas, flores para hacer pulseras ni fotografías en pose de dementes deslumbrados por el flash. Solo quiere que vayamos, que nos lo quitemos de encima y mandar a hacer puñetas para siempre los recuerdos de juventud.

Subimos a un taxi, lo pago yo, o mejor dicho, lo paga ella, dado que me voy a agenciar doscientos cincuenta dólares por dos horas de representación. En el taxi tiembla como una hoja. No soporto cuando se comporta así, prefiero cuando se muestra combativa. Cuando parece hecha de cristal finísimo me domina el instinto de sujetarla para que no se caiga. ¡Maldita sea, Penny, no son monstruos con siete cabezas! ¡Solo son cuatro imbéciles! Lo eran entonces y seguirán siéndolo ahora, seguro.

Cuando llegamos se confirma mi intuición. El novio, el que tiene un nombre idiota, es un idiota. Además, se mete algo: no algo ligero, nada de hierba; diría que esnifa coca. La enemiga de Penny, Rebecca, es una zorrita bien vestida, pero zorra en cualquier caso. Si tiene la misma edad que Penelope, se conserva fatal. Le echaría, al menos, treinta años. No está tan estropeada como el enano de su novio, pero seguro que se mete también algo. Apenas me ven, reaccionan como era de esperar. Él se siente amenazado, ella se excita. Estoy acostumbrado. Nada nuevo.

Así que empieza la representación. Entrelazo mis dedos con los de Penny: nunca he aferrado por tanto tiempo la mano de alguien. Francisca pasa de estas tonterías, entre otras cosas porque, la mayoría de las veces, necesitamos tener las manos libres para partir el culo a alguien o empuñar una navaja. Por un instante, apenas uno, ni siquiera el tiempo de bajar una vez los párpados, tengo una extraña sensación que me recuerda la primera vez que bebí alcohol, cuando tenía diez años. El primer sorbo de cerveza. Frescura, estremecimiento y mareo. Pero después pasó y ahora también pasa.

Una cosa es segura sobre Penny: Rebecca la odia y el tipo del pelo rizado quiere tirársela. No le quita ojo y me mira de través cuando cree que no me doy cuenta.

Noto que Penny lo advierte y que se ruboriza, y eso me enfurece.

¿Por qué me enfurece?

No tiene sentido.

Muy bien, reajustemos todo, estremecimiento de cerveza fresca y cabreo.

Estoy aquí para ganar doscientos cincuenta dólares, no para elaborar teorías sobre quién quiere tirarse a quién y sobre quién enrojece al ver a alguien.

Quizá era el tipo que le gustaba en el instituto y que nunca le hizo caso. Puede que, además de querer sacar de sus casillas a Rebecca, Penny esperara obtener también esto: una venganza moral sobre ese cretino que la despreció. No sé por qué la despreció en el instituto, el caso es que ahora la desea y me detesta.

Bailar con Penny es extraño, jamás había bailado con nadie. Salvo una vez, siendo niño, con mi madre. Recuerdo, de forma fugaz e inesperada, cuando tenía ocho o nueve años y ya era más alto que ella, tendiéndole la mano y haciendo una reverencia ridícula. Lo había olvidado. Sin embargo, ahora ese recuerdo vuelve con todo detalle. Me acuerdo incluso de sus palabras. Me dijo: «Un día invitarás a tu dama a bailar un vals». Es increíble lo empalagosa que era a pesar de todo. Imaginaba para mí un futuro lleno de palpitaciones, bailes vieneses y rosas de color escarlata para regalar a una mujer única y perfecta que llegaría de repente, como una Cenicienta descalza, a la escalinata de un palacio de cristal. Creía que el amor existía en alguna parte, fuera de su habitación, de su cuerpo y de su vida. Hizo todo lo que pudo para convencerme, pero nunca lo consiguió. Me gustaba escucharla, como a un enfermo sin esperanza le gusta la mentira de un médico piadoso, pero sabía de sobra que era el engaño de una aspirante a princesa a la que la vida había decepcionado. Para mí el amor iba unido a un montón de billetes en una mesita de noche, una retahíla de tacos y olor a sudor y a sangre.

Con todo, mientras bailo con Penny, percibo el aroma que emana su pelo. Huele a fresa. La estrecho contra mi cuerpo, noto el suyo, rígido y vacilante. Me pregunto si soy yo quien la molesto o si es la situación. Me pregunto si no preferiría bailar con el imbécil de los ricitos de oro y me cabreo al pensar en esta última posibilidad.

Así que, cuando jugamos sentados en corro como unos niños idiotas, la beso sin más. Por instinto, en cuanto ese gilipollas se acerca siento que una espuma de locura me llena los pulmones. «Tú no la tocas, cabrón». Y mientras la beso no pienso en nada. Solo pienso en su boca, en su lengua, en su respiración y en su pelo, que huele a fresas silvestres. Si estuviéramos solos, le levantaría la falda y la penetraría con un impulso poderoso. Pero no estamos solos, el ruido de fondo vuelve a dominar enseguida la escena, y me siento confuso, furioso y malo.

Cuando me siento así soy insultante. Y con Penny me resulta más fácil comportarme fatal, no sé por qué. La verdad es que me encantaría poder arrastrarla detrás de una puerta, detrás de una cortina, de un biombo cualquiera, y meterme entre sus muslos sin decir esta boca es mía. Muy bien, está demostrado que la chica me atrae. No tiene nada de misterioso, soy un hombre joven con impulsos naturales. Me lo repito diez veces, mentalmente, mientras le suelto una sarta de tonterías. Solo soy un hombre.

De repente, Rebecca se la lleva.

Las sigo, me acerco a la escalera que conduce al piso de arriba. No subo, pero me quedo en los alrededores. Al cabo de unos minutos, Rebecca baja de nuevo y, en cuanto me ve, se comporta como una furcia. La boca entreabierta con la lengua asomando entre los labios, las pupilas dilatadas y una sonrisita. Me agarra un brazo y me dice que Penny bajará enseguida, tras lo cual me invita a acompañarla a la bodega para coger un poco de vino.

Claro que te acompaño, mi querida putita.

El novio con cara de memo ni siquiera se da cuenta o quizá se alegra de que alguien se tire a su chica guapa de cuando en cuando, porque, dada la coca que se mete por la nariz, seguro que a él no se le empina.

Bajamos a un lugar fresco, de madera y enlucido de color hielo, lleno de botellas alineadas. Llegamos a la pared del fondo, donde están las añadas más raras y costosas.

Rebecca empieza a deslizar las manos por los cuellos de las botellas a la vez que me observa, agarra una y la acaricia de forma elocuente. Tiene en los ojos una extraña luz azulada, se acerca a mí y se restriega contra mi cuerpo de forma sinuosa y carnal. Me toca los brazos, el abdomen, la bragueta de los pantalones.

—Estás muy bueno, Marcus.

—Yo sí, ¿y tú?

—Yo soy mejor que Penny.

Le respondo con una sonrisita oblicua.

—¿En serio?

—Sí.

—Pues veamos. Desnúdate.

Rebecca se ríe y empieza a bajarse la cremallera en un costado. La hace resbalar con lentitud, de forma sensual. El vestido cae al suelo cubierto de polvo. Se queda con un *body* de encaje, ceñida como un arenque en el ojo de una aguja.

—Quítatelo todo —le ordeno.

Mi firmeza le gusta, se lame los labios, tiene la cara encendida. Se queda desnuda enseguida, tiene las tetas pequeñas, pero turgentes, el pubis completamente depilado.

Asiento en silencio.

—No —digo finalmente con cara de capullo—. No eres mejor que Penny.

Ella abre desmesuradamente los ojos, parece un conejo deslumbrado por los faros de un todoterreno.

—Pero qué…

—Lo siento, pero mi polla no colabora —le digo—. Es más, al verte me han entrado más ganas de tirarme a Penny.

—¡La muy imbécil! ¡Seguro que te ha pagado! Pero ¡yo te daré más! Tengo el talonario de cheques arriba, ¿qué me dices de dos mil dólares?

—Si me vendiera, valdría mucho más que dos mil dólares. Pero no es una cuestión de dinero. El problema es que me das asco. No me apetece entrar en una alcantarilla.

Dicho esto, doy media vuelta y me marcho dejándola desnuda y cabreada. Me parece oír un taco, pero no trato siquiera de averiguar cuál es.

No encuentro a Penny. Por un momento pienso que puede haberse escondido en alguna parte con ese tipo, el que la miraba como si fuera de chocolate. No puedo evitar apretar los puños.

Después lo veo y lo obligo a pararse.

—¿Dónde está? —le suelto.

Al oír el tono iracundo de mi voz frunce el ceño.

—Si te refieres a Penny, se ha marchado. Pero si preguntas por Rebecca, deberías saberlo mejor que yo.

—¿Se ha marchado? ¿Cuándo?

—Hace más o menos diez minutos, cuando descubrió que eres un canalla.

En otro momento me detendría en su comentario, pero estoy preocupado por Penny. Su tono me atraviesa y, por extraño que pueda parecer, me deja indiferente.

—¿Adónde ha ido?

—¿Y yo qué sé? No quiso que la acompañara.

—¿Se fue en taxi?

—Ni siquiera cogió el abrigo. Salió y punto. La verdad es que eres un pedazo de mierda. Con una como Penny, ¿qué haces con Rebecca? Aunque quizá sea verdad que la abundancia de músculos reduce el cerebro.

Le agarro el cuello de la camisa.

—Por tu bien espero que no le haya ocurrido nada.

—Lo mismo digo.

No se lo reprocho. No es culpa suya. Yo estaba con Penny. Debería haber pensado en ella. Contengo el impulso de pegarle un rodillazo en los huevos por el simple gusto de borrar de su cara la expresión acusatoria y salgo de esa casa maléfica.

Está lloviendo. Miro alrededor, pero no hay ni rastro de ella. Mi corazón se acelera.

Muy bien, tranquilízate. No es una niña. Es adulta y sabe lo que se hace. Es cierto que vinisteis juntos, pero no sellasteis un pacto de sangre. ¿Se ha marchado? Asunto suyo.

El problema es que no acabo de creérmelo. Una parte de mí se da cuenta de que soy un jodido mentiroso. Recuerdo la expresión de miedo que tenía antes de llegar a la casa, sus ojos húmedos y límpidos, y me cabreo conmigo mismo.

Intento llamarla al móvil, pero no responde. Suelto una retahíla de obscenidades.

No llevaba bastante dinero, así que no puede haber cogido un taxi. El metro está demasiado lejos de aquí. ¿Quizá un autobús?

Pregunto dónde está la parada más próxima a una pareja que camina a toda prisa para refugiarse del chaparrón. Echo a correr como un loco.

Después la veo bajo una marquesina que no la protege. Está sentada en un banco, mirando la calle embarrada. El autobús llega salpicando agua por todas partes. Penny se levanta para subir. No acabo de entender lo que hago, pero, sobre todo, no acabo de entender lo que siento: lo único que sé es que en cuanto la abrazo por la espalda, con fuerza, me siento como si hubiera conquistado algo fundamental.

CAPÍTULO 15

Penny se sobresaltó de tal forma que el grito que lanzó al verlo se transformó en un sollozo quebrado.

—¡Cabrón! —le dijo, desasiéndose hasta quedar a cierta distancia de él. Subió al autobús y Marcus la siguió.

Había poquísima gente, varias personas acurrucadas en los asientos delanteros. Penelope se sentó en uno al azar. Su pelo chorreaba como una tubería rota. Miró por la ventanilla en una grotesca demostración de indiferencia. A sus pies se había formado un pequeño charco de agua, mientras ella observaba la lluvia que caía al otro lado del cristal como si quisiera más y más, y Marcus fuera como un animal extinguido e invisible.

En realidad estaba hecha polvo. Temblaba de frío y, en parte, de rabia. Apretaba los puños como si quisiera demostrar su voluntad de declarar una guerra eterna.

—Deberías haberme esperado —le dijo Marcus.

Ella se volvió y le lanzó una mirada feroz. Pero era una ferocidad descorazonada, que podía acabar muy bien en un mar de lágrimas. Después se los imaginó a los dos, a Marcus y a Rebecca follando en la bodega, riéndose de ella, y la rabia volvió a invadirla.

—Vete —le ordenó—. Ya no existe ningún acuerdo entre nosotros. Siéntate en otro sitio, no quiero que estés aquí. Me das asco.

—Deja de decir estupideces —le respondió él en un tono glacial que irritó aún más a Penny.

Se levantó del asiento, pasó por delante de él con vehemencia y se quedó de pie delante de una de las puertas, agarrada a una barra metálica. Marcus se acercó a ella con la misma rapidez. Permanecieron así, en silencio, ella empapada y frágil, a punto de caerse en cada frenada y en cada curva, y él sujetándola con los brazos cuando eso ocurría. Cada vez que lo hacía, Penny le prohibía que la tocara y cada vez su corazón daba un brinco y la hacía sentirse inerme, además de infeliz.

En una de las paradas Marcus le agarró una mano.

—Bajamos aquí —le dijo tirando de ella.

—¡No! ¡Aún estoy lejos de casa!

Él pareció no haberla oído. Siguió aferrándole la mano, como si la estuviera llevando en una dirección precisa. Pese a que ya no llovía tanto, el frío era despiadado.

Marcus se detuvo delante de un restaurante que parecía sacado de los años de los pantalones acampanados y de los moños despeinados. Abrieron una puerta de cristal enmarcada por un grueso marco de latón brillante y coronada por un letrero que rezaba GOLD CAT. Marcus saludó con familiaridad a una señora entrada en años que estaba detrás de la barra.

—Sherrie, ¿nos das una toalla?

La mujer, de unos sesenta años, menuda y regordeta, con una pequeña cresta de color amarillo oro en el pelo cano, demasiado brillante para ser natural, y peinada como Farrah Fawcett en *Los ángeles de Charlie*, asintió de inmediato. En el local, donde predominaba el amarillo en todos sus tonos, del suelo a las lámparas, había tres o cuatro clientes sentados a las mesas devorando montañas de puré inundadas de salsa y pedazos de tarta glaseada, y uno sentado a la barra con los ojos clavados en una vieja televisión encendida a un volumen casi inaudible.

Marcus la arrastró hasta los servicios de señoras: una habitación pequeña, sin los estucos de la casa de Mordecai, desde luego, pero limpia y sin víboras en los alrededores. Entró con ella haciendo caso omiso del símbolo estilizado de una mujer con falda que había en la puerta. Como si supiera exactamente lo que debía hacer, se dirigió a uno de los aparatos de aire caliente que están pegados a las paredes y le dio un sonoro puñetazo. El aparato se encendió y soltó un chorro de viento caliente que habría arrancado de raíz un roble.

—Ven aquí —le ordenó—. Sécate el pelo. Ahora vendrá Sherrie.

Penny lo observó aturdida.

—Pero ¿dónde estamos? ¿Quién es Sherrie?

La señora con el pelo tan blanco como el azúcar entró en ese preciso momento.

—¡Estás empapada! ¡Sécate enseguida si no quieres ponerte enferma! Y tú sal de aquí, canalla, estos son los servicios de señoras.

Marcus esbozó una sonrisa carente de malicia y salió seguido de la mujer. Penny se quedó en compañía del chorro caliente bajo el que se sentía renacer. Al cabo de poco rato oyó que llamaban a la puerta.

—¿Puedo entrar? —le preguntó Marcus.

Penny se miró al espejo y vio la imagen de la tormenta que precede a la calma. Tenía el pelo de punta, el maquillaje le chorreaba y su nariz estaba tan roja como la piel de una manzana. Trató de peinarse con los dedos, pero el resultado final no le pareció mejor que el punto de partida.

«Qué más da».

Él entró sin que le diera permiso.

—¿Te encuentras mejor? —le preguntó—. Salgamos a comer algo.

—Comeré en casa.

—Comeremos aquí. Al menos un pedazo de tarta.

—No eres normal.

—Nunca he dicho que lo fuera. ¿Se ha secado el vestido?

—Sí, pero…

Él se acercó al secador de manos y volvió a golpearlo. El aparato enmudeció como un león asesinado.

—Es la única manera de encenderlo y apagarlo.

—¿Y qué hacen las mujeres cuando tú no te metes en su baño? —le preguntó en tono irónico.

—Nada. Vamos.

—Deja de arrastrarme a todas partes como si fuera un paquete, me molesta.

—No quiero que te me escapes otra vez.

—Nunca me he escapado.

—Sí, antes huiste de la casa de esos idiotas.

—No huí, me marché. Y si quiero volver a hacerlo, lo haré.

—Ni se te ocurra.

—¿Me estás amenazando?

—Lo único que quiero es que comas algo, que descanses un rato y me escuches. Ven a la sala, Sherrie ya ha preparado el café caliente y hay una tarta de manzana estupenda.

A su pesar, Penny hubo de reconocer que tenía hambre, de manera que no pudo rechazar la oferta. Al cabo de cinco minutos estaban sentados a una mesa pegada al ventanal en el que alguien había dibujado con un rotulador dorado un gato con largos bigotes, que sonreía y ronroneaba. Penny devoró la tarta y se bebió el café como si no hubiera un mañana.

—Pero ¿cuánto comes? Parece que hayas estado un mes en ayunas. ¿Quieres más café?

—No, así va bien.

—¿Estás menos atontada que antes?

—¡Nunca estoy atontada!

—Antes sí, cuando escapaste. ¿Te dignarás ahora escucharme?

—No.

De improviso, Marcus alargó un brazo por encima de la mesa y le agarró una mano. Penny la apartó como si le hubiera dado una sacudida eléctrica. Él resopló y acto seguido dijo:

—No me acosté con Rebecca.

—¡Me importa un comino lo que hiciste! —exclamó ella. Inmediatamente después, sin embargo, como si hubiera tenido una iluminación que le recordaba sus derechos en ese asunto, soltó—: ¿Sabes qué te digo? ¡Que me importa, vaya que sí! ¡Teníamos un acuerdo económico! ¡Así pues, debes contarme todo lo que hiciste mientras trabajabas para mí!

—No te pases, Penny. Yo no trabajo para nadie. En cualquier caso, no me tiré a Rebecca. ¿Contenta?

—Puede que no, pero puedes haber hecho muchas otras cosas —gruñó ella, irritada, mirando por la ventana.

—No sucedió nada.

—¿Nada? Entonces, ¿por qué fuiste a la bodega con ella?

—Porque sabía lo que pretendía. Quería ver hasta dónde era capaz de llegar y luego mandarla a la mierda.

—Y…

—Y la mandé a la mierda.

—¿En serio?

—¿De qué te sorprendes? Es espantosa, además de imbécil como pocas.

—¿Te parece fea?

—Creo que está podrida y eso la está enmoheciendo también por fuera.

—Pero ¿cómo podías saber que…, que no te gustaría? Y si luego, mientras estabas allí…

—No sucedió. Mientras estaba allí solo pensaba que la jodida bodega apestaba a humedad.

—Desde luego, Marcus, tú no eres normal.

—No me tiro todo lo que tiene un agujero. Yo también hago un mínimo de selección.

—Ahora me odiará más que antes.

—¿Y eso te importa?

—En absoluto. ¿Me invitas a otra ración de tarta?

—Claro, a fin de cuentas, pagas tú.

—Por lo visto, me llegará una cuenta de gastos aparte.

—Algo por el estilo.

—Qué cabrón eres. Jamás he conocido a nadie tan apegado al dinero.

Marcus hizo un ademán a Sherrie, que llegó con más dulces. Penny notó que la mujer la miraba y le sonreía con aire afectuoso. Cuando se quedaron de nuevo a solas, preguntó a su amigo:

—¿Quién es? ¿Cómo la conociste?

Marcus calló unos segundos y Penny pensó que no se lo diría, que su silencio significaba «no te metas donde no te llaman». En cambio, para su asombro, le contestó.

—Cuando era niño la llamaba «tía», aunque en realidad no lo es.

—¿Cuando eras niño? —exclamó ella, pasmada—. ¿Así que conocías ya a alguien en esta ciudad?

—Sí. Me instalé aquí también por eso, para saber cómo estaba. No es nada extraordinario.

—En cambio, a mí me parece fantástico. Tener a alguien que te recuerda la infancia. Si no fuera por mi abuela, yo también sería una apátrida.

—En cambio, yo prefiero olvidar mi infancia. Pero a ella la quiero mucho. No tuvo ninguna culpa.

—¿Culpa?

—¿Has acabado de atiborrarte?

—Sí.

—Ha dejado de llover. Volvamos a casa. No queda lejos.

Cuando se disponían a salir, la buena de Sherrie se acercó a Penelope y la abrazó.

—Gracias —le dijo y Penny se marchó pensando si, por algún extraño motivo, no se había burlado de ella.

«¿Por qué me siento tan bien cuando estoy con él?».

Se lo preguntó un sinfín de veces mientras caminaban envueltos en una profunda oscuridad.

Apenas cruzaron unas palabras, hasta que, de improviso, Marcus le preguntó:

—¿Tienes frío?

—Un poco, pero ya casi hemos llegado.

Sin añadir nada más, él se quitó el abrigo y se lo tendió.

—Da igual, gracias —replicó Penny, rechazándolo con un brazo.

—Ponte el abrigo, joder.

—Tus intenciones son buenas, pero te comportas como un estibador.

—Si no lo quieres, me lo vuelvo a poner.

Penny se mordió el labio inferior. La verdad era que hacía mucho frío.

—Bueno, gracias.

Se lo puso y fue como echarse encima una capa metálica con cola. Era enorme, pesado y larguísimo. Pero abrigaba mucho y olía a Marcus.

Recorrieron en silencio otro tramo de calle. El cielo se iba aclarando y las estrellas parecían esquirlas de cristal.

—Creo que he entendido por qué Rebecca te odiaba en el instituto —dijo Marcus al cabo de unos minutos.

—Sé por qué me odiaba. Porque yo no era rica y guapa y tenía miedo de contaminarse con mi presencia.

—También, pero sobre todo porque le gustabas a ese tipo…, ¿cómo coño se llama?

—¿Quién?

—El chico del pelo rizado.

—¿Igor?

—Vaya nombres ridículos tienen todos.

—A todos os ha dado por que yo le gustaba a Igor.

—¿Quién más te lo ha dicho?

—Pues… él.

—¿Te dijo que le gustabas?

—Sí, pero me estaba tomando el pelo.

—¿Cuándo te lo dijo?

—Mientras tú te dedicabas a hacer el idiota con Rebecca.

—¿Y te dijo si aún le gustas?

—¿Qué es esto? ¿Un interrogatorio?

—Quiero saberlo.

—Quieres, quieres… Tú siempre ordenas. En cualquier caso, sí, aún le gusto. Pero no me lo trago.

—¿Y a ti?

—¿Qué?

—¿Te gusta?

—Ya basta —protestó Penny, pensando que la conversación era insensata.

«No, no me gusta, porque me gustas tú, imbécil».

—Bueno, la cuestión es que Rebecca estaba celosa de ti —concluyó Marcus. Extrajo de un bolsillo la cajetilla de Chesterfield y sacó un cigarrillo. Ella pensó que hacía horas que no se encendía uno y que era extraño verlo sin ese apéndice blanco colgando de los labios. Él fumó con furia unos minutos.

—Eso es absurdo. Espero no volver a verlos, del primero al último —sentenció Penny.

—¿Incluido Igor?

—No soy tonta, no me dejo encantar por unos ojos dulces.

Marcus se encendió otro cigarrillo; parecían hechos de aire, dada la rapidez con que los apuraba. Bocanadas de oxígeno envenenado. Al cabo de unos minutos se volvió hacia ella y le preguntó de nuevo:

—¿Te miró con ojos dulces?

—Sí, gusto, ¿sabes? Puede que no haga estallar los corazones a primera vista, pero a la larga dejo huella. Claro que hasta la fecha han sido sobre todo psicópatas, pero yo no tengo la culpa. No pongas esa cara, parece que te estás preguntando qué pueden ver en mí los demás.

—Tienes poca memoria.

—¿Eh?

—Creía que estaba claro que yo también te encuentro…, cómo diría yo, «follable».

—Ah, es cierto y, dado que no te atraen todos los agujeros existentes, debería sentirme adulada por la concesión. Pero, a saber por qué, creo que te incluiré entre los psicópatas.

Marcus se rio por primera vez en aquella extraña velada.

—No vas muy desencaminada —admitió.

—¿De verdad te gusto… en ese sentido?

—¿Quieres saber si follaría contigo? Sí, pero no lo haré.

—¿Por qué no?

—Porque caería en una trampa.

—¿Una trampa?

—No eres chica de un polvo y basta. Y yo no quiero historias. Ya tengo una.

—¿Y si te jurase que yo también quiero lo mismo? Sexo y *bye bye*, quiero decir.

Marcus frunció el ceño.

—No juegues, Penny.

—¿Quién está jugando? Tengo veintidós años, no ocho, y soy de carne y hueso. Claro que yo no me tiro a los desconocidos en la parte trasera de los antros, eso nunca, pero yo también puedo tener necesidad de un encuentro rápido y sin complicaciones, ¿no crees? Y a ti te conozco bastante, aunque no demasiado. No serías algo sucio, pero tampoco importante. Un término medio.

—Te he dicho que te calles.

—La verdad es que no te gusto. Solo son excusas.

Habían llegado a casa. El edificio se recortaba en la oscuridad como un antiquísimo monolito mellado. La luz estaba de nuevo averiada, así que Penny sacó el móvil del bolso.

Tenía varias llamadas de Marcus, tres de unos números desconocidos y el mismo número de mensajes de texto. Los leyó delante de la puerta, mientras Marcus fumaba como un descosido.

Eran de Igor.

¿Cómo había conseguido su número de teléfono?

«¿Estás bien, Penny? ¿Has vuelto a casa? Soy yo, Igor».

«No me inquietes, te vi muy alterada».

«Si Marcus te ofende o te hace enfadar, acuérdate de mí».

—¿Ves? Ya que te haces tanto de rogar, como una princesita virgen, he encontrado a alguien con quien consolarme. Quizá Igor era sincero.

Levantó el móvil con aire divertido para enseñarle los mensajes. Él no los miró, no miró nada que no fueran sus ojos. Tiró el cigarrillo al suelo con un gesto que pareció acrobático y la colilla fue a parar a un charco distante. Después agarró una muñeca de Penny y desde una peligrosa cercanía dijo:

—Nadie me ha llamado nunca «princesita virgen». Vale, tú ganas. Sube y te enseñaré quién es la princesa.

Llevaban diez minutos en la buhardilla y Penny sentía como si el corazón la estuviera estrangulando. Marcus se había quitado los zapatos y el suéter y deambulaba por la casa medio desnudo. En la penumbra, sus tatuajes parecían oscuras señales de peligro. Ya no llevaba puesto el colgante y, cuando le dio la espalda, Penny notó otra raya maorí más grande que la del pecho, que desplegaba sus alas hasta el trasero. Lo observó hipnotizada. Cada vez que se movía los signos trazados sobre su piel bronceada parecían cobrar vida.

—¿Quieres un café? —le preguntó mientras trajinaba con una vieja máquina eléctrica—. Yo sí. Tengo bastante que hacer esta noche.

Penny hizo un ademán de asentimiento, pero no dijo una palabra. Se había quitado el abrigo y los zapatos y estaba de pie en medio de la habitación, como un perchero vacío y vacilante.

—Ponte cómoda —la invitó de nuevo Marcus. Su tono era irónico y le brillaban los ojos como a las aves rapaces en la oscuridad.

—Me pondré cómoda cuando quiera —le respondió murmurando.

«Sé lo que estás haciendo. Me estás provocando. Crees que no tendré valor para ir hasta el final en esta locura, que nunca me acostaré contigo. Intentas asustarme para que escape. Pero no pienso hacerlo. Además, hay algo que no sabes. No sabes que te quiero».

Esa confesión se le escapó de la mente, rápida como un pistoletazo.

«Te quiero».

¿Cuándo había sucedido? ¿Cómo? ¿Por qué? No lo sabía, solo sabía que había ocurrido. Era la primera vez que lo reconocía con tanta franqueza. Solo era eso: un sentimiento nuevo, sin plumas, aterrorizado, que partía de la maldita manzana sangrante de su pecho y se mezclaba con el resto.

«Si espero a que tú también me quieras, moriré virgen. Así que me contentaré con mis sentimientos y tus sensaciones».

Entonces, con paso audaz, se acercó a la cama y se sentó en ella. Marcus estaba sirviendo el café en las tazas y al principio no se dio cuenta. Cuando la vio, en lugar de mostrarse complacido, frunció el ceño. El café cayó a la mesa.

—Qué demonios…

—¿Me traes el café? Yo también quiero esforzarme al máximo esta noche.

Marcus se acercó a ella, serio y furioso.

—Dime que todo era una broma y el asunto se acaba aquí.

—No estaba bromeando, ni mucho menos. No te hagas una idea equivocada de mí. No soy un hada con alas y no quiero tu amor, solo un poco de sexo. Acuéstate conmigo como haces con las demás y deja de preocuparte tanto.

—Penny, no te das cuenta del fuego que estás prendiendo.

—Vaya si me doy cuenta. Lo entreveo, el fuego.

Señaló sus vaqueros y vio la prueba explícita del fuego al que se refería él. Una erección más que evidente tensaba la tela de sus pantalones.

«¿Por mí?».

Entonces Marcus se sentó en la cama. Le lanzó una última mirada encolerizada y luego, sin más preámbulos, le aferró la nuca y la besó. Penny acabó tumbada mientras la lengua de él le surcaba de nuevo los labios, la boca, los dientes. Suave, penetrante, que desfloraba. Lo lamió a su vez, jadeando como una que sabe lo que quiere, pese a que no estaba demasiado lúcida. Quizá debía decirle que era virgen, pero si lo hacía, él se echaría atrás, estaba segura. Y no quería que se echara atrás.

Marcus rebuscó debajo de su vestido, que crujió como un enjambre de abejas. El muy cabrón debía de haber desnudado a muchas mujeres. O puede que a una sola, pero con atención. Se movía como si supiera dónde estaba todo, las cremalleras, los cierres, lo que había que levantar y lo que había que hacer resbalar. Le quitó el vestido por la cabeza y Penny se estremeció de amor absoluto y de miedo oculto. El corazón le latía como late un instante antes de morir, con la fuerza de un adiós estentóreo. Se quedó en bragas y sujetador delante de sus ojos, que la miraban fijamente, y se preguntó si no sería un sueño, uno de los tantos que había tenido en los últimos meses. Sus manos desnudándola y su lengua saboreando su piel, lenta pero impetuosa, le dijeron que era cierto, incluso demasiado cierto. Le mordió con delicadeza los pezones. Los acarició con la punta de los dedos, causándole unos estremecimientos sutiles que palpitaban al mismo ritmo de su corazón.

Después resbaló hasta la ingle. La besó también ahí, abriéndole las piernas. Por un instante Penny perdió el sentido de la realidad, de los lugares, del tiempo. Con los ojos clavados en la ventana horizontal, mojada por una lluvia ligera y muda —sin verla, en realidad, porque tenía los párpados llenos de minúsculas chispas de placer y felicidad—, gozaba del toque voraz en el centro de su cuerpo, que se ofrecía como un cáliz lleno, y de pronto no le importó nada más: si hubiera podido, se habría quedado así toda la vida. No obstante, al cabo de un instante, Marcus se separó de ella. Se puso en pie y la miró con ojos de depredador hambriento. Permaneció quieto al lado de la cama, en la penumbra. Al final emitió un suspiro, que casi parecía un estertor, y se quitó los pantalones. Penny tembló por un instante, como había sucedido en el callejón. Pero el miedo a que la penetrara era menos intenso que la necesidad de que lo hiciera.

Marcus sacó un preservativo de un cajón. Lo abrió con los dientes, a toda prisa. Hizo amago de ponérselo, pero Penny lo detuvo.

—¿Puedo hacerlo yo? —preguntó.

«¿En qué parte de mí misma se ocultaba esta criatura descarada? ¿En qué novela, película o telenovela he aprendido toda esta desfachatez?».

Él asintió con la cabeza y ella vio que su garganta se contraía al deglutir, como si estuviera esperando que sucediera algo nuevo y misterioso, pese a que debía de ser la enésima vez que lo hacía. Penny trató de contener el temblor de sus manos torpes. Intentó no parecer estúpida, una chica que nunca lo ha hecho. Porque nunca lo había hecho y se sentía un poco estúpida, pero fue mejor de lo previsto.

Después se echó de nuevo. Marcus la volvió a besar, besaba tan bien que habría podido correrse al sentir simplemente su lengua entrelazada con la de él. Luego le apretó los costados, la levantó un poco y entró en su cuerpo.

En unos segundos un dolor lacerante borró el placer. Como si le hubieran herido la piel con una hoja de metal candente. Debería haberle gritado: «Para, espera, ve poco a poco, soy de cristal».

Pero no lo dijo. Solo emitió un pequeño grito, que podía confundirse con un sonido de complacencia, y contuvo las lágrimas.

Marcus empezó a moverse con el ímpetu de un hombre que no sabe que está penetrando a una virgen. Viajaba dentro de ella, adelante y atrás, como un ariete inexorable, a la vez que la besaba, le lamía la garganta, le apretaba el pecho, le estrechaba los muslos para que se arqueara. Penny tenía los ojos abiertos para verlo: sus brazos, su pecho, su abdomen pegado al suyo, su llave llena de vida, que la abría por primera vez.

De repente le susurró: «Me estoy corriendo». Y Penny le dijo que sí, emocionada, como si se dispusiera a hacerle un regalo prodigioso, y sintió que él se hundía aún más, que llamaba a la puerta de sus costillas, luego el ritmo se aceleró. Su voz era un gruñido; su lengua, una lanza. Al final estalló en su interior como una estrella.

Marcus se desplomó encima de ella jadeando como un atleta que llega a la meta. Penny contuvo la necesidad vital de decirle: «Te quiero, te quiero, te quiero».

Permanecieron un rato así, fundidos en una maraña de piel y sudor, hasta que Marcus rodó sobre un costado y se tumbó en la cama pegado a ella.

Penny se preguntó: «¿Debo marcharme enseguida o puedo esperar? ¿Puedo darle las gracias o pareceré tonta? ¿Cuánto tardará en olvidarse de mí?».

Entonces ocurrió algo que interrumpió el frágil hechizo. Marcus se incorporó. Hizo amago de quitarse el preservativo y su mirada aún ofuscada se transformó en una máscara de ansia.

—¡Penny!

Ella se incorporó también de un salto y al principio no comprendió, no entendió el sentido del horror que se había pintado entre las cejas y los labios de Marcus.

—¿Qué?

Luego cayó en la cuenta.

El preservativo estaba manchado de sangre y entre sus piernas aún entreabiertas se iba abriendo camino un charco de color carmesí. Resbalaba por la piel, ensuciando la colcha, lo bastante abundante para revelar un secreto.

—¡Penny! —exclamó de nuevo Marcus—. Dime que no es lo que pienso.

Ella encogió sus menudos hombros.

—Creo que es lo que piensas.

Marcus se tapó la cara con las manos abiertas y empezó a respirar dentro de ellas a golpes, sinceramente turbado.

—¿Estás enfadado porque te he manchado la colcha? —preguntó Penny, haciendo un esfuerzo para sonreír—. Te pagaré la lavandería.

—¡Qué colcha ni qué estupideces! —soltó él, poniéndose en pie.

—Si no es un problema para mí, tampoco debería serlo para ti. No me he muerto. Es algo muy natural.

Marcus empezó a moverse por la habitación como un león iracundo y encadenado. Penny se vistió en un abrir y cerrar de ojos, sin ponerse nada debajo. Tapó su herida con la esperanza de que, al no verla más, Marcus dejase de odiarla de esa forma.

De repente, él se detuvo y ella lo observó arrobada, pensando en lo que había sucedido, en el cuerpo de él hundido en el suyo, en los dos, que primero estaban distantes y que luego parecían un solo cuerpo, así que al principio no oyó la pregunta. Solo la oyó cuando él la repitió.

—¿Te he hecho daño? —Su voz parecía un grito susurrado.

—No mucho. De verdad.

Marcus empezó a buscar un cigarrillo. Deambulaba por la casa, desnudo, sumamente atractivo, y sus labios temblaban de rabia. Al final lo encendió después de chasquear tres veces el encendedor y dio una larga calada.

—Deberías habérmelo dicho.

—No ha sucedido nada trágico, aún estoy viva, ¿no?

—Maldita sea, no me di cuenta. Bueno, noté que eras muy estrecha, pero pensé que quizá era porque no lo haces a menudo, no porque nunca lo habías hecho. Además, no tenía una referencia clara. Por lo general, las mujeres en las que entro tienen las puertas abiertas de par en par.

—¿En serio?

—¿Te parezco un tipo que va desvirgando chicas?

—En ese caso, esta noche ha sido la primera vez para los dos.

—¿Por qué me dijiste todas esas memeces?

—Tengo una fantasía desenfrenada. Pero sé que son memeces.

—Claro, memeces.

—Sé distinguir el sueño de la realidad y sé que nunca habría sucedido de esa forma. El príncipe azul, la música, las flores, los corazones latiendo…, sé que esas cosas no existen.

—¿Y qué existe? ¿Uno que te parte en dos sin decir ni mu?

—A mí me ha parecido bonito, de verdad.

—¿Gozaste aunque solo fuera un instante mientras…?

Penny se mordió los labios.

—Yo, esto…, creo que no, no en el sentido al que te refieres.

—Solo hay un sentido, Penny. ¿Sentiste placer?

—Me sentía feliz de…

—No hablo de felicidad. Hablo de orgasmo.

—No, eso no, pero…

Marcus se sentó de golpe en la cama. Se restregó la frente con una mano. Penny se levantó, recogió sus cuatro cosas y se alisó el pelo despeinado.

—Me voy —dijo esbozando una amplia sonrisa—. Tranquilo, estoy bien y, en cualquier caso, soy feliz.

—Pero ¿feliz por qué, maldita sea? —exclamó él, crispado.

«Por haberlo hecho contigo. Por el hecho de que tú hayas sido el primero. Por conservar aún tu sabor en la boca».

—Por haberme quitado de encima esa preocupación. A punto de cumplir veintitrés años era ridículo. Ahora todo será más fácil. En fin, espero no haberte decepcionado.

Marcus la siguió con la mirada mientras se acercaba a la puerta.

—No me has decepcionado, un hombre no puede mentir.

Ella no le dijo que no se refería a su cuerpo. Sabía que él lo había deseado. Le habría gustado preguntarle cómo se sentía, si al besarla había experimentado una sensación de pertenencia, si al notar el sabor de su lengua había tenido la impresión de que ningún sabor podía ser más dulce, si al entrar en ella se había sentido parte de su alma.

Pero no podía preguntarle nada así. Y, sobre todo, no quería saber las respuestas. Estaba segura de que la herirían mortalmente.

Así pues, se limitó a abrir la puerta y a decir un segundo antes de salir:

—Gracias, Marcus.

CAPÍTULO 16

Marcus

Me esquiva, se zafa, se suelta como una gacela asustada. Si la dejo, se escapa de nuevo, sería capaz de escabullirse de un autobús en marcha. No quiero que baje tan mojada, si no se seca cuanto antes, enfermará de verdad.

Pero ¿por qué debo cuidar siempre de ella? Tengo la clara impresión de que está superando con mucho los límites que le conceden la miseria que me paga. Tengo que protegerla de Grant y fingir que soy un buen novio, no ocuparme también de su salud.

Quizá me da pena. Sí, eso es, me da pena. A veces resulta realmente patética. Ahora lo es en especial. Parece un gato bajo la tormenta. Claro que solo es eso: una piedad que hasta los cabrones como yo son capaces de sentir.

Así que la llevo al Gold Cat. Mientras Penny se seca en el otro lado, Sherrie se acerca a mí y me guiña un ojo. «Esta me gusta», me dice sonriendo. Siempre ha sentido debilidad por mí. Gracias a ella lo que sucedió tuvo efectos menos graves en mi destino de lo que cabía prever.

—¿Qué quieres decir?

—Que esta chica es la adecuada.

—No es mi novia.

—Lo sé, tu novia es Francisca y bla, bla, bla. Gilipolleces. Lo único que pasa es que estás acostumbrado a Francisca. Es lo único estable que has tenido en años, habéis compartido momentos difíciles para los dos y eso te hace creer que la quieres. Pero si algo te destruye, no es amor.

—Francisca no me destruye.

—No, pero te hace acabar en la cárcel.

—Te lo ruego, Sherrie, olvídalo. En cualquier caso, Penny no es nada de nada.

—Nadie lo diría, por el modo en que la mirabas.

—¿Yo? —exclamé realmente perplejo. Pese a que es una exprostituta, no me libro de las lecciones de romanticismo menudo de Sherrie. Ella y mi madre debían de formar una bonita pareja de furcias llenas de sueños ridículos.

—¿Cómo la miraba?

—Con ternura.

—«Ternura» es una palabra que desconozco, vieja. «Compasión» es el sinónimo más apropiado, créeme. ¿No has visto qué pinta lleva?

—He visto muchas cosas en mi vida y estoy segura de una: la compasión puede transformarse en amor; la venganza, nunca.

—En fin, ve a prepararle un poco de café caliente y algo para comer, si no, con toda esta compasión acabará pillando una pulmonía.

No la soporto cuando habla de Igor. Pero ella insiste en bromear sobre eso, pese a que no me hace ninguna gracia.

Si estuviera menos cansado y estresado después de una noche de mierda persiguiendo a una mema para explicarle —como si estuviera obligado— que no follé con su antigua compañera de instituto, un atisbo de inteligencia me haría preguntarme por qué demonios me irrita. Pero estoy agotado y nervioso, y no me hago preguntas, solo pienso en estar atento para no revelarle nada sobre la oferta de dos mil dólares, que rechacé sin parpadear: no querría que pensara que detrás de mi negativa hay alguna razón romántica. De romanticismo nada, solo un poco de sentido común. Ese dinero me habría venido bien, pero por mis manos ha pasado ya demasiado dinero sucio, quizá haya llegado el momento de ganármelo sin sepultar mi conciencia.

No acabo de entender cómo sucede, el caso es que, de repente, nuestra conversación toma otro rumbo. No me provoques, *baby*, no lo hagas. No espero otra cosa desde hace semanas.

Si además añado a esta frustración los mensajitos de mierda del imbécil, y a ella, que se enorgullece de ellos y hace todo lo posible para que los lea, me entran ganas de levantarle el vestido y metérsela ahora mismo.

No me provoques, Penny, solo necesito una excusa. Un reto. Después no habrá vuelta atrás.

La deseo, pero la dejo libre de marcharse. A fin de cuentas, no tardará en comprender la gilipollez que está a punto de hacer, que no soy el hombre adecuado para una que busca príncipes azules y violines. No sé palabras apasionadas. Si esperas susurros y poesías, será mejor que te largues.

Empiezo a desvestirme, seguro de que así se asustará.

Pero ella no se asusta. Me observa como si fuera un enigma sin solución, se echa en la cama y me llama con los ojos.

Basta. No es una niña. Si le apetece, ¿quién soy yo para negárselo?

Le meto la lengua en la boca; qué bien sabe, es dulce y jugosa, y la devoro, me hundo entre sus labios y me gustaría seguir así una hora, me gustaría estar una hora besándola, mordiéndole los pezones, lamiéndole el coño, hurgando en ella, y dedicar el resto de la noche a follar en todos los rincones de la cama.

Pero no es posible, no; no tenemos tiempo, sería absurdo y no debo secundar estas gilipolleces, solo debo follarla. Los preliminares demasiado largos son cosa de maricones.

Mientras la desnudo siento que mis pulmones se expanden, como si estuviera inhalando varias toneladas de aire a la vez. Cuando se queda desnuda delante de mí noto que tengo la erección más grande de mi vida. Siento la sangre en los oídos, la siento fluir de la mente a las piernas. No entiendo nada, de verdad.

Es estrecha, tan estrecha y sensual que me multiplico dentro de ella. La miro, es una concha cálida, y empujo más y más, lo más fuerte que puedo, y después me corro, me corro y grito, me corro y quiero pronunciar su nombre, su nombre entero, Penelope, pero me contengo y transformo la tentación en un estertor sin promesas.

No quiero que se marche aún. Tenemos que volver a hacerlo. No me basta, así no me basta. Todavía tengo tantas cosas que…

Entonces veo la sangre.

Sangre en el preservativo, en la cama, en su piel.

Me quedo paralizado un instante mirando esa señal inequívoca. Era virgen.

La memoria rebobina nuestro abrazo, vuelvo a ver mi ardor, la violencia con la que entré, el ritmo al que me moví, y me siento como si hubiera descuartizado un cordero con las manos.

—¡Deberías habérmelo dicho!

La idea de que pueda odiarme, la sospecha de darle asco, me cabrea y me debilita a la vez. Necesito un maldito cigarrillo, debo dar unas cuantas caladas. Debo pensar.

¿Pensar en qué?

Estoy aquí, hundiéndome en una ciénaga de paranoias, pero ¡yo no tengo la culpa! Me dijo que lo había hecho ya. Además, ni siquiera intenta que me sienta culpable.

Entonces, ¿por qué demonios me abruma la culpa?

Mientras se vuelve a vestir contengo el deseo de acercarme a ella. Me gustaría abrazarla.

Jamás me había ocurrido, jamás he querido abrazar a una mujer después del sexo. Incluso con Francisca, al final nos separamos, nos aislamos como si después de habernos concedido la extrema intimidad quisiéramos recuperar nuestros espacios. Ahora, en cambio, la miro y me parece más pequeña, más frágil que antes, y recuerdo su piel blanquísima, su sangre de color rubí, y me viene a la mente el instante exacto en que gritó: gritaba porque le estaba haciendo daño, porque le estaba robando la infancia sin saberlo.

Debo dejar de obsesionarme con esto. Lo he hecho, se acabó, ha sucedido.

Hemos follado, ya no es virgen, paciencia; ella quiso hacerlo, tomó una decisión. A mí me gustó, y eso es suficiente. ¿Cuándo me he preocupado por los sentimientos de las tipas con las que me acuesto?

No obstante, cuando se marcha, vestida apenas, con los zapatos en la mano, el pelo despeinado y la sonrisa «de Penny», su sonrisa, e incluso me da las gracias, estoy en un tris de ceder a la tentación de decirle: «Espera, quédate, dime cómo te sientes de verdad, deja que te toque de nuevo, pero suavemente, sin dolor. Deja que te haga gozar».

Por suerte no lo hago. La veo desaparecer detrás de la puerta, fumo, bajo los ojos. Para ya, Marcus, para ya y pon punto final a todo esto, ya ha durado demasiado.

CAPÍTULO 17

Penny no pegó ojo en toda la noche. Llegó a casa con las piernas temblorosas, y no era tan solo una sensación interior. Le dolían como si se hubiera abierto de piernas sobre las puntas como una bailarina.

«Me he abierto de piernas como una bailarina».

Se echó en la cama con el vestido de la fiesta, desnuda debajo de él, y no se lavó: quería conservar las huellas de Marcus en su cuerpo. Recordó cada instante que había vivido. Era extraño que la fusión de sus cuerpos ya no fuera solo fruto de su imaginación sino una cosa real, que le había sucedido justo a ella.

Lloró como una mujer arrepentida, pese a que no lo estaba, pese a que esa locura había sido el resultado de una decisión consciente.

«Ya no soy virgen. ¿Soy diferente? ¿Soy mejor o peor?».

No lo sabía, no estaba segura. Quizá solo fuera ella misma, con el himen intacto, con el himen roto. ¿Qué más daba?

Recordó también la expresión de Marcus cuando lo había descubierto. ¿Turbación? ¿Disgusto? ¿Qué tenía en los ojos? Le habría gustado comprenderlo mejor, interpretarlo enseguida, pero no le había resultado fácil: parecía lamentarlo, sí, pero ¿por qué? ¿Por haberle hecho daño o por no haberle procurado un orgasmo, algo ignominioso para ciertos hombres?

A ella le daba igual esa carencia. Lo único que le importaba era que a partir de entonces iba a ser difícil vivir. No por lo que le había sucedido a su cuerpo, sino a su corazón. Marcus fingiría que no había ocurrido nada: exceptuando la molestia que le había producido la sangre inesperada, había sido un polvo como cualquier otro. Como casi cualquier otro.

«Nunca seré como Francisca, pero esto no es un gran descubrimiento. Lo sabía de antemano y de todas formas decidí lo que decidí».

Por eso lloró, no por el dolor que le causaba esa herida especial. ¿Cómo se comportaría al día siguiente? ¿De qué hablarían al volver a casa por la noche? ¿Se seguiría acostando con otras mujeres?

«¿Soy una cualquiera, como la tipa que se tiró detrás del local?

»¿Todas las que no son Francisca se parecen?

»¿Cómo podré respirar cuando se marche con ella?».

Ya que no podía dormir, se levantó al amanecer. Ordenó la casa y preparó el desayuno a su abuela. Se cambió, por fin, y se lavó, pero no para borrar a Marcus, sino solo para tratar de eliminar la melancolía.

Mientras peinaba la larga melena de Barbie, como hacía siempre, le preguntó de forma espontánea:

—Abuela, ¿te acuerdas de John?

Su abuela sonrió y Penny la vio reflejada en el espejo redondo que empuñaba.

—Claro que me acuerdo de él. ¿Cómo podría olvidarlo? Los grandes amores no se olvidan.

—¿Estaba enamorado de ti?

—Por supuesto, pequeña, si no, no habría hecho lo que hice.

—¿Qué hiciste?

—Algo que no debes hacer. Me da un poco de vergüenza decírtelo. Nunca se lo he dicho a nadie.

Penny dejó de peinarla por un instante.

—¿De qué se trata? Ya sabes que a mí puedes contármelo.

La abuela exhaló un gran suspiro, como una lánguida adolescente.

—Él fue mi primer amor en todos los sentidos.

—¿Quieres decir que…?

—Sí, justo eso.

—Nunca me lo habías dicho.

—Porque no te habías enamorado.

—Pero yo… no sé si estoy enamorada.

—Sí que lo estás, pero recuerda: nada de besos sin anillo. Si no, él se marchará y tendrás que casarte con otro porque estás embarazada.

A Penny se le cayó el peine de la mano. Fue a parar al suelo y ella se inclinó para recogerlo con turbada lentitud.

—¿Qué? ¿Estabas embarazada?

—Sí, pero lo guardé en secreto. Acepté casarme enseguida con tu abuelo, así nadie pudo decir nada.

—¿Quieres decir que mi padre no era hijo del abuelo Ernest, sino de John?

Su abuela se volvió y la miró con dos grandes ojos brillantes.

—¿Estás enfadada, mi niña? ¿No debería habértelo dicho?

Penelope se arrodilló delante de ella y le aferró las manos.

—Tranquila, estoy bien. Si estabas enamorada de él, hiciste lo correcto; además, me gusta que confíes en mí.

Barbie sonrió de nuevo y Penny le perfumó el pelo con talco al aroma de rosas. Entretanto, pensaba en lo que podía haber de cierto en esas confidencias. Con toda probabilidad, poco o nada: Barbie solía reelaborar los recuerdos a su manera, retorcía el pasado y el presente aliñándolos con una buena dosis de fantasía. Era posible que en realidad John no hubiera existido, quizá fuera John Wayne, un actor del que se había enamorado cuando era joven y al que había convertido en un mito para aligerar su pasado. Barbie no había tenido una vida fácil: Penny había perdido a sus padres, pero en aquella época era demasiado pequeña para recordarlos. Su abuela había perdido un hijo cuando aún se acordaba de todo. A saber si el declive gradual de su mente no se había iniciado entonces, cuando había tenido que enfrentarse a un dolor insoportable. Si la isquemia no había dado una ulterior sacudida a su mente, sobre la que pesaba ya una gran carga. Y ahora eso la empujaba a contar una historia, mil historias, siempre nuevas, siempre adornadas con algún detalle inédito.

Todo era posible.

Solo había una cosa imposible: mantener la promesa que le había hecho. Porque, pese a la falta del anillo y del juramento, había dado ya a Marcus todo lo que había que dar.

Vio la carta mientras salía para ir a la biblioteca. Estaba en el suelo, quizá el cartero la había metido por debajo de la puerta. No tuvo la menor duda: era de Francisca.

La cogió y escrutó la escalera que llevaba a la buhardilla de Marcus. Podía hacer lo mismo que el cartero, pero desistió. Se metió el sobre en el bolso y se fue a trabajar.

Durante toda la tarde se sintió como si llevara escondido un artefacto que repiqueteaba. Culpable como si pudiera hacer saltar la biblioteca por los aires. Culpable, porque por un instante había tenido la vil tentación de quemarla y de negar que la hubiera recibido.

Se apartó a un rincón poco frecuentado, el dedicado a los escritores rusos, que casi nadie leía, y la sacó. La olfateó: apenas olía a nada. La caligrafía de Francisca era puntiaguda, y en el papel se veía que apretaba mucho al escribir. A saber qué habría puesto, pero, sobre todo, qué le respondería él. ¿Le hablaría de ella?

«Me he tirado a la imbécil que te visitó en la cárcel, ¿sabes? Qué quieres que te diga, dado el favor que nos hace, le debía un revolcón. Pero no te preocupes, no fue nada del otro mundo. Es rígida como una estatua. Y además, imagínate, ¡era virgen! ¡La muy imbécil me manchó la colcha!».

No, Marcus no le diría nada y no pensaba así de ella. Penelope estaba convencida de que, a su manera, la quería. La extraña noche de sexo casto y salvaje —sin duda nada memorable para él, salvo el detalle que descubrió al final— sería su secreto.

«Tenemos un secreto».

Mientras metía de nuevo la carta en el bolso oyó que una voz masculina la saludaba a su espalda.

Lo primero que pensó fue: «Grant». Hacía semanas que no daba señales de vida, aunque eso no significaba que se hubiera rendido. Ella solo tenía un arma para defenderse, la habitual en ese lugar: los libros. Podía golpearlo con un ejemplar de *Guerra y paz*. Le haría mucho daño. Alargó un brazo, agarró el abultado volumen y se volvió de golpe.

Entonces vio que era Igor.

Se quedó tan aturdida que, durante treinta segundos exactos, lo miró como si fuera una extraña alucinación. Igor interrumpió su parálisis.

—Creo que te sorprendes de verme —constató sonriente—, pero no sé hasta qué punto te gusta. ¿Pensabas tirármelo a la cabeza?

Penny, que se había quedado inmóvil en la pose de una lanzadora de pesos que se dispone a arrojar la bala, negó con la cabeza y dejó el libro en la estantería.

Igor llevaba en una mano una bolsa con el logotipo de una pastelería muy conocida en la ciudad: un *cupcake* transformado en corona. Iba vestido con estilo similar al que había usado para ir al instituto, una mezcla de creatividad y tradición: unos vaqueros y una chaqueta de *tweed* encima de un suéter estampado con la cara de la Mona Lisa sacando la lengua.

—Pues... sí —admitió Penelope—. Pensaba que no volvería a verte.

—¿Por qué pensabas algo así? Creía que te había hecho comprender que..., en fin...

—No he dado ninguna importancia a las tonterías de anoche.

Igor no comentó las tonterías a las que aludía.

—¿Cómo va con Marcus? —le preguntó en cambio.

Penny se encogió de hombros tratando de simular que le daba igual.

—No lo sé.

—En cualquier caso, no sucedió nada con Rebby.

—¿Y tú qué sabes?

—Porque después de que os marcharais volvió de la bodega hecha un basilisco. No parecía que se hubiera divertido, no sé si me explico.

—Te explicas.

—Perdona que te mandara esos mensajes. Estaba un poco preocupado.

—¿Cómo conseguiste mi número?

—Lo tenía Rebecca, lo copié sin que lo supiera.

—Creo que lo cambiaré, no vaya a ser que se le ocurra invitarme a otra fiesta.

—No te preocupes por eso: si quisiera hacerlo, te lo diría en persona para que te resultara más difícil negarte y para comprobar lo fea que te has vuelto. En ese caso se pondrá hecha una furia, porque, la verdad, estás guapísima.

—Preferiría que no comentaras mi aspecto. Estoy cansada de burlas, no sé si me entiendes.

—Tarde o temprano comprenderás que no quiero tomarte el pelo. En fin, no he venido para decirte que estás estupenda, sino para traerte dos cosas.

—¿A mí?

Igor se acercó a una de las largas mesas de lectura, que en esa zona desierta estaba completamente vacía. Sacó de la bolsa una caja de cartón abombada, que recordaba el cofre de un tesoro, y el abrigo de Penny.

—¡Gracias! —exclamó Penny, encantada de recuperar el abrigo—. ¿Qué hay ahí dentro?

Igor le guiñó un ojo y empujó la caja hacia ella. En la superficie resaltaba la misma ilustración que había impresa en la bolsa. Penelope levantó la tapa y se le escapó una sonrisa. Dentro del envoltorio, apoyados en un lecho sutil de papel de seda, había nueve pastelitos del tamaño de una pelota de tenis con las cubiertas del mismo número de libros famosos representadas en pasta de azúcar.

—¿Se pueden comer? —preguntó Penelope, asombrada de lo bonitos que eran, a tal punto que le parecía un crimen tocarlos.

—Sí, y están buenos. ¿Por cuál quieres empezar? ¿*Mujercitas* o *Harry Potter*?

—Creo que probaré *El perro de Baskerville*. Me parece que es de chocolate.

Se sentaron a la mesa, muy juntos, y conversaron a la vez que mordisqueaban los pasteles. No hablaron de la fiesta ni del pasado. Penny descubrió que Igor se acababa de graduar en Historia del Arte y que pintaba decorados para una pequeña compañía teatral.

—Quién lo iba a decir, pensaba que serías abogado.

—¿Como mi padre? ¡Jamás! ¿Y tú qué?

—Yo nada, trabajo aquí y trato de ahorrar un poco de dinero.

—¿Para qué?

—Para tener dinero, nada más.

—No es cierto, te han brillado los ojos. Tienes un sueño secreto y no quieres decírmelo.

—No le cuento mis sueños secretos a la primera persona que encuentro.

—Pero ¡si nos conocemos desde que teníamos dieciséis años!

—En realidad nunca hemos sido amigos.

—En ese caso, seámoslo, luego te pediré que me cuentes lo que ocultas.

—Quién sabe lo que ocultas tú, Igor.

—Nada, te lo juro. Rebecca no me ha mandado aquí, si eso es lo que piensas. Hasta me dan un poco de asco, ella y el drogadicto de su novio.

—¿Es drogadicto? Vaya un progreso: pensaba que solo era gilipollas.

Se rieron a la vez e Igor le señaló el pastel con la portada de *Anna Karenina*.

—Este me parece adecuado, ¿no crees? —dijo, señalando el cartel donde se leía «narrativa rusa», que estaba colgado, un poco torcido, en la estantería que había detrás de ella.

—De acuerdo, a fin de cuentas, no iba a tener un final feliz. Mejor en mi barriga que en las vías del tren.

Tras decir esto mordió el libro de pasta de azúcar y el relleno blando de crema le salpicó en la barbilla. Igor alargó un brazo con aire divertido para mostrarle la mancha que tenía cerca de la boca.

—¡Tienes a Anna Karenina sobre tu conciencia!

—Yo no, el imbécil de Vronski.

Igor sacó un pañuelo de un bolsillo, un pañuelo de verdad, de tela, no de papel.

—Está ahí, debajo de la boca. Déjame a mí. —Con suma delicadeza le limpió la gruesa lágrima amarilla que la ensuciaba.

—Gracias.

—Ahora le toca el turno a la *Divina comedia*.

—Y luego apuesto que a *Hansel y Gretel*. ¿Quieres hacerme engordar como la bruja?

—Me gustan las mujeres que no viven de aire y anfetaminas. De todas formas, no parece que comas tanto.

—Estamos volviendo a los cumplidos y yo los odio.

—De acuerdo, entre otras cosas porque reconozco que Marcus me da un poco de miedo.

—¿Por qué?

—No te ofendas, pero tiene un aspecto peligroso.

Penny dejó el pastel que tenía «Infierno de Dante» escrito encima y cabeceó.

—No, te equivocas sobre él. No es nada peligroso. Es la persona más buena del mundo.

Igor sonrió.

—Cuando llega la ceguera, terminan las esperanzas de los demás.

—¿Esperanzas? ¿Qué esperanzas?

—Nada, citaba el verso de una obra teatral para la que estoy haciendo los decorados. Se titula *Los cardos no son flores*. Y ahora nos comeremos juntos *El mago de Oz*, está relleno de mermelada de albaricoque.

—De acuerdo, pero antes expresaré un deseo. El león cobarde quería el valor; el hombre de hojalata, el corazón, y el espantapájaros, el cerebro. Yo también quiero algo.

—¿Qué?

—Los deseos no se dicen; si lo haces, corres el riesgo de que no se realicen.

Bajó los párpados y expresó el suyo antes de devorar un delicioso pastelito con el corazón de mazapán.

—Gracias por los pasteles y el abrigo. Ahora he de trabajar.

Igor asintió. Le tendió la mano y estrechó la de ella.

—Tienes mi número de móvil. Llámame si quieres. Sin compromiso, lo sé. En cualquier caso, espero que lo hagas.

Ofreció los pastelitos que sobraban a la señora Milligan, que los aceptó con una alegría púdica propia de otros tiempos. Mientras mordía el hipogrifo que aparecía en la portada de *El prisionero de Azkaban*, la anciana directora le preguntó:

—¿Qué quería ese chico?

—Es un antiguo compañero de instituto al que no veía desde hacía mucho tiempo. Hemos charlado un poco.

—No me refiero al chico con la chaqueta de *tweed* que te ha regalado estos pastelitos tan buenos, sino al joven alto y musculoso con la cazadora azul.

Penelope se sobresaltó y la observó con inquietud.

—¿Quién? ¿A quién te refieres?

—Al que vino mientras estabas charlando con tu compañero de instituto. Me preguntó dónde estabas y se lo dije.

—Yo no…, no lo vi. ¿Se ha marchado?

—No lo sé, creo que sí.

Con el corazón en un puño, Penny interrumpió su trabajo y dio una vuelta por la biblioteca buscando a Marcus. No lo encontró por ninguna parte. Sentía que los oídos le silbaban mientras se preguntaba por qué habría ido allí y, sobre todo, por qué se había marchado sin decirle nada.

«¿Quería decirme algo importante? ¿Estaba preocupado por mí?».

Su sonrisa confiada se quebró al recordar que aún le debía dinero.

Quizá solo quería pedirle los doscientos cincuenta dólares que habían acordado.

Engañarse pensando que había ido a buscarla por algún motivo vagamente relacionado con cierta inquietud por su salud o por el simple placer de su compañía era la mejor manera de tirar piedras sobre su propio tejado.

Estaba delante de la puerta cerrada de la buhardilla, vestida para ir al Well Purple. En una mano llevaba la carta de Francisca y en la otra un sobre con el dinero. Había subido y bajado la escalera varias veces sin tomar una decisión.

«¿Llamo o no?».

Se sentía sumamente cohibida.

De repente, decidió meter los dos sobres por debajo de la puerta y afrontar en otro momento el «después» embarazoso que se crea cuando dos personas que eran amigas, o casi amigas, se acuestan. Pero justo cuando estaba inclinándose, la puerta se abrió de golpe. Marcus apareció delante de ella y a Penny le pareció más grande de lo habitual. Llevaba el torso desnudo y debía de haber hecho deporte, porque estaba sudado y tenía las manos envueltas en unas largas vendas blancas.

—¡Coño, Penny! —exclamó—. ¡Trata de no hacer ruidos sospechosos al lado de la puerta! ¡No te he dado un puñetazo de milagro!

—No he hecho ruidos sospechosos.

—Cualquier ruido de pasos, una respiración que rompa el silencio, me parece sospechoso.

—Tienes un oído muy fino. ¿Puedo entrar?

Marcus frunció el ceño y entró dejando la puerta abierta, invitándola a todas luces a que lo siguiera.

Al principio no le hizo el menor caso. Golpeó con violencia el saco de cuero rojo, con los puños y los pies. Penny solo oía su respiración entrecortada, que seguía el ritmo del cuerpo y las vibraciones del suelo. No dejó de mirarlo un solo momento: sus músculos, que se tensaban y descargaban una energía monstruosa, el sudor en su espalda, la cara contraída, los tatuajes, que parecían bailar.

Cuando terminó, vio que entraba en la cocina y bebía grandes sorbos de agua de una botella. Se pasó el dorso de la mano por los labios y después pareció recordar que ella estaba allí.

La escrutó y Penny sintió la desesperada necesidad de estar de nuevo desnuda en su cama. Tragó saliva, se mordió los labios y recordó el verdadero motivo por el que había subido.

—Te he traído esto —dijo alargando los brazos para enseñarle su pequeño botín—. Francisca te ha escrito y aquí tienes los doscientos cincuenta dólares por lo que hiciste ayer—. Apenas pronunció estas palabras sintió que sus mejillas se encendían al pensar en el significado obsceno de la frase. Parecía que lo estuviera pagando por sus servicios sexuales—. Por haberme acompañado a la fiesta, quiero decir —se apresuró a especificar, agitada.

La mirada de Marcus era dura, fría como el hierro.

—Déjalo todo encima de la mesa —le ordenó.

Ella asintió con la cabeza y cuando se inclinó para apoyar la carta, tuvo la impresión de que no podía soltarla, como si se le hubiera quedado pegada a las yemas.

—Vale, me voy.

Mientras se dirigía a la puerta, Marcus le dio alcance en tres zancadas. Pese a que estaba sudado, el olor que emanaba de él no era desagradable, si bien tenía algo de peligroso. Le gustaba. Le gustaba demasiado. Marcus se inclinó sobre ella, tanto que para mirarlo Penny tuvo que inclinar la cabeza como una flor agitada por el viento.

Esperaba que sucediera, pero, como siempre, Marcus la sorprendió. Debía resignarse, el romanticismo y él no eran hermanos, ni siquiera parientes remotos. O quizá el romanticismo y él se desdeñaban recíprocamente cuando no estaba enamorado. Y, como no estaba enamorado, no se anduvo con rodeos. La inmovilizó pegándola a la pared, aunque sin tocarla, y le dijo:

—Quiero follar. ¿Y tú?

Debería haberle contestado: «No, lo de ayer fue un error, es mejor que lo olvidemos, no se bromea con estas cosas», etcétera, etcétera. En cambio, le respondió:

—Sí.

Marcus apoyó una mano aún vendada en uno de sus hombros y la atrajo hacia sí. Su lengua la exploró como si fueran los dedos de un ladrón rebuscando en un cajón secreto. La otra mano empezó a afanarse con la ropa interior y, en un abrir y cerrar de ojos, Penny volvió a quedar sin medias ni bragas, con la falda levantada hasta el ombligo, dejando a la vista su barriga desnuda.

Llegó sin saber cómo al sofá, el caso es que acabó allí, sentada en la manta de color azul zafiro, con las piernas abiertas como los pétalos de un lirio, mientras los labios de Marcus le besaban los pliegues húmedos entre los muslos. Arrodillado en el suelo, con la cara hundida en ella, le pareció un dios hermosísimo y bueno, y le acarició el pelo.

Apoyó la cabeza en el respaldo del sofá y exhaló un suspiro de auténtico placer. Se sentía húmeda como la hierba al amanecer, fluida como el oro fundido, y la boca de Marcus en su cuerpo parecía hecha adrede para hacerle olvidar todo salvo su lengua, que la conquistaba.

De improviso, él la tomó en brazos y la llevó a la cama. La colcha con la sangre había desaparecido, solo había una sábana blanca. La acomodó apoyando su cabeza en la almohada, se echó a su lado, le abrió de nuevo las piernas y la acarició con los dedos. Penny se mordió los labios y exhaló sin querer un susurro confuso cuando el índice de él entró en su carne tierna. Pero no le hizo daño. Era una sensación indescriptible, un hormigueo, un temblor, una palpitación, un deseo anhelante. El dedo de Marcus se movió con parsimonia desde el principio, tan delicado que no parecía formar parte de la misma mano que, poco antes, había asestado unos puñetazos tan potentes al saco de cuero.

Apenas pudo oír su voz, que le preguntaba al oído:

—¿Te molesta?

Le susurró un no completamente sincero.

Entonces él empezó a moverse con más firmeza, tocando su interior como si tuviera cien manos en un solo dedo. Penny cerró los ojos invadida por esas sensaciones, por ese placer que florecía como una rosa, primero como un capullo y luego como una flor abierta, viva y pulsante. Era como tener un corazón ahí abajo, un corazón escondido. El orgasmo le arrancó un grito de estupor y le hizo emitir un sonido extraño, sensual, el atávico sonido de una mujer gozando. Mientras su respiración se normalizaba, Marcus la besó en los labios, como si quisiera engullir su voz, de manera que le resultó difícil, muy difícil, gritarle «te quiero» directamente en la boca.

No obstante, lo pensó.

«Te quiero, te quiero, te quiero».

Entretanto, abrió los ojos para observarlo y vio que él la estaba escrutando a su vez.

—Te debía un orgasmo —le dijo con una mirada rara, excitada y perdida al mismo tiempo.

Hizo amago de levantarse, pero Penny le pidió que esperara con un grito que le salió de lo más hondo del alma.

—Quiero…, yo también quiero…

Él frunció el ceño y cabeceó.

—No me debes nada.

—¡No es un deber! ¡Quiero hacerlo! Quiero tocarte igual que tú me has tocado.

Sin darle tiempo a responder, le agarró un brazo, lo obligó a tumbarse y le soltó el fino cordón que sujetaba los pantalones del chándal. Lo tocó conteniendo el aliento y al hacerlo experimentó una sensación sublime: era como apretar un objeto precioso revestido de suave terciopelo. Deseaba besarlo, sentir su sabor. Quería conocerlo en cada curva, escondite y secreto. No se reconocía, se sentía una mujer arrastrada por el deseo obsceno, pero no quería volver atrás. Inclinó la cara hacia él y miró a Marcus diciéndole:

—Perdona, porque no estaré a tu altura. Nunca lo he hecho, pero quiero probar.

Él susurró desesperado:

—Penny, Dios mío.

Ella no lo entendió.

—¿No quieres? —le preguntó sorprendida y con cierta tristeza.

—¿Tampoco has hecho esto?

—No, lo siento.

De esta forma, tuvo el valor de hacerlo por primera vez. Se sentía cohibida e insegura, su deseo superaba con mucho su habilidad. De Marcus le gustaba todo, cada ángulo de su cuerpo, todos los recovecos. Trató de no pensar si se estaba equivocando, si a él le irritaba su inexperiencia. Pero cuando lo miró, comprendió que no estaba irritado, en absoluto.

Permanecía apoyado en los codos, con sus poderosas piernas entreabiertas, la cabeza reclinada y un gemido ronco en lo más hondo de la garganta, y gozaba de los besos torpes de Penny, gozaba de la caricia de sus dedos, como si, al fin y al cabo, todo ello le procurase cierta felicidad efímera.

De repente, Marcus apoyó una mano en la de Penny para acelerar el ritmo, como si quisiera incitarla a que lo llevara al orgasmo. Ella asintió con la cabeza y, mientras secundaba su silencioso ruego, lo observó con devoción y arrobo, sus labios entreabiertos, su respiración acelerada, como si fuera una obra de arte viviente, como si el movimiento y los sonidos que emitía, cada vez menos ahogados, cada vez más sonoros, fueran unos recuerdos maravillosos que ella quería conservar, momentos eternos que nunca olvidaría.

Al final, tras emitir un gemido ronco más largo y áspero, Marcus se dejó caer de espaldas en la cama. Se pasó una mano por la cabeza, frotándose la frente, los párpados, las mejillas.

Penelope pensó que, quizá, pretendía decirle que se marchara sin demasiada brusquedad.

«¿Por qué las cosas buenas duran tan poco y cuando acaban, la oscuridad parece aún más profunda?».

Se levantó de la cama y recuperó las medias y el resto de su ropa. Luego se asearía en casa. En su pecho, su corazón parecía un ruiseñor agonizando después de haber cantado la última nota.

Mientras caminaba hacia la puerta, Marcus la llamó:

—Penny.

Se volvió de golpe, casi asustada por el sonido, que no esperaba.

—¿Qué?

Él se había sentado y la estaba observando. Era tan atractivo y fuerte, tan parecido a una estatua decorada con dibujos ancestrales, que le habría gustado repetir todos sus gestos, volver a la cama y repetir todos los besos, las manos resbalando por su piel, la lengua dentro y su cuerpo por doquier. Aunque también se habría contentado con sacarle una foto y poder guardarla para siempre.

Marcus abrió los labios como si quisiera añadir algo importante, pero solo dijo:

—Nada. —Y se dejó caer de golpe en la cama.

Esa noche, mientras volvían del trabajo bajo un cielo inusualmente estrellado, le preguntó por qué había ido a la biblioteca. Caminaban en silencio, Marcus fumaba y Penny pensaba. Su pregunta rompió el silencio.

Él dio una fuerte calada.

—Quería saber por qué no había llegado aún la respuesta de Francisca y recordarte que me trajeras el dinero —dijo—. Pero te vi tan ocupada que preferí esfumarme.

—No estaba ocupada. Solo estaba hablando con Igor de que…

Marcus le dirigió una sonrisita antipática, tirando el humo por la nariz, estirando hacia arriba las comisuras de los labios, sin la menor luz en los ojos, salvo la que reflejaban con languidez los faroles.

—Me importa un comino lo que habláis Igor y tú.

—Podrías haberte quedado.

—De eso nada, comprendí el jueguecito y preferí dejarte a tus anchas.

—¿Qué jueguecito?

—Se ve a la legua que tú también vas buscando un rico imbécil, como la furcia de Rebecca. Lo intentaste con Grant, pero el tiro te salió por la culata. Así que ahora vas a por Igor. No te lo reprocho, que conste. Cualquier sistema es bueno para irse de este lugar de mierda cuando el cerebro no te basta para conseguirlo de otra manera.

Penelope se sobresaltó de tal forma que tuvo que abrir un poco los brazos para no perder el equilibrio.

—Pero ¿qué estás diciendo?

—No pongas esa cara de susto, no me lo trago.

—No voy a por Igor, y tampoco fui a por Grant. ¿Cómo te atreves? ¡Eres un auténtico imbécil!

—Vaya novedad.

—A veces pareces casi humano, Marcus, pero otras me arrepiento de…

—¿De habérmelo chupado?

—¡Para ya!

—Es lo que hiciste, ¿no? Y he de reconocer que, a pesar de que se nota la falta de experiencia, no lo hiciste tan mal. Se ve que estás dotada para este tipo de trabajitos.

Penny se volvió de golpe levantando el brazo para golpearlo. Pero Marcus fue más rápido y fuerte que ella, le agarró la muñeca y, poco a poco, la puso detrás de su espalda.

—He comprendido tu juego, Penelope, y debo decir que me gusta —añadió. Estaban parados en medio de la acera, en una zona en penumbra que oscurecía sus caras.

—¡No estoy jugando a nada! Suéltame el brazo.

—Te repito que me gusta. Enseñas a Igor tu cara de buena chica y me utilizas a mí para follar. Es lo mejor que puedes hacer conmigo. La sintonía entre nosotros es perfecta. Claro que quizá deberías haber dejado que te desvirgara él, aunque solo fuera para darle algo de satisfacción. Estoy segura de que te habrías ganado un bonito anillo y a saber cuántos regalos más.

Penny se quedó boquiabierta y lo miró horrorizada. Sentía que las mejillas le ardían y el corazón atravesado por una espada. Aun así, se negaba a regalarle la victoria llorando o humillándose. Quería pagarle con un cinismo idéntico para no parecer débil ni derrotada. Prefería que la considerara una puta a una víctima.

—Suéltame el brazo —le ordenó de nuevo. Luego, tratando de mantener el mismo aire de firmeza, añadió—: Me alegro de que, al menos, estemos de acuerdo en algo: el sexo es agradable. Tú me usas y yo te uso. El resto es asunto de cada uno.

—Me gusta cuando las cosas quedan claras. Dicho esto, ¿repetimos?

—Sí.

Empezaron a tocarse en la escalera. En cada piso, envueltos en la penumbra habitual de esa hora, Penny sentía las manos de Marcus bajo la falda. Por primera vez en su vida no tuvo miedo de la oscuridad. De repente, él la puso de espaldas a la pared y la besó con ardor; los brazos abiertos por encima de la cabeza, pegados a la pared, sujetos por las manos de ella, una pierna entre sus piernas, la lengua blanda como el chocolate denso, profunda y ardiente, los labios mordiendo los suyos.

Después subieron la escalera, entraron en la buhardilla y fueron directos al sofá. Marcus le bajó las medias con brusquedad, casi con despecho, arrancando finos hilos de nailon. Sacó un preservativo de un bolsillo y lo abrió con la furia habitual. Por un segundo Penny sintió rabia al ver que lo llevaba encima y se preguntó si tendría más en el bolsillo, si habría hecho ya el amor, si ella era la última de la noche. Pese a que esas preguntas la herían y disgustaban, dejó que entrara en su cuerpo, y esta vez fue más fácil. Resbaló sin encontrar resistencia ni dolor. A cada empuje ella tenía la impresión de que el mundo se había contraído, de que el universo había desaparecido y solo existía el voraz pedazo de él que la estremecía de pies a cabeza. Se corrieron al mismo tiempo y sus respiraciones se fundieron en un único grito.

Inmediatamente después Penny se levantó y recogió el abrigo del suelo. Marcus seguía sentado en el sofá, con los pantalones bajados hasta los muslos, buscando el encendedor en un bolsillo. De sus labios colgaba ya un cigarrillo, torcido hacia un lado.

Penny procuró ignorarlo. Salió de la buhardilla en silencio, sin un beso, sin una sonrisa, sin una palabra, cerrando la puerta con la fuerza suficiente para darle a entender que lo despreciaba, pese a que acababa de entregarse a él.

No obstante, estaba segura de que lo amaba.

Aún debía descubrir si las dos cosas eran compatibles: odiarlo y necesitarlo de una forma tan desgarradora.

CAPÍTULO 18

Marcus

Salgo a correr nada más levantarme. Me doy una buena paliza. No quiero pensar en nada, y mucho menos en Penny o en la sangre que le he robado. Cuando vuelvo a casa y subo la escalera, me paro un momento delante de su puerta.

¿Qué pretendo hacer?

¿Llamar?

¿Y qué le diría?

«Ayer te penetré como si fuera un violador, ¿aún te duele? ¿Cómo estás? ¿Te repugna verme?».

Aunque, la verdad, me importa bien poco si le repugno o no. En realidad, no la violé. Si me lo hubiera dicho, habría sido menos agresivo. No; en realidad, si me lo hubiera dicho, le habría abierto la puerta y le habría dicho que se marchara. Un hombre como yo no puede cargar con esta responsabilidad. No puedo perder tiempo con delicadezas y besos como si fuera un quinceañero. ¿Qué gusto da si no puedes follar a lo bestia?

No llamo a la puerta, subo a la buhardilla mandando a tomar por culo la estúpida tentación de hacerlo.

Mi mirada se posa en la colcha, que aún está manchada de sangre. La agarro con fuerza, la meto en la ducha y la lavo. Luego me lavo yo también. Estoy al menos media hora bajo el chorro de agua, a veces inmóvil como una estatua y, pese a que lo intento una y otra vez y estoy cansado, pese a que debería tener una pizarra negra y vacía en la mente, no logro quitarme a Penny de la cabeza.

«¿Qué-me-está-pasando?».

Salgo de nuevo y voy al local de Sherrie a comer algo. Está abarrotado. Se come bien y se paga poco. Me siento a una mesa libre y Sherrie se acerca a mí guiñándome un ojo.

—¿Hoy vienes solo, *baby*? —me pregunta a la vez que me tiende un menú plastificado, que a estas alturas me sé ya de memoria.

—Siempre estoy solo —contesto—. Tráeme un filete poco hecho y una jarra de cerveza. Y también un pedazo de tu maravilloso pastel de queso.

—De acuerdo, tesoro. Pero la próxima vez trae también a Penny.

—No quiero desilusionarte, tía Sherilyn, pero entre Penny y yo no hay nada. No la traeré aquí, en realidad no la llevaré a ninguna parte.

—Te equivocas. Esa chica es aire fresco. Limpio. Es como el amanecer de marzo en Montana cuando era niña. Me levantaba pronto para ayudar a mis padres en el establo y me quedaba cinco minutos al aire libre, en la nieve que aún resistía al sol, ¡y respiraba unas bocanadas de oxígeno! Incluso ahora, cuando alguien me pregunta qué es lo más bueno que he probado en mi vida, pienso en ese aire. El aire de mi infancia. Pero olvídalo, en realidad quería decirte otra cosa: ese tipo, el vigilante, ¿sabe que sueles venir por aquí?

Tuerzo la boca al pensar en el entrometido de Malkovich.

—No te preocupes. No me sigue. Sabe que escribí a Francisca porque se lo dijeron los de la administración de la cárcel, pero no puede ir detrás de todos los que salen en libertad condicional.

—Si lo supiera, no le gustaría.

—Eres mi familia, Sherilyn —objeto con firmeza—. Si ese imbécil mete las narices, juro que le haré recordar el motivo por el que volví a entrar.

—No digas tonterías, hijo, pórtate bien. Tienes toda la vida por delante y ahora debes pensar en Penny. No te jodas el futuro con el pasado, no vuelvas a hacerlo.

—Ya sabes que te quiero, pero deja ya de darme la murga con Penny y tráeme la comida, que tengo hambre.

Sherrie sonríe y se aleja. La miro: tiene unos sesenta años, aunque aparenta muchos más. De joven era guapa, me ha enseñado algunas fotos que guarda en una caja metálica: era una muñeca de cine. De hecho, intentó ser actriz. Abandonó las montañas, el aire que ahora añora, y se instaló en Nueva York. Pero en lugar de convertirse en una estrella de la gran pantalla, se hizo puta. El paso entre un sueño y una pesadilla puede ser peligrosamente breve, y cuando tienes hambre y no te llega nada, no te queda más remedio que adaptarte. Luego conoció a mi madre y sus caminos se unieron. A saber cuándo decidió el destino convertirlas en putas. Y cuando digo putas me refiero justo a eso.

Devoro el filete y todo lo demás. Luego Sherrie me trae una taza de café. Se sienta a mi mesa, delante de mí, y me mira de forma extraña.

—Te he observado, hijo —me dice.

—¿En qué sentido?

—Llevas aquí una hora y no te he perdido de vista.

—¿He hecho algo que no te ha gustado? —le pregunto, esbozando una sonrisa provocadora.

—Bueno, sobre todo tienes una cara espantosa. Unas ojeras que, ahora que te estoy mirando de frente y las veo bien, casi me dan miedo.

—El tiempo me consume también a mí.

—De eso nada, temo que lo que te consume es algún mal pensamiento. No te metas en líos, ¿me lo prometes? Nada de peleas ni de gentuza, ni de alcohol.

—No veo a nadie, soy tan honesto como un monaguillo.

—Hasta que salga esa.

—¿«Esa» es Francisca? —inquiero, irritado.

—Claro. En cuanto salga volveréis a empezar, ¿verdad? Así pasarás otras vacaciones a cuenta del estado y te echarás a perder para siempre.

—Eres igual que Malkovich, no entiendes algo fundamental: cuando conocí a Francisca ya me había echado a perder.

—No es cierto. Eras problemático, de acuerdo, y rebelde, sobre todo estabas desesperado, pero no habías matado a nadie.

—Por pura casualidad. Habría matado a ese mierda si no hubieras intervenido tú.

—Ese mierda quería hacer daño a tu madre y tú la defendiste.

—También el mierda al que maté quería hacer daño a Francisca. Solo que a ella no la soportas.

—No es que no la soporte, hijo, a ver si lo entiendes: pienso que en la vida todos debemos buscar la parte que nos falta. ¿Conoces la historia? ¿No? Dicen que cada ser humano al principio, hace muchos siglos, era una especie de monstruo. Dos cabezas, dos piernas, cuatro brazos y todo lo demás. En esa época nos sentíamos bien, estábamos completos. Incluso respirábamos mejor, como respiraba yo en Montana, y te aseguro que sé de qué hablo. Pero luego un dios celoso, uno de esos a los que les sale una úlcera en cuanto ven a los seres humanos felices, nos partió en dos. De una persona sacó dos, con dos brazos, dos piernas y una cabeza, pero, sobre todo, con un solo corazón, ¿entiendes? Envió una mitad por un lado y la otra bien lejos, como un mago que baraja las cartas. De esta forma, las partes que antes estaban unidas empezaron a buscarse para volver a juntarse, y hasta que no se encuentran son como medias manzanas, medias naranjas, medias lo que sea. Yo no tengo nada contra Francisca, pero estoy convencida de que ella no es la mitad que antes te completaba. Es como cuando coges las piezas de un puzle y te vuelves loco porque no consigues encajarlas y entonces las fuerzas: unes un trocito de cielo con la punta de la cola de un gato, pese a que el resultado es un dibujo absurdo, que no significa nada. ¿Me entiendes?

—Lo único que entiendo es que deberías dirigir una agencia matrimonial en lugar de un restaurante. Más de uno picaría con esas historias absurdas.

—No son historias absurdas, te lo digo yo.

—¿Y mi mitad sería Penny?

—Sí, creo que sí. He notado una bonita tensión entre vosotros.

—No era tensión, era un principio de bronconeumonía.

—Entonces responde a esta pregunta.

Me río de las extravagancias de Sherrie. Ella me observa con una leve sonrisa y luego me pregunta algo raro:

—No te des la vuelta, quédate como estás y dime una cosa: ¿cómo van vestidas las dos chicas guapas que están sentadas a la mesa que hay justo al lado de la tuya, a la derecha?

Me vuelvo a reír, no entiendo adónde quiere ir a parar.

—No hay ninguna chica guapa sentada a la mesa que hay a mi derecha. ¿Qué es, una pregunta insidiosa?

—Ay, hijo, desde que entraste aquí no han dejado de mandarte señales. Es evidente que quieren que las invites a tu mesa. Pero tú ni siquiera te has dado cuenta. Llevas una hora con una expresión de tristeza, cansancio y cabreo bestial. Si no las has visto es porque te estás quedando ciego o porque llevas otra cosa en la cabeza, y tengo la sensación de que esa «otra cosa» es Penny.

Cabeceo por enésima vez. No va muy desencaminada; la verdad es que estaba pensando en Penny, pero no en el sentido que sugiere ella. Además, no hay ninguna chica guapa, me habría dado cuenta.

Tengo un radar especial para las tías buenas, estén donde estén y sin importar con quién esté yo. Francisca y yo jugábamos a algo parecido: cuando entrábamos en un local, ella buscaba a la más guapa y me preguntaba si era más guapa que ella. Hasta ahora ninguna lo ha sido.

Aún perplejo, miro detrás de Sherrie y casi me atraganto con el último sorbo de café.

En la mesa que hay a mi derecha hay dos tías de verdad. Veinte años, vestidas con lo mínimo indispensable y bastante atractivas. No acaban de llegar, lo comprendo al ver las sobras de comida. Al menos llevan aquí media hora, puede que incluso llegaran antes que yo.

Y no las he visto.

Desde que entré no he hecho otra cosa que pensar en Penny y en lo que ocurrió anoche.

No quiero repetirme, pero...

«¿Qué-coño-me-está-pasando?».

Pierdo un poco de tiempo, pero al final me decido. No tengo la menor idea de qué voy a decirle, pero no resisto la tentación de entrar. La biblioteca es cálida y acogedora, y su atmósfera resulta extraña, casi sagrada, como una iglesia. Miro alrededor, pero no la veo. Todos me escrutan y me siguen con la mirada como si fuera un extraterrestre. Es mi condena: no paso desapercibido. Si tratase de cometer un atraco, mi cuerpo me delataría.

De improviso me veo obligado a pedir información a una señora anciana, que me envía a la sección de literatura rusa. Me siento como un perfecto idiota. Aún estoy a tiempo de marcharme. A fin de cuentas, Penny y yo no tenemos mucho que decirnos.

Entro en la sección de al lado, que está dedicada a la literatura fantástica. Hay dos niños con las narices pegadas a las páginas.

Parecen enamorados de lo que están leyendo. Un recuerdo fugaz, como un *flashback* deslumbrante, me hace retroceder en el tiempo, muchos años atrás, cuando yo también me refugiaba en los libros buscando un lugar mejor para vivir. No iba al colegio con regularidad y no podía considerarme un genio, pero me gustaba leer. Hasta cierta edad huía como esos niños hipnotizados, pero solo hasta que comprendí que era inútil tratar de escapar de la vida real, porque la vida te obliga a salir siempre de tu madriguera. Sin embargo, antes de descubrir la verdad, leía y escapaba de mi habitación polvorienta, y tenía la impresión de que todo era más soportable, de que todo estaba menos impregnado de mierda y sangre.

No duró mucho: enseguida pasé de la fase Marcus-que-sueña-que-tiene-alas-y-descubre-tesoros-ocultos-y-viaja-por-el-río-en-una-balsa a la fase Marcus-que-clava-unas-tijeras-en-la-espalda-flácida-del-asqueroso-pedazo-de-mierda. Espero que estos niños nunca den un salto mortal así.

Pegándome a las estanterías miro por el hueco que hay entre dos volúmenes. El estómago se me encoge como si pretendiera vomitar el filete que he tomado a la hora de comer.

Penny está con Igor, en caso de que ese imbécil se llame así. Hablan, ríen y comen no sé qué. De pronto él le acaricia los labios. Mis dedos aprietan con fuerza un libro fino hasta que lo arrugo por completo.

Cabrona.

No puedo pensar otra cosa.

Cabrona.

Ahora entiendo su juego. No es tonta. Es una furcia, pero no es tonta. Mírala cómo sonríe. Quiere al rico.

Todas las mujeres son iguales, es cierto. A fin de cuentas, todas son putas. Y yo que me preocupaba. No, no vale en absoluto la pena.

Ahora que lo he entendido te daré lo que quieres. Te arruinaré. Te consumiré. Al final a ese le quedará muy poco que saborear de tu inocencia perdida.

Vuelvo a casa hecho una furia. El saco se convierte en mi enemigo mortal. Lo golpeo como si quisiera matarlo. Anulo todos los pensamientos, solo queda un vacío total, negro como el asfalto. De repente oigo unos ruidos fuera de la puerta y la abro. Penny tiembla de tal forma que parece que se vaya a caer hacia atrás.

Entra, pero la ignoro durante un rato. Sigo golpeando el saco para aplacar la rabia que me devora. Al final estoy exhausto, sudado y, por fin, más sosegado. El deporte siempre ha impedido que matara a todos los que me gustaría matar. A Igor, en este caso. A él y a sus rizos de oro de los cojones.

Miro a Penny como si le preguntara qué demonios quiere y ella me enseña la carta de Francisca y el dinero. ¿Dinero? ¿Qué dinero? Ah, el dinero por lo de ayer. Doscientos cincuenta dólares bien merecidos.

Por un instante me pasa de nuevo por la cabeza la sangre de Penny, su mueca de sufrimiento, mi brutalidad inconsciente, y tomo rápidamente una decisión.

Le debo un orgasmo. Le debo un poco de placer que borre el dolor de ayer.

Luego empiezo a tirármela como se debe, sin demasiadas muecas.

Finjo que tengo dieciséis años. Finjo que me contento con toquetearla. La acaricio con la lengua y con los dedos. Tiene el sabor y la suavidad de un ángel.

Por absurdo que parezca, me gusta. Me gusta. Me excita pensar en su carne, que solo he tocado yo, que solo he violado yo. Pienso que a todos los hombres les gustaría acostarse una vez en la vida con una virgen para probar la limpia y perversa sensación de ser el único.

Pero lo más sorprendente se produce después de que se haya corrido con un susurro que me seduce más que cien gemidos a voz en grito. Sucede cuando, por voluntad propia, sin que yo le diga nada, me pregunta si se lo puede meter en la boca. Lo hace insegura, con incredulidad, con las mejillas encendidas, asustada y audaz a la vez, y su propuesta, en lugar de desconcertarme, me excita aún más. Su fragilidad y su descaro casi me hacen estallar.

No sé lo que siento.

No lo sé.

No lo sé.

No es lo de siempre.

Va más allá de mi pene apretado entre sus dientes, acariciado por su lengua.

Es una sensación misteriosa, sin nombre.

Hace apenas media hora estaba furioso y ahora la miro sin entender nada. Es una cabrona, sin duda es una cabrona, pero es una cabrona que me gusta más de lo que debería gustarme una mujer que no es Francisca. Cuando se marcha tengo que vencer la tentación de pedirle que se quede, que me cuente lo que hay entre Igor y ella, de ordenarle que no vuelva a verlo.

Pero no lo hago, maldita sea, no lo hago. Nunca he sido celoso. Sería absurdo que empezara ahora. Los perdedores son celosos, los débiles, los apocados, los que necesitan redes de seguridad para no ser engullidos por los vacíos de esta vida ruin, pero yo no soy así. Yo me basto solo, no dudo, no tengo vértigo, lleno cualquier espacio y reniego de cualquier miedo, y venceré estas sensaciones desconocidas que intentan joderme.

No obstante, pienso en ella toda la noche, en el local, también durante el trabajo. Pienso en Penny como un loco. Una tía guapa y provocadora se insinúa y le digo que no. ¿Le digo que no? Lo hago sin pensármelo dos veces. «No, gracias, desaparece, estoy ocupado». Se marcha mirándome con cierto rencor. Yo me miro con más rencor aún. Estaba buenísima, como las chicas del restaurante que ni siquiera vi.

Me estoy volviendo idiota.

En todo momento tengo ante los ojos labios de Penny, sus párpados bajados, el sonido de su respiración, el aroma de su piel. No consigo quitármela de la cabeza. Incluso en medio de la música ensordecedora, de la gente que da codazos, del barullo de una noche pesada, la película de su cuerpo desnudo, de sus estremecimientos, de sus suspiros, pasa por mi cabeza de manera obsesiva. Estoy chiflado, completamente chiflado.

Quizá deba pasar a las maneras fuertes.

Violencia no, desde luego, pero este inútil paréntesis de confusión, desconcierto y rollos varios debe acabar como sea.

A partir de ahora se folla.

Donde sea, como sea, con quien sea.

No solo con ella. Y con ella nada de delicadezas, de consideración, de pausa, de recuerdo. Se folla, no se hace el amor.

Con todo, lo más desconcertante es que a las seis de la mañana, cuando Penny se marcha, aún no he leído la carta de Francisca.

CAPÍTULO 19

En todas partes. Lo hacían en todas partes. Por la tarde, antes de ir a la biblioteca, Penny subía a la buhardilla y no hablaban, no decían nada: follaban y basta.

Él la esperaba y la desnudaba y la tomaba y gozaba dentro del cuerpo de ella.

Ella subía y lo desnudaba y lo acogía y gozaba con él dentro de su cuerpo.

De noche repetían las mismas escenas. Sexo, solo sexo, hambriento, grosero, jadeante, nada más.

Penny se lo repetía una y otra vez sin saber que Marcus se lo repetía más a menudo que ella, porque cuanto más se insiste en algo, más cierto parece.

El cuerpo de Marcus ya no tenía secretos para ella. Había aprendido a descifrar sus tatuajes y había descubierto en internet el significado de muchos de los signos tribales. Como había supuesto, expresaban potencia y valor. Aún no había entendido el significado del corazón atravesado, pero pensaba que eso era mejor evitarlo. Después de todo, él se comportaba como si la odiara, como si usara su carne y le importase un carajo el resto. Le daba placer, eso era todo.

«A fin de cuentas, dentro de tres semanas justas se marchará.

»A saber qué había escrito en la carta de Francisca. ¿Por qué no le habrá contestado aún?

»Dentro de tres semanas justas se marchará. Pero ahora no quiero pensar en eso. Ahora solo quiero esto.

»Dentro de tres semanas justas se marchará».

Barbie quiso ir a la peluquería y Penny la acompañó. La había descuidado en la última semana y ese día se dedicó en cuerpo y alma a ella. Le regaló una mañana magnífica de mimos, una manicura extravagante y un pintalabios de color fresa. A sí misma se regaló un nuevo mechón de color: en lugar del rosa de antes, que ya estaba muy descolorido, ahora lucía un vívido y esperanzado verde esmeralda.

No obstante, al volver el destino le regaló algo más. Mientras Penny preparaba la comida y su abuela contemplaba las uñas pintadas con florecitas, alguien llamó a la puerta.

Penelope se sobresaltó al ver a Marcus. Tenía un brazo apoyado en el marco y una expresión iracunda. Con un ademán la invitó a salir al rellano.

La novedad, de por sí, no le disgustó: al menos hablaban y no se limitaban a rodar por cualquier superficie capaz de sostenerlos mientras se regalaban orgasmos. Pero en la cara de Marcus se leía cierta crispación y eso la asustó.

—¿Qué pasa? —le preguntó mientras se secaba las manos mojadas en el delantal blanco que llevaba atado a la cintura.

Era extraño recibirlo así, con aire de ama de casa virtuosa que se dedica a cosas simples y sanas como nutrirse y nutrir a un pariente anciano. Después de los últimos días, rebosantes de gemidos, sudor y besos profundos, era extraño.

—El señor Malkovich quiere verte. Está en mi casa. ¿Puedes subir un momento?

—Sí, enseguida voy. ¿Ha ocurrido algo?

—Ha ocurrido que si no me toca las narices, no está contento.

El comentario de Marcus tuvo enseguida su explicación. Apenas vio a Penny, el vigilante le explicó en pocas palabras el motivo de su visita:

—Mi mujer y yo queríamos invitaros a cenar en nuestra casa.

Penny miró a Marcus estupefacta mientras él, que estaba apoyado de espaldas a la puerta del cuarto de baño, levantaba con aire burlón los ojos al cielo sin que su huésped lo viera.

—¿A su casa? ¿Es…, bueno, un procedimiento normal?

El hombre asintió con la cabeza esbozando una amplia sonrisa.

—Claro que sí, como vigilante de la conducta de los presos que salen en libertad condicional, a veces acojo a alguien…, cómo diría yo, bajo mi ala. Sobre todo a los chicos que en mi opinión se lo merecen especialmente, los que tienen buen fondo y se vieron arrastrados al mal camino por una serie de circunstancias desafortunadas. De esta forma los vigilo más de cerca, pero también los gratifico con alguna medida especial. Mi mujer me ayuda y me apoya. Y, dado el afecto que siente por nuestro joven, me parece natural extender la invitación a usted, señora Miller.

—Vaya, pues… claro, me parece una idea magnífica.

Detrás de Malkovich, Marcus hizo una mueca y alzó el dedo medio.

—Entonces está decidido, si no tenéis ningún compromiso esta noche, ¿os gustaría venir? ¿Podéis? Os prometo que no llegaréis tarde al trabajo, podréis salir a las diez.

—En ese caso, de acuerdo. Yo… voy donde va Marcus. Nos une un amor indisoluble —arguyó Penny con la esperanza de que el vigilante no notara que se había ruborizado. Desde luego, el vigilante lo notó, pero lo interpretó de la manera justa: no como el claro indicio de una mentira sino como la tímida expresión de un sentimiento verdadero. Marcus, siempre a espaldas del hombre, articuló «maldita mentirosa» dirigiéndose a Penny. Ella contuvo el deseo de devolverle la mirada con otra igual. O similar. Porque jamás iba a ser capaz de mostrar una indiferencia como la de él.

De esta forma, quedaron para verse por la noche y, cuando el huésped se marchó, Marcus se encendió un cigarrillo y dijo entre dientes, envuelto en el humo:

—Está haciendo todo lo posible para enchironarme de nuevo, pero aún no sabe cómo hacerlo.

Penny sacudió la cabeza. No estaba de acuerdo. Le había parecido percibir cierta amabilidad en el gesto del hombre que acababa de marcharse.

—Piensas así porque ves el mal en todas partes, en los demás y en ti mismo. No entiendes que alguien pueda mostrarse amable contigo, porque tú no lo harías y no sabes qué es. Yo, en cambio, pienso que, a su manera, quiere protegerte y llevarte de verdad por el buen camino. Me parece un funcionario diligente y un buen hombre que hace más de lo que debería para ayudarte.

—¿Has entendido todo eso de golpe?

—Si confiases más en los demás, tú también te sorprenderías.

—Olvídalo.

—Ya, para ti todo es mierda. Para ti solo cuentan tres cosas: Francisca, follar y ganar un poco de pasta, y no necesariamente en este orden.

—Tú, en cambio, tienes grandes ideales —comentó Marcus en tono irónico.

Con el cigarrillo entre los dedos, la barba un poco larga y una mirada carente de ternura parecía alguien que ni siquiera haciendo un esfuerzo consigue sacar de sí mismo nada que no sea odio. En la última semana hasta había empeorado. El sexo lo había apartado definitivamente de ella: entrando el uno en el otro y tocándose de todas las formas posibles habían subido a dos planetas separados por una distancia astronómica.

Penelope cabeceó sintiendo el consabido dolor, el que le crispaba el corazón, que ya era de por sí tan frágil como un vaso de cristal, cada vez que recordaba que Marcus nunca iba a ser suyo.

—Yo creo en algo bueno. Me gustaría querer y que me quisieran, hacer algo por los demás y realizar mi sueño.

Marcus se rio. Una risa sin alegría.

—No me digas. A saber por qué, tengo la impresión de que esos bonitos sueños incluyen un montón de dinero.

—¿Qué estás insinuando? Es cierto, si tuviera dinero todo sería más fácil, pero saldré adelante de todas formas, pese a que no tengo nada.

—Si lo camelas un poco, quizá saques un poco de pasta de tu Igor rizos de oro.

—Es normal que pienses que soy una golfa, porque me estoy comportando como tal. Pero te ruego que no añadas leña al fuego. No quiero odiarte, porque entonces quizá no sepa fingir delante de Malkovich que estoy loca por ti.

Él apagó el cigarrillo en un vaso.

—Vale. Desnúdate, necesito desahogar un poco de estrés.

Penny se acercó con firmeza a la puerta.

—No —contestó—. Si necesitas descargar el estrés, hazlo solo. Soy una mujer, no una muñeca hinchable.

Se vistió de manera sencilla y casta para dar la impresión de ser una buena chica, aun a sabiendas de que ya no lo era. Falda plisada y blusa de colegiala, la melena lisa rozando las mejillas, poco maquillaje y zapato plano. Metió ropa menos casta en una mochila para ir luego a trabajar. Parecía una de esas asesinas peligrosas que van al tribunal, a la audiencia en que se decidirá si serán absueltas o condenadas a la silla eléctrica, vestidas de forma recatada para tratar de engañar al jurado.

Marcus, en cambio, no cuidó en absoluto su aspecto. Se puso unos negros, rotos en una rodilla, botas de cuero y una chaqueta de piel, como si fuera miembro de una banda de motociclistas gamberros. No se había afeitado y eso le daba un aire aún más canallesco.

Los Malkovich vivían en un barrio periférico, nada lujoso, pero rodeado de verde, y eso los hizo parecer más simpáticos a ojos de Penny. Alguien que elegía como vecinos a los árboles no podía ser una mala persona.

Marcus entró en la casa fumando, como si pretendiera hacer un desaire. Penny tendió a la señora una bandeja de galletas que había hecho ella misma y la dueña de la casa se iluminó de alegría. Era una mujer baja y gorda, peinada al estilo años veinte, con unas suaves ondas esculpidas con abundante laca, y la boca pintada en forma de corazón. Sus ojos eran sinceros.

Enseñó la casa a Penny y le mostró orgullosa sus pequeños tesoros: su colección de cisnes de cristal, las bonitas tapicerías del dormitorio y las fotos de su hijo. Sobre todo las fotos de su hijo.

Penny vio un joven robusto con dos vívidos ojos oscuros y por un instante tuvo la sensación de que lo conocía. Después comprendió. Su mirada era similar a la de Marcus, la de una persona cabreada con el mundo.

Cuando la señora le dijo, con cierta tristeza en la voz, que Cameron —así se llamaba su hijo— ya no estaba con ellos, Penny dedujo que no se había marchado sino que había muerto. Lo sintió tanto por ella que le entraron ganas de llorar. La señora vio que sus ojos se empañaban y se conmovió.

—Eres un encanto, Penelope. Cuando Monty me dijo que nuestro Marcus había encontrado por fin una buena chica, me costó creérmelo. Pero ahora que te he visto me alegro. Lo necesita, ¿sabes?, ha sufrido mucho.

Penny se estremeció. Quizá no fuera justo, mejor dicho, no era en manera alguna justo, porque si Marcus hubiera querido hablarle de su pasado, lo habría hecho, pero la curiosidad la venció. No sabía de qué otra manera podía averiguar más cosas sobre él y dado que estaban solas y que la señora parecía propensa a hablar, soltó:

—Lo sé, me ha contado algo de... de su madre.

Annie Malkovich asintió con aire afligido.

—Una mujer no puede hacer..., bueno, no puede trabajar en eso, si es que se puede considerar un trabajo, en casa y con un niño en la habitación de al lado. La pobre criatura apenas fue al colegio. La casa estaba llena de gentuza, hombres a menudo violentos, porque los que hacen ese tipo de cosas no se pueden llamar buenas personas. Además, Mary, se llamaba así, aunque seguro que lo sabes ya, bebía. Nuestro pobre Marcus tuvo una infancia tremenda.

—Debió de ser terrible —susurró Penny con toda sinceridad.

Imaginó a Marcus de niño, encerrado en una habitación, tapándose los oídos mientras, a poca distancia, su madre, quizá borracha, era víctima de hombres violentos. No sintió antipatía por esa mujer, como a todas luces era el caso de Annie Malkovich. Le dio pena. Pensó que también ella habría sido víctima de circunstancias infelices. Como el pequeño Marcus.

No pudo contener las lágrimas, que bañaron sus mejillas.

—Pues sí, niña —prosiguió la dueña de la casa—. Yo también me echo a llorar cada vez que recuerdo esta historia. Sobre todo cuando sucedió lo que sucedió. Pero ¿cómo asombrarse de que un niño que se crio de esa forma, que asistía con frecuencia a las palizas que el cliente de turno daba a su madre, tratara de matar a uno de ellos cuando creció?

Penny tembló sin dejar de llorar.

—Por suerte no lo mató, solo lo hirió, pero eso alertó a los servicios sociales, que se dieron cuenta del horror que se vivía en esa casa y separaron a la madre del hijo. No hicieron nada malo, figúrate, no podía continuar así, pero no estoy segura de que esa institución fuera la mejor solución, dado que allí conoció también a Francisca López.

—¿También ella estaba...? —soltó sin querer.

—¿No te lo ha contado? No me sorprende, quizá temía que te pusieras celosa o algo así. En cualquier caso, Francisca López, en lugar de ayudarlo, lo hundió aún más. Era una niña agresiva, imagínate que había incendiado la casa donde vivía con su padrastro después de la muerte de su madre, y era una auténtica delincuente, una de esas que se divierten pegando a la gente incluso sin motivo. Con ella Marcus sacó lo peor de sí mismo. Por eso Monty y yo nos alegramos cuando apareciste tú. Sabrás darle el amor que nunca ha tenido. Francisca solo le ha dado odio.

Penny se llevó una mano al corazón. Se los imaginó a los dos, solos como dos flores distantes en un desierto de arena, supervivientes de una infancia violenta, envueltos en una oscuridad perenne, dos flores que brotan al conocerse. Recordó su foto: unas caras sin juventud, a pesar de su corta edad, y unos ojos rabiosos. Comprendió de una vez por todas, con el mismo dolor que sentiría un niño que asiste a la muerte de Papá Noel, que nada de lo que dijera o hiciera podría sustituir nunca la complicidad que existía entre ellos. Marcus y Francisca se habían mantenido a flote cuando el mar embravecido trataba de hundirlos, se habían nutrido y habían aplacado la sed, habían crecido juntos y estaban destinados a seguir unidos para siempre, fuese cual fuese la duración de ese «siempre».

Sintió de nuevo ganas de llorar, porque el suyo era un amor ordinario, un amor egoísta. Lo quería para sí, eso era todo. Pero jamás lo tendría.

Annie Malkovich le apoyó una mano en un brazo interrumpiendo estos tristísimos pensamientos.

—La vida no es fácil para nadie. Todos llevamos un equipaje. Pero ahora Marcus te tiene a ti. Bajemos, querida, la cena está lista.

Penny tenía un nudo en el estómago, pero se esforzó por hacer honor a los platos que había cocinado la señora Malkovich. Le pareció que Marcus la miraba de cuando en cuando con aire inquisitivo y ella le respondió esbozando amplias sonrisas, que sus anfitriones interpretaron como intercambios amorosos, de forma que no podían estar más complacidos con lo que veían.

Después de cenar se reunieron en el salón para charlar.

—Sigue así, chico —dijo de improviso Monty Malkovich—. Trabajo, casa y Penny. He escrito al juez de vigilancia un informe muy satisfactorio sobre los progresos que has hecho y puedo darte una buena noticia. He garantizado que no intentarás abandonar el estado y he conseguido esto para ti.

Sacó una tarjeta rígida de un cajón. Era el permiso de conducir de Marcus.

Este emitió un gruñido, que podía ser un gracias o nada, y se metió el documento en el bolsillo.

—Gracias —dijo Penny en lugar de él.

—Sé que un permiso sin medio de transporte no sirve para nada, así que he llamado ya a un vendedor de coches de segunda mano muy conveniente. Aquí tienes su dirección. Es una persona de confianza y honesta, te tratará muy bien. —Le tendió una tarjeta de visita en la que aparecía el dibujo estilizado de un coche.

Marcus la agarró sin decir palabra.

Penny volvió a dar las gracias por él. Había comprendido que, si bien los Malkovich tratarían de sacar a cualquier joven del camino de la perdición, protegían especialmente a Marcus, porque les recordaba a su hijo, muerto en quién sabe qué circunstancias.

A eso de las diez llamaron a un taxi y Malkovich pagó la carrera. Antes de marcharse, Penelope abrazó a la pareja con espontaneidad y sincero afecto. Marcus se limitó a estrecharles la mano en silencio.

Mientras se alejaban, Penny se volvió para mirarlos y le parecieron viejos, dos padres abandonados que intentaban salvar a los hijos ajenos porque no habían conseguido salvar al propio.

Una vez en el taxi, Marcus la miró intrigado.

—¿Se puede saber qué te pasa? Estás pálida como una muerta. ¿Qué hiciste durante esa media hora en el piso de arriba? No volvíais y tuve que soportar un montón de idioteces de Malkovich.

—Son buena gente, no hables mal de ellos.

—Quiero saber por qué lloraste, lo noté cuando bajasteis.

—A lo mejor me conmovió la colección de cisnes de cristal de la querida Annie.

—Memeces. ¿Qué pasó?

—Nada grave. Solo me habló de su hijo muerto y no pude contener las lágrimas.

Marcus la observó no del todo convencido con la respuesta.

—¿No te contó ninguna historia lacrimógena sobre mí?

—No, claro que no.

Marcus hizo amago de replicar, pero justo en ese momento Penny vio algo por la ventanilla que llamó su atención. Se inclinó hacia Marcus, pasando literalmente por encima de él y rodeando los ojos con las manos para ver mejor.

—¡Pare! —ordenó al taxista, que frenó de golpe.

—Pero ¿qué pasa? —preguntó el hombre, un indio de aire cansino.

—Quédese con el dinero de la carrera completa. Nosotros nos apeamos aquí.

Arrastró a Marcus hacia un parque de atracciones que se extendía, coloreado y grandioso, por un espacio de unas dos o tres manzanas. Una música alegre flotaba en el aire y, pese a que aún estaban en noviembre, Penny se sintió como si fuera Navidad.

—¿Vamos? —le preguntó con ojos brillantes.

—Ni hablar. A saber qué lío de niños y parejitas habrá ahí. Además, he de trabajar.

—Pues vete, yo me quedo —dijo ella con la voz velada por cierta tristeza. No quería marcharse. Le encantaba la idea de dar una vuelta por un parque de atracciones tan grande, como los de las películas. Claro que ir sola no era lo ideal, pero se las arreglaría.

Marcus se detuvo en el centro de la explanada que había delante de la entrada, donde una pequeña multitud hacía cola para entrar, con una mano apoyada en un costado y la otra sujetando el cigarrillo que acababa de encenderse.

—Eres una tonta insoportable —murmuró.

—¡Nos vemos luego! —exclamó ella, dirigiéndose hacia la cola.

Él le aferró una muñeca.

—Pero a las once nos vamos.

—¿Significa eso que te quedas?

No le respondió, se limitó a observarla. La brasa del cigarrillo vibró mientras daba una calada sin apartar los ojos de ella.

—A tu manera, eres un misterio —le dijo, por fin.

—¿A qué te refieres?

—No entiendo qué tienes en la cabeza. A veces eres completamente adulta, vaya si lo eres, pero en otras ocasiones, como ahora, pones una cara absurda y tengo la terrible sospecha de que me he acostado con una niña disfrazada de mayor. ¿De verdad tienes veintidós años?

—Tranquilo, no te meterán en la cárcel por corrupción de menores. Cumpliré veintitrés el veinte de diciembre. En cualquier caso, nadie es una sola cosa, ¿no? Incluso tú, que crees ser todo de una pieza, tienes ahí dentro una personalidad enrevesada, estoy segura. Y ahora vamos, no perdamos más tiempo charlando.

Le aferró una mano de forma instintiva, sin pensar en el sentido del gesto y en su posible reacción, y solo se dio cuenta de que él no la había soltado cuando estaban ya dentro. Estrechó con más fuerza su mano y pensó que la felicidad olía a algodón de azúcar, a noche fría y a Marcus, que, pese a que fumaba y refunfuñaba, no se apartaba de su lado.

Penny se divirtió como una enana. No tenían tiempo ni dinero para pararse en todas las atracciones y jugar a todo, pero mirarlas era también agradable y, además, se concedió el lujo de disparar con un fusil de madera contra un montón de latas. Ganó un pato de peluche con pilas que cada vez que le apretabas el lomo decía con voz lastimera: «Qué bueno estoy». No se lo quedó, se lo regaló a un niño que lloraba porque se le había caído al suelo el algodón de azúcar y de esta forma consiguió que volviera a sonreír.

De repente se encontraron frente a dos edificios altos de cartón piedra. Uno estaba pintado de color rosa y tenía un letrero resplandeciente que rezaba: «Túnel del amor». El otro era totalmente negro y en el letrero torcido se leía: «Laberinto del terror».

—Ni se te ocurra, hablo en serio —dijo Marcus observando el castillo rosa como si fuera una montaña informe de estiércol humeante.

—¿Te refieres a entrar en el túnel del amor? No te preocupes —lo tranquilizó ella—. Pero el del terror nos va como anillo al dedo. Quiero ver lo valiente que eres.

—¿De qué debería tener miedo? ¿De un esqueleto de plástico? Ella se rio.

—Nunca se sabe, quizá descubras que eres más miedoso de lo que piensas. Si vienes conmigo, te prometo que luego nos iremos.

—De acuerdo, pero si es una excusa para tocarme, has de saber que no la necesitas. Basta que me lo digas y te bajo de inmediato las bragas.

—Eres todo un caballero, Marcus. Delicado como pocos. Pero no te preocupes, no me apetece hacerte nada. Hoy tengo diez años, solo quiero divertirme y comer algodón dulce. ¿Vamos?

La clientela del parque de atracciones debía de ser muy romántica, porque el laberinto del terror estaba desierto, excepto por alguna que otra momia vendada y un par de zombis falsos, que emergieron de improviso de la oscuridad. Penny y Marcus recorrieron un largo pasillo, que de vez en cuando se dividía y los hacía tropezar con varios tipos de monstruos a la vez que sonaban unas carcajadas diabólicas y música de terror.

En un punto apenas iluminado por un neón intermitente, Penny lanzó un grito. Cuando comprendió el motivo de su miedo se echó a reír con nerviosismo. Era su reflejo en un espejo deformante. Parecía tres veces más alta y más gorda.

Reflejado también en el espejo, Marcus, que ya era grande y robusto de por sí, parecía gigantesco.

—Ya sabía yo que era un pretexto —dijo él.

Penelope se sobresaltó al darse cuenta de que se había aferrado a su pecho.

—Perdona —murmuró apartándose.

—No es necesario que te disculpes —replicó él en tono burlón—. ¿Por qué, además? ¿Te doy la impresión de que no quiero que me toques?

Ella no respondió. Se mordió el labio y siguió adelante. Caminaron en silencio por el laberinto, acompañados por la misma música, que se repetía de manera obsesiva. De cuando en cuando aparecía un nuevo monstruo, pero no asustaba. Penny tenía más miedo de lo que se disponía a decirle a Marcus.

—Antes te mentí —susurró como si de verdad no quisiera que la oyeran.

—¿Cuándo? —preguntó él en tono algo alarmado.

—La señora Malkovich te mencionó y yo le tiré de la lengua. Perdóname. Soy una entrometida. Si quieres matarme y enterrarme aquí dentro, hazlo.

Marcus no dijo nada. Buscó en vano un cigarrillo.

—¿Qué te dijo? —preguntó.

Penny hizo un rápido resumen sin ensañarse ni subrayar los comentarios negativos que había hecho la señora Malkovich sobre la madre de Marcus y sobre Francisca.

—Perdóname —repitió al final.

Vio que él se encogía de hombros en la penumbra.

—Así que llorabas por mí —comentó Marcus.

—También.

—No hay por qué llorar. Ahórrate la compasión.

—No es compasión.

—Ah, ¿no? ¿Qué es, entonces?

«Es amor, idiota».

—Siento que…

—¿… clavara una navaja en la espalda a ese hijo de puta? Por desgracia no lo maté, aunque no fue por falta de ganas. Si me hubieran dejado, le habría cortado la yugular. Lástima que Sherrie se metiera por medio.

—¿Vivía con vosotros?

—Cerca de nosotros. Estaba con uno y había dejado de prostituirse. Oyó los gritos, entró y me quitó las tijeras de la mano. Yo las había afilado adrede. Era un homicidio premeditado, ¿sabes? Había tratado ya de hacer daño a ese tipo, así que me preparé a conciencia. Cuando lo vi sangrar incluso me divertí. Era un mierda inútil. Uno de esos que van de putas y las muelen a palos.

—Tienes razón.

—No entiendo.

—Tienes razón. Un tipo así es un pedazo de mierda. Si hubiera muerto, no habría sido una gran pérdida. Pero me alegro de que Sherrie te lo impidiera.

—Después me encerraron en esa maldita institución. Un lugar asqueroso. Por suerte, un par de años más tarde conocí a Francisca. No querían que estuviéramos juntos, pero de noche saltábamos la verja que separaba la zona masculina de la femenina y hacíamos lo que nos venía en gana. No era una cárcel de máxima seguridad. Esa parte fue alucinante.

—Fue la primera chica con la que…

Marcus se echó a reír.

—No. La primera vez tenía catorce años y lo hice con una fulana de veinte. Una puta de verdad, quiero decir, una de las muchas que conocía mi madre. Pero no te imagines que me obligaron a hacer nada. Eran putas decentes. No me tocaban ni por error. Yo se lo pedí. Insistí tanto que al final aceptó. Con Francisca ocurrió mucho después. Ella y yo nos divertimos mucho, éramos una sola cosa, y cuando follábamos nos olvidábamos de lo que nos rodeaba. Así que follábamos mucho, porque las cosas que debíamos olvidar, ella también, no se contaban con los dedos de una mano, desde luego.

—¿Alguna vez te has acostado con una mujer solo por amor? ¿Por el puro placer de estar con alguien, no para olvidar, para quitarte los problemas de la cabeza?

Él se rio de nuevo, tan fuerte que su voz, al mezclarse con la música de terror, resultó casi macabra.

—El sexo sirve para eso, Penny. Mientras gozas te olvidas de la porquería que tienes dentro. No hay otro tipo de sexo.

Penny miró al suelo inconexo del laberinto, que estaba cubierto por una larga alfombra negra. Sintió que su corazón se encogía hasta hacerse minúsculo y se perdía en el espacio sideral del costado.

—¿Volviste a ver a tu madre? —preguntó, cambiando de tema.

—Sí, cuando salí del instituto, pero se estaba muriendo.

—¿Se estaba muriendo?

—Sí, tenía cáncer. En el útero. Imagínate, como si un demonio hubiera querido castigarla.

—¿Y tu padre?

—¿El hijo de una puta puede saber quién es su padre? Ni siquiera ella lo sabía. Aunque siempre me ha importado un comino.

—Y tú y Francisca…

—Seguíamos juntos. Tuve una vida increíble con ella. Hacíamos las cosas más estúpidas y peligrosas. Luego se montó ese lío y nos encerraron.

—Y viniste aquí.

—Y vine aquí.

—Ya queda poco.

—¿Para que vuelva Francisca?

Penny sacudió débilmente la cabeza. La idea de que el vínculo que los unía era poco menos que indisoluble la había dejado sin fuerzas. No quería escuchar más, no quería saber nada más. No había ninguna posibilidad de estar a la altura de ese extraordinario, loco, violento, erótico y sangriento pasado.

—No, para llegar al final del laberinto. Veo una luz y la música ha terminado. Debemos darnos prisa o me despedirán y, no sé tú, pero yo no puedo permitírmelo.

—Bueno, yo bajo aquí, nos vemos luego —le dijo Penny, apeándose del taxi que se habían visto obligados a coger para no llegar tarde. Aún iba vestida de maestra y debía cambiarse.

Con todo, nada más salir del coche se sintió como catapultada a un pozo lleno de ceniza. Grant estaba delante de la entrada del Well Purple y, evidentemente, la estaba esperando. Daba vueltas, nervioso, mirando el reloj de pulsera, preguntándose quizá por qué no había llegado aún.

Penelope se quedó petrificada delante de la puerta.

—¿Estás bien? —le preguntó Marcus.

—Sí —mintió ella mirando fijamente a Grant, que aún no la había visto.

Pero Marcus debió de notar algo en su voz, un fondo de mentira inocente, una vibración forzada, porque él también se apeó del coche y miró en dirección a Grant.

—¿Qué pasa? —le preguntó de nuevo—. Y no me respondas con una estupidez.

Penny esbozó una sonrisa forzada.

—Nada, de verdad, solo que es tarde. Me voy ya o me echarán una bronca.

Aceleró el paso, desasiéndose de Marcus, que había apoyado una mano en su hombro, y rebasó a Grant con la esperanza de que no la viera y de que se marchara pensando que esa noche ella no había ido al local. Pero él se volvió y la descubrió justo cuando cruzaba el umbral. En su boca de buen chico se pintó una sonrisa viperina.

Penny atravesó la marea humana que abarrotaba ya el local y entró en la minúscula habitación donde se cambiaba el personal. La puerta era plegable, sin llave, de manera que mientras duró la frenética operación no apartó la mirada del gigantesco abanico de plástico de color amarillo canario, temiendo que Grant le diera una terrible sorpresa. Mientras se calzaba, algo aliviada ya, lo vio delante de ella. La música y las voces procedentes de la sala habían ahogado el ruido que había hecho la puerta al abrirse. Estaba delante de ella y la escrutaba con su consabida sonrisita amenazadora e hipócrita.

Ella se irguió tratando de disimular el terror que sentía.

—Esfúmate, debo trabajar.

Pero Grant no se detuvo. Se acercó más a ella y Penny tuvo que retroceder, pese a que detestaba ser una presa, una víctima.

—Cada vez estás más guapa. ¿Te has hecho algo? Hueles a sexo. Eres tremendamente sexy.

—Si no te apartas…

—Me aparto, me aparto, no quiero hacerlo aquí. Solo quería que supieras que no he desaparecido, te deseo a muerte y tarde o temprano te tendré.

Penny ladeó la cabeza, odiaba incluso que la rozase su aliento. Se había puesto un perfume intenso y caro, que le causó más asco que un auténtico hedor. Era demasiado astuto para agredirla allí, donde podía entrar alguien, pero su proximidad era igualmente violenta y repugnante. De manera que, cuando Grant alargó las manos para tocarle los hombros, y pese a que el gesto no era realmente un ataque, Penny, recordando lo que le había enseñado Marcus, saltó y apartó los brazos de él con los suyos, levantó una rodilla y le dio una patada allí donde, a buen seguro, podía hacerle más daño. Grant gritó, se dobló y, a la vez que gemía, soltó una retahíla de insultos.

Penny esperaba que se desplomase con un estertor, como si fuera un insecto envenenado, pero Grant no cayó al suelo, al contrario, permaneció de pie y retrocedió como si buscara apoyo para dar marcha atrás con torpeza. En ese momento Penny vio a Marcus a su espalda, mucho más alto e imponente como para no reparar en él. Marcus le agarró un hombro, le dobló el brazo detrás de la espalda y lo estampó contra una pared con tal violencia que pareció que esta iba a derrumbarse.

—Pero ¿qué...? —masculló Grant con la nariz y la boca aplastadas contra el enlucido, como si quisiera besarlo. Por un orificio de la nariz le caía un chorro de sangre, mientras las lágrimas de dolor que le había causado ella seguían derramándose por sus mejillas.

Marcus lo sujetó con fuerza en esa posición.

—Pedazo de mierda —le dijo al oído, en un tono que hubiera sido temible incluso de no haberlo tenido inmovilizado—, ahora te estrangularé, te despedazaré y te quemaré; no encontrarán ni uno solo de tus dientes.

Grant siguió farfullando, lloriqueando como un cobarde, con la nariz rota y los testículos doloridos. Penny apoyó una mano en el brazo de Marcus y apretó.

En sus ojos podía ver un asesino armado, un niño deseoso de acabar con el hombre que estaba agrediendo a su madre, solo que más grande —mucho más grande— y letal.

Pero Penny no podía permitírselo. Hizo lo que Sherrie había hecho hacía mucho tiempo. Le quitó las tijeras de la mano, de forma simbólica.

—Suéltalo, por favor —le dijo.

Marcus soltó el brazo de Grant. Miró a Penny, que lo escrutaba suplicándole en silencio que no fuera más allá, que no se destrozara al destrozarlo. Los ojos de Penny brillaban, transparentes y maternales. Entretanto, Grant aprovechó el paréntesis para zafarse y huir. Escapó sin volverse, pasándose una mano por la nariz y cojeando llamativamente.

Marcus se precipitó hacia él, como si quisiera atraparlo, pero Penny lo sujetó con las dos manos.

—Si le haces daño, pagarás un precio más alto que él. Es un desgraciado, pero no me ha hecho nada.

—¡Aún no! Coño, Penny, con alguna gente solo hay una solución. Debe morir. Si no muere, tarde o temprano te hará daño, a ti o a cualquier otra.

—En ese caso, esperaremos a que muera, pero no lo mataremos. Ve a trabajar, estoy segura de que no volverá.

Marcus cabeceó.

—He llamado ya al Maraja para decirles que no iré esta noche. Me quedaré aquí y, si vuelve, te juro que lo llevaré a un callejón y le aplastaré la cabeza contra una pared. No bromeo, Penny.

—Sé que no bromeas, pero no harás nada de eso. No permitiré que te jodas la vida. Dentro de dos semanas volverá Francisca, es lo único en lo que debes pensar, y os marcharéis de esta mierda de sitio. Yo me las arreglaré como he hecho siempre. Ahora deja que vaya a trabajar o Debbie se comportará como una auténtica arpía.

Se movió para ir al local. Notó que se tambaleaba: solo tenía un zapato. Se calzó el otro y se sintió cansada, tan cansada que le pareció estar sosteniendo todo el peso del edificio, incluida la gente con sus corazones, sus pensamientos y el alcohol que había bebido. Y a Marcus, que la miraba fijamente con sus ojos homicidas y que le susurró, unos segundos antes de salir de la habitación:

—Si te toca, morirá, te lo prometo.

225

Tal y como había dicho, Marcus no fue a trabajar esa noche. Se quedó allí, atento y cabreado, hasta que Penny terminó. Y ella, que ya estaba turbada por otros motivos más serios, tuvo que asistir a los innumerables intentos de abordarlo que hicieron otras mujeres. No obstante, todas acababan marchándose resignadas.

De repente, dos de ellas se acercaron a la barra para buscar algo de beber.

—¿Cómo lo has conseguido? —le preguntó una después de haberle pedido un gin-tonic.

—¿Cómo dices? —respondió Penny, que no la había entendido.

—Cómo has conseguido salir con ese bombón —le explicó la otra señalando a Marcus—. Además, hasta parece estar enamorado. Ni siquiera ha querido darme el número de teléfono. Me ha dicho que sale contigo. ¿Me explicas cómo lo has logrado?

Penny se sobresaltó y por un instante se embriagó con la idea de ser realmente la compañera del bombón y no una simple invención para alejar a las mujeres esa noche, dado que no le apetecía entretenerlas.

—Tengo unas dotes ocultas —respondió con frialdad, resistiendo la tentación de escupir en su bebida.

Grant no dio señales de vida, de manera que volvieron tranquilos a casa. Exceptuando el furor de Marcus que, si bien se había aplacado algo, aún seguía allí, ardiendo bajo los rescoldos.

—Por la noche te acompañaré al local y luego te recogeré. Si sucede algo, quiero que me llames al móvil —le dijo en tono categórico.

—Marcus...

—No repliques, haremos lo que te he dicho y punto.

—Nuestro contrato está a punto de vencer, te autorizo a no ocuparte más de mí.

—No te tomas en serio este asunto.

—Vaya si me lo tomo en serio; a fin de cuentas, me juego el pellejo —protestó ella—. Pero el problema es mío, no tuyo.

—¡También es mío! —gritó Marcus, parándose en medio de la calle. La atrajo hacia sí y Penny se encontró entre sus brazos de repente, sin previo aviso, sin que su pobre y pequeño corazón, tan lleno y tan vacío a la vez, tuviera tiempo de prepararse.

—¿Por qué? —le preguntó en voz baja.

Él le respondió de forma incomprensible:

—No sé por qué, es así y basta.

—Gracias por preocuparte por mí, pero no lo hagas más, ¿de acuerdo? Y ahora vamos a casa. Me muero de frío y estoy agotada.

Marcus asintió con la cabeza, con semblante sombrío. Caminaba con las manos metidas en los bolsillos, sin fumar siquiera. Parecía absorto en un sinfín de pensamientos privados.

Cuando llegaron al edificio, iluminó el camino hasta la puerta del piso de ella, esperó a que entrase y luego se marchó sin pronunciar palabra, sin hacer un ademán ni invitarla a subir a su casa.

Penny se cambió y se metió en la cama en un tiempo récord. Estaba agotada. Cuántas emociones en un solo día. Recordó lo que había descubierto sobre Marcus y lloró con la cabeza bajo la almohada.

Al cabo de un rato un ruido la sobresaltó. Se incorporó y lo volvió a ver en la escalera de incendios. Temió que hubiera ocurrido algo grave, que hubiera ido a buscar a Grant y lo hubiera matado, y le abrió agobiada por funestos presagios. Él entró: olía a jabón y a frío.

—Ven, te vas a congelar —le dijo ella al ver que solo llevaba puesta una camiseta y unos vaqueros, además de los zapatos desatados—. ¿Qué ha ocurrido?

Él se pasó una mano por la frente con brusquedad, como si quisiera poner en orden la infinidad de pensamientos que se agolpaban allí de forma desordenada. Después se plantó delante de ella, tan alto que parecía un pilar en medio de la habitación, y le dijo en voz baja:

—Prométeme que cuando me marche tendrás cuidado.

Penny asintió con la cabeza, tratando de no pensar en ese momento, que estaba ya tan próximo.

—Te lo prometo.

—¿Te tocó antes de que yo llegara? ¿Te hizo algo?

—Lo intentó, pero se lo impedí. ¿Qué ha pasado, Marcus?

—Nada. Bueno…, no lo sé. —Calló unos minutos, con la mirada perdida en un punto indefinido y la frente surcada por tres arrugas horizontales. Al cabo de un rato la miró y le soltó de golpe—: ¿Soy como él?

Penny no pudo por menos que sobresaltarse.

—¿Como Grant? Pero ¿qué dices?

—He estado pensando y la verdad es que no me parece que sea mejor que él. En realidad soy aún peor. Me he metido en muchos líos, Penny. Tengo un montón de mierda dentro.

—Todos tenemos, créeme. Y no te compares con Grant, por favor. Él es un loco obsesivo.

—¿Y yo no? Soy una bestia, Penny, como ya sabes.

—La verdad es que no se puede decir que seas refinado. Eres arrogante, malhablado y, sobre todo, un cabrón. En la cama eres…, bueno, eres un macarra. No obstante, no engañas, no te presentas como un caballero para luego forzarme si me niego. Estoy segura de que si te dijera que no, desistirías. Y, por extraño que parezca, a veces eres amable. Siempre me preguntas si me apetece hacer las cosas, sin decir nada, me lo preguntas con los ojos, me doy cuenta. Y quieres, bueno, quieres que me sienta bien cuando lo hacemos. No piensas solo en ti. Deseas que yo…, en fin, que yo también sienta placer. Además, ¿sabes qué te digo? Que si tú eres una bestia, es evidente que yo también lo soy, porque me gusta lo que haces y cómo lo haces. Por otra parte, yo tampoco tengo pelos en la lengua cuando quiero, ¿no? Así que no te compares con Grant, ¿de acuerdo?

Marcus le sonrió y fue como si una luz repentina hubiera iluminado un rincón que antes estaba sumido en la oscuridad.

—Así que si te digo que en este momento me apetece hacerlo, ¿no me juzgarás mal?

Penelope ahogó una carcajada entre los dedos. Cerró la puerta con llave y corrió las cortinas de la ventana. Después volvió al centro de la habitación, al lado de Marcus, que la observaba, y se puso de puntillas para besarle en los labios. Un beso ligero, inocente como la nieve recién caída.

Por toda respuesta, él la tomó en brazos. Se sentó en la cama y la acomodó entre sus piernas. Sujetándola así, con delicadeza, desabrochó la camisa del pijama de ella y empezó a acariciarle el pecho. Entretanto la miraba, miraba su piel en la quieta penumbra de la habitación, sus pezones turgentes, su cabeza inclinada hacia atrás. Después bajó, le acarició el abdomen, los costados, la barriga sedosa. Le bajó los pantalones y le acarició las piernas con las yemas de los dedos. Se demoró mucho, sin penetrarla de ninguna manera, solo con la fuerza de su mirada.

Después la desvistió por completo y se quitó la ropa. Estaban desnudos en la cama de Penny, una cama que no estaba acostumbrada a esos encuentros, bajo las sábanas, tocándose como si no se conocieran y como si tuvieran que aprender un mapa para salvar sus vidas.

—No he traído un preservativo —le murmuró al oído—, no puedo correrme dentro.

Ella asintió con la cabeza un instante, uno solo, pensó que lo quería dentro de todas formas, quería su carne, su semilla, su hijo.

Pero luego pensó que estaba loca y se contentó con sus dedos. Cuando se corrió, Marcus le tapó los labios con un pulgar, sonriéndole de forma deliciosa al mismo tiempo que movía los costados, presa de unos espasmos deliciosos. Cuando se corrió entre sus manos, Penny lo silenció con un beso.

Estaba segura de que nunca obtendría más, pero esa noche, esa relación lenta y muda, esos besos, esas caricias, fueron lo más parecido al amor que Marcus podía concederle.

CAPÍTULO 20

Marcus

Follamos sin parar, Penny y yo. Me basta mirarla para perderme. No consigo pensar en otra cosa. Cuando estoy en el trabajo no veo la hora de volver a casa para estar con ella. Me despierto por la mañana esperando que llegue y, cuando lo hace, la arrastro dentro de casa, la desnudo y la tomo como si llevara años sin hacerlo.

Consumo dos cajas de preservativos a la semana: incluso para mí es un récord. A veces me paro a pensar; es absurdo que esté follando como un loco con una que no es gran cosa y que era virgen hasta hace ocho días, pero es así. No razono, en serio, no razono. Solo pienso en ella y en lo que me gustaría hacerle, y cuando lo hago, pienso en lo que le haré la próxima vez.

Me gusta, me gusta incluso demasiado. Solo es sexo, claro está, pero aun así me sorprende, porque nunca he follado tanto tiempo con una tía. Salvo con Francisca, por descontado. Pero Francisca es Francisca: es guapísima, es mi compañera y estamos unidos por un sinfín de cosas y de necesidades.

Penny, en cambio, ¿quién es? ¿Qué quiere? ¿Un poco de sexo húmedo y caliente, unos cuantos orgasmos para olvidar la mierda de vida que hay ahí fuera? ¿O quizá es una manera de pasar el tiempo antes de que se la meta su príncipe azul?

Cuando pienso en ello, me ciega la rabia y me desahogo vapuleando el saco como si fuera Igor. Aún no he entendido por qué me encolerizo así, no hay una sola razón por la que deba perder el rumbo al imaginar a Penny con otro.

En cambio, es mía, coño.

Me estoy volviendo loco, seguro. Es la única explicación. Y cuanto más me atormenta esta frase —«ella es mía»—, que ha invadido mi cerebro, más follo con ella como si fuera una puta, sin una palabra ni un beso, con la esperanza de así poder despreciarla, con la esperanza de que esto me impida susurrarle al oído cuando me corro dentro de ella: «Dime que solo me quieres a mí, te lo ruego».

Llaman a la puerta, pero no es Penny. Es el pesado de Malkovich. Quiere invitarnos a cenar a su casa. Penny acepta como si nada, como si le gustase la idea.

Mientras habla con él, la odio con todas mis fuerzas. ¡Imbécil! Finge estar enamorada de mí, pero en realidad juguetea con ese hijo de papá. E incluso me da lecciones sobre la manera de vivir, sobre la confianza, sobre el amor y otras estupideces por el estilo. Y al final incluso se niega a hacerlo. Es una auténtica cabrona.

En casa de Malkovich me toca soportar un sermón sobre cómo hay que comportarse y sobre las personas que hay que frecuentar. De improviso, Penny desaparece con su mujer, y Monty aprovecha para darme la tabarra sobre lo extraordinaria que es la chica que he elegido, sobre lo dulce y buena que es para mí. Porque, entre otras cosas, ¿qué significa eso de que es buena para mí? ¿Qué se supone que debo hacer, según su Dios? ¿Casarme con ella, ir a vivir con ella y su abuela, concebir media docena de hijos y trabajar como un empleado de tres al cuarto? ¿Es esa la vida que me conviene? ¿Quedarme en esta ciudad de mierda? Eso sería la muerte, no la vida. Siempre he tenido ganas de escapar, de quedarme en los sitios lo menos posible, sobre todo ahora, después de haber pasado cuatro años entre rejas, cuando el hecho de respirar siempre el mismo aire hace que me sienta como si me hubieran enterrado vivo.

Si Monty Malkovich me reserva un futuro de este tipo, me temo que se llevará un buen chasco, porque apenas vuelva Francisca nos largaremos de aquí.

No tardaré en olvidar a Penny. Estoy seguro. Cuando vea a Francisca y pueda estrecharla entre mis brazos, todo volverá a ser como antes, dejaré de sentirme como me siento ahora y volveré a ser el que era, el que soy: el Marcus Drake de siempre, que procura joder a la vida antes de que la vida lo joda a él.

Cuando Penny regresa, noto enseguida que ha llorado. ¿Qué ha ocurrido? Me paso la cena deseando saber qué le pasa, pero no consigo quedarme a solas con ella. Esos dos son unos pesados de tomo y lomo.

Se lo pregunto cuando nos marchamos y me dice que la señora Malkovich le ha hablado de su hijo muerto. Conozco esa historia. En una ocasión me la contó también. Creo que se llamaba Cam. Al principio era un buen chico, según dice su madre, pero después, debido a una desilusión amorosa, cayó en una depresión y empezó a frecuentar gente poco recomendable. Droga, alcohol, carreras clandestinas, cosas de ese tipo. Hasta que un día trató de cometer un atraco y murió a manos del tipo que estaba limpiando, que iba armado y se defendió. Una historia como tantas otras. Trágica, sí, pero no entiendo por qué Penny debe llorar por un tipo al que ni siquiera conoció.

Mientras vamos en el taxi, cambia de tema y casi se tira por la ventanilla. No sé qué ha visto, el caso es que ordena al taxista que se pare; ni que se hubiera vuelto loca.

Las luces del parque de atracciones se reflejan en su cara mientras sonríe como una niña.

Si piensa que la voy a acompañar, se equivoca de medio a medio. Jamás he estado en un sitio así, ni siquiera siendo niño, o sea que ahora mucho menos.

Cuando se lo digo, veo la decepción en su mirada, es como un destello. Pero ¿qué hace? ¿Se echa a llorar? No, no llora, me dice que me marche, pero en el fondo de sus ojos veo esa luz herida. Debería pasar de todo, tengo que trabajar, que entre ella. Pero, maldita sea, no puedo hacerlo. Espero que esta propensión a dejarme influenciar por las lágrimas femeninas, incluso las que no resbalan de los ojos, las que imagino y no veo, acabe lo antes posible. Me estoy volviendo idiota. Me estoy convirtiendo en un tipo incapaz de decir que no a una mujer que lo agarra de la mano y lo arrastra mientras se ríe como si estuviéramos en Navidad.

Aunque, a fin de cuentas, el parque de atracciones es divertido. Hay un lío de mil demonios, pero está lleno de gente feliz. Niños, padres, jóvenes, enamorados que comen algodón de azúcar. Me parecen patéticos, pero al menos no dan la lata. La miro, miro a Penelope, inmersa en todas esas luces, y no le suelto la mano por temor a perderla. Ella juega, me enseña todo, tiene un aire peligrosamente inocente, y me confunde, me revuelve, me siento al borde de algo, algo que podría destrozarme. Tengo que estar atento, he de conservar la razón, no debo caer en su trampa.

Aunque, a decir verdad, no sé qué trampa es. Con todo, la observo y, mientras me hace entrar en el laberinto del terror, siento miedo. No de los fantoches que emergen de la oscuridad acompañados de unas carcajadas histéricas; tengo miedo de ella. Tengo miedo de sus ojos resplandecientes, de la manera en que aferra mi mano, de sus labios, que solo me han besado a mí, tengo miedo de lo mucho que la quiero, tengo incluso miedo de que, después de haberme confesado que ha averiguado cosas sobre mi pasado, no parezca horrorizada. Debería darle asco, pero no es así. Lloró por mí. Nadie ha llorado nunca por mí, ni siquiera Francisca, igual que yo tampoco he llorado por ella. La vida es así, hay que seguir adelante, nos reímos a espaldas del que ha muerto, nosotros, los vivos, porque no sabemos por cuánto tiempo lo seremos aún.

Penny, en cambio, llora. Y me escucha. Y me aferra la mano. Y me abraza con más fuerza cuando la historia se hace más dura.

¿Qué quiere de mí?

¿Qué coño quiere esta de mí?

Apenas llegamos al Well Purple noto que algo va mal. Hace unos segundos estaba feliz y ahora parece alterada. Me miente cuando me dice que no ha ocurrido nada, me miente. Entonces recuerdo la descripción del cabrón que la perseguía, de Grant. Un guaperas medio loco. Estoy seguro de que es el que la espera a la entrada. Lo ha mirado como si hubiera visto el infierno. Además, su cara me resulta familiar y mi mente enseguida lo cataloga y recuerda. Es el desgraciado que hace unas semanas molestó a Grace, una camarera, en el Maraja. Jason lo echó y le advirtió que no quería volver a verlo. Ese pedazo de mierda lo hace por vicio.

Llamo rápidamente para decir que no iré a trabajar esta noche. Si no les parece bien, que se jodan. Entretanto, entro en el local siguiendo al cabrón. Lo pierdo de vista un instante, en medio de la multitud, pero después lo veo de nuevo cuando se cuela en la zona destinada al personal. La sangre me sube al cerebro.

Lo pillo cuando está casi encima de ella, diciéndole algo al oído. Lo tiro contra la pared, siento que sus huesos crujen como bolas de cristal; ahora lo sacaré de aquí, lo mataré, lo quemaré y así liberaré al mundo de esta carroña.

Pero Penny me suplica con la mirada.

Cuando agarré por la garganta al imbécil que quería hacer daño a Francisca, ella me incitó: «¡Acaba con él, acaba con él!», mientras le daba patadas. Penny me ruega que lo deje y, cuando el cabrón se suelta y escapa, me retiene.

No comprende que ese volverá a intentarlo. Los tipos como él no deben vivir. Siempre harán daño a alguien. Los tipos como él solo merecen la muerte.

Me quedo aquí, pero no estoy tranquilo. Las tías no dejan de insinuarse. En otro momento aprovecharía la ocasión, pero ahora no, ahora debo vigilar a Penny, debo asegurarme de que ese cabrón no vuelve. Si le sucediera algo mientras me tiro a una, no me lo perdonaría.

Además, si he de ser franco, no me apetece tirarme a ninguna.

De repente llego incluso al extremo a decir:

—Oye, estoy aquí con mi novia, no me interesas.

—No me lo creo —contesta ella—. ¿Quieres hacerte de rogar? ¿Se puede saber quién es?

Le señalo a Penny, que en ese momento está sirviendo un cóctel a un idiota que no deja de mirarle el escote. Qué agobio. Tengo que hacer un esfuerzo para quedarme donde estoy. ¿Cuántos escotes he mirado yo? Mirar no es delito.

La tipa observa a Penny.

—¿Esa? —me pregunta, asombrada.

—Esa. ¿Algún problema?

—No, es que… no me parece tu tipo.

—Sé cuál es mi tipo.

—¿Me puedes dar tu número de teléfono?

—Oye, guapa, no follaremos ni ahora ni nunca, así que lárgate.

Se marcha con la cara encendida y desconcertada, estoy seguro de que me odia, pero me da igual. Por fin recupero el control de la situación. Si Grant vuelve, es hombre muerto.

Pero no vuelve. Aun así no me quedo tranquilo. Tengo miedo de que regrese cuando yo ya no esté.

Camino distraído hacia casa. Mientras pienso, en mi mente surge de repente una pregunta incómoda que me destroza.

Me gustaría dejar seco a Grant, pero ¿de verdad soy mejor que él?

Cuando me quedo solo trato de recordar cómo me comporto cuando estoy con Penny.

¿La fuerzo? ¿La he obligado alguna vez a hacer algo contra su voluntad? No me acuerdo, maldita sea, no logro acordarme. La sospecha de haber sido, si no violento, demasiado insistente, de haber pasado por alto algunas señales de fastidio, algún ademán de rechazo, igual que pasé por alto su dolor la primera vez, me hace sentir tan mal que salgo de la ducha, me visto a toda prisa y, sin secarme, voy a casa de Penny.

No puedo llamar a la puerta, su abuela me oiría. Salgo del edificio y subo por la escalera de incendios. Cuando me abre la ventana, sorprendida y asustada, noto enseguida que ha vuelto a llorar.

Para un hombre no es fácil reconocer que uno mismo es peor que su enemigo. Pero lo reconozco. Soy más repugnante que Grant. Yo, que me las doy de justiciero, soy más repugnante que él. Para ser uno que no viola a las mujeres no basta con abstenerse de usar una arrogancia simple, hecha de golpes y heridas. La he violado de muchas otras formas y me siento repugnante, como poco.

Ella, sin embargo, lo niega y no deja de defenderme. Mi orgullo confía en que sea cierto, pero en mi fuero interno sé que me he equivocado.

Penny…

Desde que llegaste estoy muy confundido. Las cosas lógicas han dado un vuelco y ahora componen un puzle enloquecido. Vivo como si caminara por un hilo tendido entre dos edificios, a cien metros del suelo. No me reconozco y me asusta atisbar en mi interior. Por eso intento evitarlo, hundo la cabeza en la arena e ignoro las palabras que gritan en mi mente. No quiero comprender lo que está sucediendo. Quiero volver a ser como antes.

Entretanto, la miro. Me gusta acariciarla. Es mía, por el momento es solo mía. Esta noche nada de prisas, ninguna necesidad ávida de goce. Esta noche lo haremos lentamente.

Nos tocamos en silencio para que no se nos oiga fuera de la habitación. Lo hacemos de manera diferente, menos famélica, pese a que siento el hambre. Pero el orgasmo es igual, el orgasmo sacude todo mi cuerpo. Cuando me toca y me mira con una sonrisa casi de asombro, el placer se amplifica de una forma que no alcanzo a explicar. Me corro en su mano blanca, en su cama virgen.

Al final, la abrazo. Me gustaría quedarme y esa necesidad me desconcierta. Me gustaría taparme con la sábana y dormir con ella, y volver a hacerlo al despertar.

Pero es demasiado, sería demasiado. Puedo admitir que me gusta más de lo previsto, pero no puedo cambiar mi vida. No puedo morir y resucitar en un día. No puedo sepultar mi naturaleza de forma tan radical. No puedo hacerlo por nadie ni por ningún motivo.

Así pues, a pesar de que la necesidad de quedarme es como una tempestad que revuelve mis entrañas, me visto y me marcho por donde he venido.

CAPÍTULO 21

Se despertó con el ruido ensordecedor del granizo. Era como si Dios estuviese lanzando a la Tierra un carro de peladillas. Penny se estremeció al abrir los ojos y pensó en Marcus, en lo bonito que sería contemplar la tormenta de granizo con él.

Pero el mero hecho de esperar que eso sucediera era ya una locura. A pesar de que le había concedido un intermedio semejante al amor, Penny sabía que, del amor, Marcus solo imitaba las maneras, no los latidos profundos. Estar con los pies en el suelo era la mejor forma de evitar que su corazón se rompiera al cabo de unos pocos días.

«Ya tienes el corazón roto, querida».

Así pues, contempló a solas el repiqueteo del granizo.

De improviso, su abuela quiso entrar en el dormitorio y vio que la puerta estaba cerrada.

—¿Penny? ¿Qué pasa?

Penelope abrió y sonrió con aire tranquilizador.

—Nada, ayer estaba tan cansada que cerré sin darme cuenta.

Barbie le sonrió ladeando la cabeza como un pajarito.

—Estás muy enamorada de ese chico, ¿verdad?

Penny se ruborizó con la misma rapidez con que un copo de algodón se empapa de agua y se preguntó si su abuela lo habría descubierto, si habría oído algo.

La miró y le respondió sin más:

—Sí.

La abuela Barbara le lanzó un sonoro beso en el aire. Después cambió de tema, como hacía siempre: a veces parecía obsesionada por algo, pero los pensamientos desaparecían invariablemente de su mente de buenas a primeras.

—Ven a la cocina, he hecho crepes.

Penny se preparó para fingir que probaba las tortitas dulces rellenas con salsa de tomate o, peor aún, con pasta de dientes. En cambio, se encontró con una mesa bien puesta y una pila de crepes que parecían deliciosos. Incluso el aroma que flotaba en la cocina parecía el olor normal a dulce.

Tranquilizada por esta presentación, probó uno. Estaba bueno. Era un auténtico crepe sin añadidos estrafalarios.

—¡Lo has hecho muy bien, gracias! —dijo a su abuela, abrazándola.

—Pero necesitamos jarabe de arce, no nos queda —murmuró Barbie, un poco decepcionada.

—No te preocupes, voy a preguntar a la señora Tavella si nos presta un poco.

Se puso el abrigo sobre el pijama y salió del piso. Esas dos sorpresas, tan próximas, la hacían sentirse feliz: el granito de amor que le había regalado Marcus, por un lado, y su abuela, que ya no hacía desastres en la cocina, por el otro. Tenía cosas que celebrar, desde luego.

Una vez en el rellano, cedió a la tentación de subir a la buhardilla, no para pedir jarabe de arce a Marcus, sino para invitarlo a desayunar con ellas. Con toda probabilidad declinaría la propuesta, arrepentido de haberse mostrado demasiado amable la noche anterior, hasta el extremo de haberle hecho creer que quería compartir con ella algo más que un poco de sexo afectuoso. En una ocasión se había invitado a sí mismo a comer, pero el desayuno tenía un valor diferente. El desayuno no se comparte con un invitado cualquiera.

Se alisó el pelo con las manos y se abrochó bien el abrigo.

«Como si no te hubiera visto ya en pijama, y sin pijama, y patas arriba. A veces literalmente patas arriba».

Llamó a la puerta. Se ruborizó al pensar que hacía apenas unas horas habían estado tan cerca, besándose, acariciándose, ahogando suspiros entre las manos y los labios. Su corazón latía con tanta fuerza que temía que se le cayera como un fruto maduro en la escalera y se perdiera.

Pero no respondió nadie. Su sueño no podía ser tan profundo como para no oírla. ¿Y si había salido a correr a pesar del granizo?

Abatida, fue a casa de la señora Tavella. La vecina la recibió encantada, envuelta en una bata remendada de color morado, y le prestó de buena gana el jarabe.

—¿Cómo va con Marcus? —le preguntó al final, guiñándole un ojo.

Penelope se preguntó si aquella extraña nidada de viejecitos, muchos de los cuales estaban casi ciegos y sordos en apariencia, no tendría en realidad los ojos demasiado vivos y los oídos más agudos de lo que uno podía pensar en un principio. O si el amor que emanaba de ella era tan evidente, una especie de marca sumamente llamativa, una palpitación constante y fragorosa que todos podían ver, oír y comprender. No le respondió, le dio las gracias por el jarabe y volvió a toda prisa a su apartamento.

Cuando estaba a un paso de la puerta, la alegría de la mañana se evaporó en un santiamén. De la casa le llegó un estruendo ensordecedor, como si se estuviera rompiendo toda la vajilla.

Se apresuró a abrir y ante sus ojos se desplegó un escenario terrorífico.

Barbie yacía en el suelo, desmayada o muerta, quién sabe. Al caerse había arrastrado el mantel y todo lo que había encima.

Las crepes, los platos, los cubiertos e incluso el jarrón con flores artificiales, que había puesto en el centro para decorar, lo habían seguido. Penny gritó. La botella se le resbaló de las manos, rebotó y el jarabe salpicó por doquier, goteando como sangre dorada y uniéndose a la debacle.

El hospital era gris y angustioso. Penny, que iba en pijama, con el abrigo encima y unas zapatillas de tenis en los pies, esperaba, pálida y aterrorizada, a que alguien le dijera cómo estaba su abuela.

Aún le retumbaban en la cabeza sus gritos, seguidos de los que habían lanzado los vecinos, que habían acudido en tropel para ver qué estaba sucediendo. Oía la sirena de la ambulancia y volvía a ver la mano fría de Barbie bajo la suya, sus mejillas pálidas y sus párpados apretados.

«No está muerta, ha perdido el conocimiento, pero parece muerta».

En el hospital se la habían llevado a alguna parte y habían dejado a Penny sola en un pasillo con las paredes pintadas de color blanco hielo y varias sillas de plástico. Se había sentado a esperar. De vez en cuando pasaban los paramédicos, al fondo se oían unas voces confusas, que Penny no escuchaba. Solo recordaba la trágica escena, el resto de sus pensamientos se habían borrado.

Al cabo de un tiempo interminable apareció una doctora y se plantó literalmente delante de Penny, que había aislado su mente y sus oídos y se había encerrado en una especie de mundo hibernado.

—Ha sido un ictus.

—¿Puedo verla?

—Sí, pero aún no ha recuperado el conocimiento.

—¿Se pondrá bien?

—No ha sido un ataque muy fuerte, pero dado que no es la primera vez que le sucede, habrá que evaluar las consecuencias. Podría tener dificultades para hablar y moverse. Le haremos algunas pruebas para determinar el daño y la terapia. Acompáñeme.

La doctora echó a andar y Penny la siguió. Entraron juntas en una habitación silenciosa en penumbra, en la que solo se oía el ruido de las máquinas que monitorizaban el estado de los pacientes. La abuela estaba echada en una cama con los ojos cerrados, pálida como una muerta. Que no lo estaba se intuía por los lentos latidos de su corazón, que evidenciaba un aparato que tenía a un lado.

Penny pasó varias horas en el hospital, sentada en una silla incómoda, sujetando la mano de la única persona que le quedaba en el mundo. Apenas se movió, congelada por el miedo a perderla, como si el hecho de desplazarse solo un milímetro pudiera dejar que la negra señora se abriera paso en la habitación y en el cuerpo de su abuela. Luego, poco a poco, la señal acústica de la máquina la tranquilizó. El corazón no dejaba de latir. Barbie seguía con vida.

Al cabo de unas horas empezó a tener frío y recordó que aún iba en pijama, tapada con un abrigo no muy grueso y sin calcetines. Miró el reloj que estaba colgado en la pared y vio sorprendida que era por la tarde. A pesar de que en la habitación no había ventanas, estaba segura de que fuera el sol debía de estar a punto de ponerse.

La doctora le aconsejó que volviera a casa y Penny accedió, pero solo porque temía caer enferma. ¿Quién cuidaría de su abuela si a ella le ocurría algo?

Seguía granizando. El repiqueteo de las lágrimas de hielo ya no era hipnótico y agradable como esa mañana, cuando lo había contemplado desde su habitación; en ese momento resultaba intimidatorio. Además, con las prisas para subir a la ambulancia Penny no había cogido un solo dólar.

«¿Cómo volveré a casa? ¿Tendré que pedir dinero prestado a la doctora?».

Se le estaban congelando los pies y empezaba a sentir ganas de echarse a llorar. Al menos las lágrimas serían cálidas y le calentarían las mejillas.

En medio de aquellos gélidos golpes, de repente tuvo la sensación de que perdía el equilibrio. Por un instante creyó que había resbalado en una calle mojada y esperó a oír el ruido sordo que harían sus huesos al chocar contra la acera. Pero después comprendió que sucedía algo muy distinto.

Marcus, que había aparecido como por arte de magia, la estaba cogiendo en brazos. Al quedarse así, suspendida, tuvo casi un ataque de vértigo. No estaba acostumbrada a volar tan alto. En realidad, no estaba acostumbrada a volar.

—Vamos —le dijo él con firmeza.

—Pero ¿tú cómo…?

No le respondió y recorrió unos cien metros con ella en brazos, en medio de la gente que iba de un sitio para otro bajo el granizo incesante. Al final se acercó a un viejo Camaro rojo aparcado junto a la acera. Dejó a Penny de pie en el suelo y abrió la puerta. Ella lo miró turbada.

—No lo he robado, si es eso lo que estás pensando.

Un poco confusa, Penny no se lo hizo repetir dos veces. Subió al coche preguntándose vagamente de quién sería, mientras Marcus se sentaba al otro lado y arrancaba.

Se interesó por cómo estaba su abuela.

Después se interesó por cómo estaba ella.

Luego, mientras conducía, le agarró una mano.

—Caramba, estás helada.

No la soltó hasta que llegaron a su destino, ni siquiera para cambiar de marcha.

Todos los vecinos del edificio quisieron tener noticias de Barbie. Penelope contó lo poco que sabía y recibió a cambio un sinfín de palabras de aliento. Apenas cruzó el umbral de su casa y volvió a ver la montaña de crepes, la vajilla y el jarabe de arce diseminados por el suelo, le pareció revivir el mismo trauma y el mismo dolor, y se llevó la mano a la boca para contener un grito.

Marcus cerró la puerta a sus espaldas. Penny percibió su voluminoso cuerpo detrás de ella y, de inmediato, su voz.

—Ahora ve a darte una ducha bien caliente —le dijo o, mejor dicho, le ordenó.

Ella asintió débilmente con la cabeza y se encerró en el cuarto de baño. Permaneció bajo el chorro hasta que se acabó el agua caliente. Sentía que por fin sus músculos se habían relajado, que por fin podía volver a doblar los dedos de los pies y las manos. Se frotó el pelo con una toalla y se puso unos calcetines gruesos, los pantalones de un viejo chándal y una sudadera amarilla con un cocodrilo estampado.

Cuando entró en la cocina se sobresaltó por la sorpresa. Marcus había recogido lo que se había roto en el suelo, había tirado todo lo que había que tirar y había limpiado el resto. Estaba en pie delante de los fogones, preparando algo.

Lo miró como si fuera un resplandor.

—¿Qué…?

Él notó su presencia y se volvió.

—Siéntate. No soy un gran cocinero. Espero que te guste una tortilla con unas cuantas cosas dentro.

Penny se acomodó con gestos mecánicos, aún turbada. Marcus le sirvió una abundante porción de tortilla.

Pese a todo lo sucedido, Penny tenía hambre y comió con avidez. Marcus le sirvió un vaso de leche con chocolate y ella lo apuró hasta la última gota. Él la observó todo el tiempo, apoyado en los fogones y con los brazos cruzados en el pecho.

Después de beber el último sorbo, Penny le preguntó:

—¿Has recogido el coche?

—Sí, fui al vendedor que me aconsejó Malkovich.

—Es bonito.

—Sobre todo, es útil.

—Gracias por todo esto.

—Para ya. No soporto que me des las gracias.

—Muy bien, en ese caso a ver qué te parece esto: capullo de mierda, no deberías haber venido a por mí al hospital, tampoco deberías haber limpiado y cocinado para mí.

Marcus esbozó una sonrisa.

—Así está mejor.

—¿Cómo supiste dónde estaba?

—Cuando volví me lo dijeron todos los vecinos del edificio.

—Son buenas personas.

—¿Cómo te encuentras ahora?

—Mejor. Estoy muy preocupada por mi abuela, pero mejor.

—Se pondrá bien.

—Eso espero.

—Pues ahora túmbate en el sofá y tápate si no quieres que cuando vuelva te encuentre enferma.

—Sí, será mejor. Sobre todo porque dentro de unas horas debo ir a trabajar.

Marcus la siguió hasta el sofá y se sentó a su lado. Ocupaba casi todo el espacio y una de sus rodillas la tocó con firmeza, como si entre ellos hubiera —había— una confianza que ya no temía el contacto.

—No volverás a trabajar en ese sitio de mierda.

Penelope frunció el ceño.

—Por supuesto que sí.

—No, te encontraré otro trabajo que no sea de noche.

—Vaya con el señor. Es mi trabajo y volveré, ya te digo.

—¿Te gusta?

—¿A qué te refieres?

—¿Es tu pasión? ¿Tu sueño secreto?

—No, claro que no, ¡pero no puedes perseguir siempre tus sueños! ¿Y tú? ¿Trabajar como empleado de seguridad es tu sueño secreto?

—No, de hecho no tardaré en dejarlo.

—No me imaginaba que fueras de los que creen en los sueños.

—Digamos que estoy hasta los huevos de cualquier tipo de cárcel, incluso de los trabajos de mierda mal pagados.

—Vale, pero tu caso es diferente. Dentro de unos días te marcharás. Vivirás bajo las estrellas, en los establos, donde te parezca. Yo, en cambio, tengo que quedarme aquí y trabajar, me guste o no.

—Encontrarás otro trabajo.

—¿Sabes que eres realmente ridículo? ¿De verdad crees que si lo hubiera encontrado, habría acabado en el Well Purple? No estoy cualificada, no he ido a la universidad y no creo que ahí fueran estén deseando contratarme y pagarme un buen sueldo.

—¿Qué te gustaría hacer?

—Algo que no se puede hacer aquí.

—¿Qué?

Penny subió las piernas y se ovilló en el sofá. Se mordió los labios un instante y a continuación se encogió de hombros.

—Vivir en el campo. Criar animales, cortar madera y vender productos de la tierra para vivir.

Marcus calló un instante, mirándola, como si estuviera asimilando esa revelación.

—Me parece un sueño magnífico —dijo finalmente.

—Sí, el problema es realizarlo. ¿Qué hago? ¿Empiezo a cultivar albahaca en la escalera de incendios?

—No, encuentra otro trabajo que esté a medio camino entre la mierda y el sueño.

—En este barrio no hay nada, Marcus. Lo he recorrido de arriba abajo.

—Eso solo significa que has de cambiar de barrio.

—¡Qué listo! Si me mudara, tendría que gastarme buena parte de lo que ganara en pagar los medios de transporte, pero, sobre todo, tardaría una vida en los trayectos. Tengo que estar lo más cerca posible de la abuela, ahora con mayor motivo.

—Yo te acompañaré.

—¡Claro! ¡Tú me acompañarás! ¿Hasta cuándo? Hasta la semana que viene. ¿Y luego? Te ruego que dejes ya el tema, me duele la cabeza.

Encendió la televisión y eligió un programa cualquiera. Lo habría molido a palos. Qué fácil era hablar así, sobre todo teniendo en cuenta que, al cabo de unos días, se marcharía de allí con su magnífica Francisca.

La televisión hizo un ruido desagradable. Penny estaba sentada con las piernas dobladas hacia un lado y los brazos cruzados, en una pose belicosa. De repente sintió un crujido a su lado. Marcus se acercó a ella y le rodeó los hombros con un brazo.

—No quiero que vuelvas al Well Purple, Penny —insistió con terquedad.

—No tienes ningún derecho a prohibírmelo.

—Te equivocas.

Ella le lanzó una mirada iracunda.

—Ah, ¿sí? ¿Por qué?

Marcus no respondió. En lugar de eso, la escrutó sin darle ninguna explicación, en un silencio rebosante de cosas que pedían a gritos que las dejaran manifestarse, y tendió el otro brazo hacia ella. Le apoyó una mano en una mejilla y le acarició los labios con el pulgar. No hizo nada más: solo ese movimiento ligero, ese dedo que, por un instante delicioso, surcó la boca crispada de ella.

Penny no cedió a la sugestión y volvió al ataque:

—Tienes la cara muy dura, ¿te lo han dicho alguna vez?

—Es casi mi segundo nombre.

Ella resopló exasperada.

—Te recuerdo que aún te debo dos semanas. ¿Crees que el dinero me llueve del cielo? Me extraña que digas ciertas cosas.

Marcus siguió sin hablar. Se quedó quieto, rodeando los hombros de ella con un brazo y la mano que antes la acariciaba apretada delante de él, en un puño brusco, los ojos clavados en el televisor, en una vieja película en blanco y negro. Penny sintió una punzada en el corazón cuando comprendió que era un viejo *western* de John Wayne. Pensó en su abuela y en el misterioso John, que se iba llenando de detalles en cada historia. Le habría gustado llamarla y decirle: «Ven, Barbie, ¡mira quién sale en la televisión!».

De repente, comprendió cómo sería vivir sin ella. Soledad y silencio. Nadie a quien querer y nadie que la quisiera. No tenía hermanos, hermanas, tíos; solo tenía a Barbie. Sin que las lágrimas la avisaran de antemano, rompió a llorar con la cabeza apoyada en sus piernas.

No lo notó enseguida, tal era la intensidad del dolor que le causaba ese pensamiento infausto que la destrozaba, pero cuando los sollozos se calmaron un poco se dio cuenta de que Marcus la abrazaba con fuerza. Se abandonó apoyada en el pecho de él, sorbiendo por la nariz, mirando a John Wayne, que empuñaba un fusil con el sombrero ladeado y lucía en la cara una sonrisita torcida e irónica.

—Hagamos una cosa —le propuso Marcus—. Descansa esta noche y mañana volveremos a hablar.

—Tú y yo no tenemos nada de qué hablar —murmuró Penny, intercalando la frase con repetidos sollozos involuntarios—. No lo entiendo. Te importo un comino.

—Me importas mucho.

—Sé que quieres consolarme después de lo que ha sucedido hoy, pero no soporto las mentiras, nunca, ni siquiera en momentos como este.

—No es una mentira. Me importas muchísimo.

Penny se apartó un momento para observarlo.

—Esta noche estás muy amable, debo de darte mucha pena —murmuró con tristeza.

—Aprovéchate, no durará siempre.

—Estoy preparada para las cosas que no duran, Marcus, no necesito advertencias. «Para siempre» no existe. Es más probable que exista Papá Noel.

—Ahora basta de pensar y de hablar. Cierra los ojos y duerme un poco.

—No puedo, tengo que estar atenta por si me llaman del hospital.

—Yo me quedaré despierto.

Ella lo observó maravillada.

—¿Vas a quedarte aquí?

—¿No quieres?

—¿Y el trabajo?

—Tú misma lo dijiste. No es el empleo de mis sueños. Me da igual que me despidan.

—¿Y cuál es tu sueño?

Sintió que Marcus le acariciaba el pelo con una mano.

—Ser libre —contestó—. Libre de verdad. De marcharme, de hacer, de tener e incluso de no tener nada. Estoy harto de cadenas. Viví quince años en un burdel, en sentido literal, sin tener un solo instante de paz. Viví tres años en un orfanato, pese a que no era huérfano, solo porque mi madre era puta. Viví cuatro años en la cárcel, callando mis protestas para poder salir lo antes posible. Es una marca. Una condena. Ahora parezco libre, pero en realidad no lo soy. Nunca me perdonarán, siempre seré el niño que acuchilló a un tipo y el hombre que mató a otro. Soy así, es cierto; a fin de cuentas, de tal palo tal astilla.

—La libertad nace en el interior, Marcus, y el perdón viene de tu conciencia. Date tiempo, deja de verte como el hijo de una puta condenado a ser un delincuente porque lo lleva escrito en el ADN. Solo hablas así de tu madre, pero ¿cómo era ella de verdad?

Penny pensó que no le iba a contestar. La pregunta era arriesgada. En el silencio que se produjo a continuación, John Wayne empuñó el fusil y disparó mientras galopaba a lomos de su caballo.

Pero Marcus volvió a sorprenderla.

—Era una mujer sencilla. Tenía un sueño: ser actriz. No lo consiguió.

—¿Te quería?

—Creo que sí.

—Seguro que te quería. No pienses en ella con rencor. Piensa en algo bonito que hicierais juntos. Recuerda solo eso.

De improviso, Marcus metió dos dedos por el cuello de su suéter y sacó la tira de cuero de la que colgaba el anillo.

—Esto era suyo —le explicó y el corazón de Penny se aceleró—. Cuando murió tenía guardadas varias cosas de valor. No me llevé nada, solo esto. Lo llevaba cuando a los dieciocho años abandonó el pueblo donde vivía para buscar fortuna en la gran ciudad. No vale nada, pero a ella le gustaba. Imagínate que un día, cuando yo tenía diez años más o menos, me dijo que debía regalárselo a mi esposa. Dijo justo esa frase ridícula: «Regálaselo a tu esposa». Por absurdo que parezca, seguía siendo una ingenua.

Penelope intentó imaginarse a Francisca con ese anillito que, mirándolo bien, parecía el juguete de una niña. Era una baratija de plata, una especie de cocodrilo minúsculo, gracioso, enrollado sobre sí mismo, con algunos restos de esmalte verde alrededor del hocico y dos piedrecitas rojas en el lugar de los ojos. No pudo imaginarse a la hermosa joven morena que había conocido en el locutorio de la cárcel con ese anillo en el dedo. En realidad daba la impresión de que ella era el cocodrilo gigante que lo habría devorado.

«Son los celos los que me hacen pensar así; los celos, la envidia y un sinfín de otros malos sentimientos».

—Gracias por habérmelo contado —le dijo—. La primera vez te enfadaste mucho.

«Y me ibas a besar.

»Y estabas guapísimo y parecías arrogante y frágil.

»Y yo no tenía miedo.

»Y desde entonces quise hacer el amor contigo».

—No entendí que...

—¿Qué?

—Que te interesaba saberlo de verdad.

—Tú me interesas de verdad, Marcus.

Silencio, mientras John Wayne salvaba a los buenos de los malos. Penny siguió una escena de la película unos instantes. El volumen estaba bajo y los sonidos, ahogados. Sentía la mano de Marcus en el pelo, el otro brazo ciñéndola. Su gran cuerpo cerca, como el de un ángel de piedra. No parecía un ángel, la verdad es que no, pero su presencia le hacía sentirse bien. De repente se convenció de que Barbie saldría adelante, de que Marcus se quedaría con ella, de que encontraría un trabajo nuevo, fantástico, y de que la vida sería maravillosa, llena de «para siempre».

Se durmió con esas ilusiones, tan infantiles como el anillo que colgaba del cuello de Marcus.

CAPÍTULO 22

Marcus

No puedo dormir. Pienso en Penny y no puedo dormir. Se fía de mí, ella se fía de mí. Por lo general, las mujeres me ofrecen lo poco que les pido y se marchan con lo poco que les doy. Francisca nunca se ha entregado a mí por completo, siempre hay una reserva, un secreto, una hostilidad en su manera de dejarse penetrar. Teniendo en cuenta lo que ocurrió en su día, es más que natural y nunca le he pedido otra cosa.

Con Penny, en cambio, sucede algo tan extraordinario que me asusta. Ella me entrega su alma. Cuando la toco es como si sintiera su corazón latiendo en cada centímetro de su piel. Sus ojos me hablan aunque esté callada. Su sonrisa es un puñetazo en el estómago. Cuando entro en ella tengo la impresión de adentrarme en un mundo desconocido. No me refiero a lo que tiene entre las piernas, sino a lo que siento cuando estoy allí. Mis necesidades se amplifican y de repente lo que tengo y lo que soy no me bastan. Quiero más, pero no sé qué es ese «más». O puede que lo sepa y lo rechace, porque admitirlo sería una derrota para mi orgullo.

Algo es seguro: no permitiré que ese cabrón le haga daño. La simple idea de que pueda rozarla, incluso el mero hecho de que piense en ella con vulgaridad, despierta mi faceta más primitiva. Siento que puedo volver a matar. Pero sin instigaciones, sin peleas: de forma premeditada, como quería hacer con el hombre que agredió a mi madre. Afilar un arma, prepararme, apostarme y asestar el golpe. Es la única manera. Tendré que marcharme y no puedo dejarla sola frente a este peligro.

Tendré que marcharme.

No puedo dejarla sola.

¿Por qué «tendré»?

Yo quiero marcharme.

En cuanto al hecho de que se quede sola... ¿Por qué debería estar sola sin mí?

Soy el arrogante de siempre. No estará sola, yo no soy nadie para ella.

Pero si no soy nadie, ¿por qué se ofrece de esa forma, por qué abre los ojos y me hace entrar en sus emociones, por qué cuando goza parece que lo haga conmigo, para mí, y no solo para sí misma?

Maldita sea, quizá tenga un tumor en el cerebro. De otra forma, no se explican estos pensamientos absurdos.

Tampoco se explica por qué, cuando pienso en Francisca, la primera frase que me viene a la mente es: «Tengo que decírselo, tengo que hablar con ella».

¿De qué tengo que hablar con ella?

Solo hablaremos de nosotros o no hablaremos. Follaremos como desesperados, después de cuatro años sin hacerlo. Nos marcharemos, a tomar por culo Malkovich y los que nos quieren con grilletes en los tobillos.

Sí, puede que Francisca sea el remedio para el mal desconocido que me atormenta.

Salgo pronto de casa y voy a ver al vendedor de coches de segunda mano. Me compro un viejo Camaro, acordamos un precio ventajoso y el pago a plazos. El tío se fía de mí porque Malkovich me ha avalado. Si supiera que dentro de poco más de una semana desapareceré de aquí, no estaría tan contento.

Después voy al Maraja. De día el local está cerrado al público, pero no al personal. Busco a Jason y lo encuentro. Me ayuda que esté liado con Grace y que le sentaran mal las pretensiones del idiota de Grant. Cuando le pregunto si se acuerda de él, asiente con la cabeza enseguida y suelta una retahíla de tacos. Lo conoce, sí, es un cabrón que aparece de cuando en cuando por aquí e insulta a las camareras. Vive en tal barrio y alardea de eso cuando quiere impresionar, porque es una zona rica.

Luego cambiamos de tema, le digo que no iré a trabajar las próximas noches, que tengo cosas que hacer, y él no me pregunta nada.

Tengo cosas que hacer, sí, quiero seguir a ese pedazo de mierda, quiero saber cuáles son sus movimientos, adónde va y cuál es el momento más adecuado para partirle la cara.

Entretanto, a ver si me entero de dónde vive. Con el granizo es incluso más fácil. Este agua helada esconde las cosas y, dado que no soy un tipo que pasa desapercibido, me ayuda a no llamar la atención como una mancha de color intenso en medio del negro y del blanco más absolutos.

De hecho, vive en una zona que apesta a dinero a la legua. Voy de una punta a otra de la calle varias veces en una hora, tratando de no llamar la atención. De improviso comprendo que Júpiter, o quienquiera que esté ahí arriba, suponiendo que haya alguien, también tiene ganas de verlo despedazado, porque pasa justo por delante de mí, mientras franquea una verja que parece la de la mansión de un magnate del petróleo, a bordo de un Mercedes SL. Aún tiene la nariz hinchada. A saber qué habrá dicho a sus padres para justificarlo: desde luego, ni la verdad absoluta ni una verdad a medias, dado que nadie ha aparecido por casa para acusarme de la enésima culpa. Puede que sepa que si destapa la olla de mierda en que vive, acabará sepultado en ella. Quién sabe cuántas jóvenes más, que han callado hasta ahora contenidas por un sinfín de temores, estarían dispuestas a acusarlo de haberlas molestado y de cosas aún peores. No está loco, es un pérfido calculador.

Echo el cigarrillo fuera y lo sigo. Se aleja de su casa y se adentra en otras zonas que sin duda considera barrios bajos. Lugares parecidos al sitio donde vivimos Penny y yo. Ha vuelto a salir de caza. Busca sus presas entre mujeres que considera inferiores, jóvenes como Penny o Grace, o como esta: la dependienta de una tienda de objetos usados. Una especie de anticuaria que, en realidad, vende baratijas. Nada valioso, solo porquerías *made in China*, y si me doy cuenta hasta yo, que no soy un entendido, el género debe de ser poco menos que chatarra.

No puedo entrar en la tienda, no quiero que me vea, pero mirando por el escaparate capto al vuelo la situación. La joven se siente halagada por sus atenciones. Le parece increíble que un hombre así se haya fijado en ella. Pienso en Penny. Imagino lo que sintió, imagino la noche en que la llevó a saber dónde para meterle mano con arrogancia, imagino su miedo y aprieto el volante. Cuando llegue el momento pagarás por todo, merdoso. Pagarás por el mero hecho de haberla obligado a escapar. Te dejaré reducido a una máscara de sangre.

Pero tengo que hacerlo bien. Nadie debe sospechar de mí y, sobre todo, nadie debe intuir la relación que me une con Penny. Ella no sabrá nada. Le haré este regalo antes de marcharme.

Mataré a este desecho de la sociedad, así ella dejará de tener miedo.

Si mi apariencia no llamara la atención, lo seguiría toda la mañana, pero corro el riesgo de que me descubra. Así que debo marcharme al cabo de un rato. No tardaré en volver y encontraré el momento apropiado para hacerle comprender qué es lo que hay que hacer y lo que no hay que hacer en la vida antes de morir.

Sin embargo, al llegar a casa me encuentro con un auténtico barullo. Todo el edificio está agitado, parecen hormigas. Cuando me entero de lo que ha sucedido, pregunto enseguida a qué hospital han llevado a la abuela de Penny.

«Enseguida» es una manera de hablar, porque con los ancianos siempre hay un preámbulo interminable. Al final descubro que no está demasiado lejos y me precipito afuera.

Penny. A estas alturas no hago otra cosa que pensar en ella, por una razón u otra. Pienso en ella mientras hacemos el amor, cuando estoy solo, cuando planeo matar al que le hace daño; también ahora estoy pensando en ella, no he dejado de hacerlo desde que me desperté. Mejor dicho, desde que empecé a tratar de conciliar el sueño, ya que no he pegado ojo. Tengo la maldita sensación de que hace dos meses que solo pienso en ella. Un tiempo infinito para alguien que, como yo, apenas piensa.

Y mientras pienso en ella, la veo. Sola, en la acera mojada, aún con el pijama de anoche, el mismo que le quité con mis manos. Calza unas zapatillas de tenis, también empapadas, y se arrebuja en un abrigo rojo. Destaca como una mancha de sangre en el telón de fondo del granizo, que cae nublando la calle. Le castañetean los dientes. Tiene frío y mira alrededor extraviada.

No espero más; me apeo, corro hacia ella, la levanto en brazos y me la llevo de allí.

Deja ya de obligarme a pensar en ti todo el tiempo, Penny. Déjalo ya. No puedo seguir así, no puedo: sea lo que sea lo que estás haciendo con mi vida, deja de hacerlo o estoy perdido.

Ha llorado, está aterida y aterrorizada. Mientras se da una ducha caliente, trato de poner un poco de orden en lo que parecen los restos de una pelea. Echo un vistazo a la nevera y solo encuentro huevos. Pese a que no soy gran cosa como cocinero, sé hacer una tortilla. Cuando vuelve, me digo que debo de estar realmente mal si una mujer vestida de esa forma, con calcetines gruesos, un chándal tres tallas más grande de la suya, nada que haga un poco de juego con el resto o que deje entrever apenas un milímetro de piel, me excita de tal forma que siempre estoy exaltado. Pero es así: incluso cuando se disfraza de prófuga, incluso cuando tiene cara de cansada, la sonrisa forzada, el pelo mojado y ni una gota de maquillaje, no dejo de desearla. Se sienta, come y me da las gracias, y yo pienso que siento verla así, lo siento por su abuela, lo siento por este mundo maldito, pero le bastaría un ademán y me la tiraría enseguida encima de la mesa. Estoy enfermo, sí, estoy realmente enfermo.

En cualquier caso, no le propongo nada tan fuera de lugar. Me lo guardo para mí. Solo hay una cosa que no puedo por menos que decirle: no quiero que vuelva a trabajar en ese local repugnante. No sé qué me autoriza a prohibírselo, no tengo ningún derecho a hacerlo, suponiendo que alguien pueda tener algún derecho sobre los demás. Muy bien, no tengo ningún derecho a pedírselo, pero si vuelve allí, me cabrearé como una bestia. Con todo, me gusta cómo me lleva la contraria, siempre me ha gustado ese aspecto de ella. Su fragilidad aparente, su orgullo, la manera en que manda a la mierda sin esconderse, su mirada combativa, la fuerza con la que aprieta los puños, dispuesta a combatir todas las guerras de este mundo. Me gusta, me atrae, hace que sienta más ganas de contradecirla. De todas formas, no volverá allí, no soporto la idea de que Grant vaya a incordiarla de nuevo, no soporto que un tipo cualquiera la mire como si se estuviera imaginando las mil y una maneras de meterse en sus bragas. No lo soporto. Es así, a pesar de que no tengo muy claro el motivo de esta confusión que transforma mi mente en una casa arrasada por un tornado, de esta hambre perenne de ella, de la necesidad de protegerla.

Sobre todo, no entiendo por qué se lo cuento todo sobre mí. Penny pregunta y yo respondo. Mi lengua no consigue estar quieta cuando estoy delante de ella, en todos los sentidos. Le cuento lo del anillo, la baratija de plata que llevo al cuello, la única cosa inocente que me dejó mi madre, la única que no compró con el dinero de un putero de paso. E incluyo a mi padre entre los puteros que llegaban y desaparecían. Ella me escucha, me escucha siempre con una atención que parece sincera. Me habla de la misma manera y sus palabras me recuerdan cosas, momentos guardados en el fondo de un cajón.

Ella me escucha y me habla, y luego se duerme, y yo la tomo en brazos y la llevo a la cama dejando el televisor encendido, con su zumbido como ruido de fondo. Debería marcharme, debería franquear el umbral de su casa o el alféizar de la ventana, como debe ser y como me ordena a gritos mi cerebro.

«Maldita sea, Marcus, lárgate. Has hecho todo lo que podías. Hacer más es una locura. Eso solo es para los perdedores».

Puede que sea así, pero cuando, a pesar de las voces y de los discursos de un millón de dólares que me hago yo solo, decido quedarme y me tumbo en la cama a su lado, observando su respiración, no me siento como si estuviera perdiendo algo. Me siento como si estuviera en el borde de un profundo precipicio, a punto de caer al vacío. Pero me quedo suspendido en ese borde de la hostia, y no retrocedo, no vuelvo a la tierra segura, porque tengo la impresión de que si lo hago, perderé de verdad.

Mientras tanto, permanezco despierto por si suena el móvil, como le prometí. Y me pregunto qué sucederá mañana, y pasado mañana, qué rumbo tomará mi vida, qué sentido tendrá, qué decisiones me veré obligado a tomar, si tendré miedo de tomarlas, si me atemorizará hacerlo. No duermo, en realidad duermo poquísimo, unas cuantas horas, y no todas las noches. Permanezco despierto hasta el amanecer. Nadie llama. Me marcho antes de que se despierte con la fuerte sensación de que ese precipicio será el principio de algo, y mi final.

CAPÍTULO 23

Fue al hospital en metro, a primera hora de la mañana. Marcus se había marchado en un momento cualquiera entre el sueño y el despertar, y Penny prefirió no llamarlo. No quería acostumbrarse a su presencia ni siquiera para las cosas pequeñas, como que la llevara en coche a un lugar al que podía ir en metro. Debía empezar a organizarse sola: el trabajo, las salidas, el cuidado de su abuela. Él no tenía nada que ver con su vida, era un regalo de paso, un sol deslumbrante que solo estaría encendido cierto tiempo. No tardaría en marcharse y al hacerlo se llevaría también lo que había sido ella durante esos dos meses. La Penny que amaba la vida por primera vez. La Penny que se había transformado en mujer. La Penny que deseaba. La Penny dotada de un cuerpo que servía también para experimentar sensaciones agradables, no solo para sentirse como un patito feo. La Penny que sentía una ternura inmensa por alguien que no debería suscitarla, por alguien que tenía aspecto de bárbaro, de guerrero y de domador de dragones. La Penny un poco princesa, deseada, acariciada, tocada, mirada como se mira a una mujer. Esa Penny no tardaría en abrir un pesado baúl y en meterse dentro para dormir como un viejo vestido de novia cubierto de naftalina.

Debía acostumbrarse, así que salió pese a que seguía lloviendo.

Su abuela había recuperado el conocimiento. Las noticias que le dio la doctora eran alentadoras. El ataque no tendría ninguna consecuencia fatal, por suerte y puede que por milagro. Barbie debía permanecer ingresada unos días más y cuando volviera a casa tendría que tomar un montón de medicinas.

Al ver a su encantadora abuela, que estaba muy pálida y que se parecía tanto a ella, salvo por la melena larga, ahora un poco enmarañada, Penny rompió a llorar.

—Gracias por haberte quedado conmigo —le susurró, pero Barbie no la oyó, solo oía los sollozos de su nieta.

—Creo que he estado un poco enferma —le dijo la anciana con una sonrisa traviesa—. Quizá comí demasiada tarta el día de mi cumpleaños, pero solo se cumplen dieciocho una vez en la vida.

—La próxima vez comerás menos, ¿verdad? —musitó Penny—. Tendrás que quedarte aquí unos días, así podrás descansar y recuperarte; luego volveremos a casa.

—De acuerdo, pero a condición de que cierres la puerta con llave por la noche, apagues la bombona de gas y le digas a Marcus que te haga compañía.

—¿Te acuerdas de Marcus? —le preguntó Penelope un poco turbada por la extraña selección que había hecho la mente de su abuela. Creía que era una joven de dieciocho años golosa, víctima de los excesos de su fiesta de cumpleaños, pero Marcus seguía presente en sus pensamientos.

—Por supuesto, cariño, es ese chico tan guapo que vive en el piso de arriba. El que está enamorado de ti.

—Pues... sí —dijo Penny entre dientes. Habría sido mejor que lo hubiera olvidado, así al cabo de solo unos días no tendría que explicarle por qué se había marchado.

Salió del hospital después de un par de horas, más tranquila y más esperanzada. Llovía, clareaba y volvía a llover. Arrebujada en una trenca roja, con la capucha levantada, por la que asomaba el mechón verde intenso, pensó en las últimas palabras de la doctora. No debía dejar sola a su abuela. Necesitaba asistencia continua. Así pues, no podía volver al Well Purple, tenía que buscar otro trabajo. Una vecina podría hacer compañía a Barbie de día, estaba segura de que las señoras del edificio se mostrarían encantadas de echarle una mano. En cambio sería imposible encontrar a alguien que se quedara con ella por la noche, a menos que lo pagara. Al final Marcus se había salido con la suya.

Caminó sin rumbo fijo hasta que de repente vio que estaba delante del escaparate con el gato dorado de largos bigotes que sonreía. El Gold Cat estaba abarrotado a esa hora. El aire *vintage* que lo caracterizaba, con el papel pintado de color amarillo mostaza estampado con flores psicodélicas, las grandes lámparas en forma de cajas rectangulares, las estanterías de formica y, en las paredes, un sinfín de carteles de cine de los años setenta, atraía a una clientela joven y vivaz. Sherrie servía las mesas ayudada por una señora de unos cuarenta años, vestida con el mismo vestido amarillo y peinada con un recogido cardado parecido al suyo. La clientela femenina era numerosa y Penny pensó que debía de ser porque las mujeres se encontraban a gusto en un ambiente dirigido por otras mujeres que no eran jóvenes ni guapas, que no creaban un clima competitivo, ni siquiera en lo tocante a la estética.

Sherrie la reconoció nada más entrar y salió a su encuentro esbozando una sonrisa.

—Acomódate, cariño, hay una mesa libre para ti. Enseguida estoy contigo.

Se sentó casi al fondo del local, entre la barra y una *jukebox* dorada, que quizá no funcionaba, pero que estaba ahí para crear la atmósfera adecuada. Echó una ojeada al menú, pero no había entrado para comer. Al cabo de un momento Sherrie se acercó a su mesa, tan animada como una veinteañera, pese a los mechones color cáscara de huevo, y se apresuró a preguntarle:

—¿Marcus no ha venido contigo?

Penny se ruborizó como si fuera una colegiala y la hubieran pillado besuqueando la foto de su divo preferido.

—Esto…, no.

—Lástima. Quería pedirle un favor. Esta mañana me han traído una cosa monísima que he comprado en internet y quería preguntarle si podría llevármela a casa. Pesa un poco para mí y sé que ahora tiene coche. Pero ¿por qué no estáis juntos?

Penelope se encogió de hombros: se sentía tan cansada que hasta ese ridículo movimiento le pareció un terremoto. Le contó en dos palabras lo que le había pasado a su abuela y la buena de Sherrie, que a saber por qué misteriosa razón parecía tener debilidad por ella, se sentó a su lado y le apretó un brazo con su mano pequeña y huesuda.

—Bueno, cariño, ya verás como no tardará en recuperarse y en volver a casa. Lo peor ya ha pasado.

—Lo sé, eso espero, pero es la única persona que me queda en el mundo y me aterroriza perderla.

—También tienes a Marcus. Entre dos es más fácil. Te ayudará. Tiene un corazón de oro y sabrá cubrirte las espaldas. No solo tienes a tu abuela, ahora también puedes contar con él. Y conmigo, si te puedo servir de algo.

Penelope la miró como una niña pequeña miraría la foto de su madre lejana. En un abrir y cerrar de ojos, sin que su mente la advirtiera de antemano, sintió un calor chispeante en la cara y los ojos se le llenaron de lágrimas sinceras. Esa mujer, una exprostituta que tenía mil motivos para ser una cínica, era una de las personas más dulces que había conocido en su vida. Le pareció un regalo maravilloso que le ofreciera su afecto, pero aún más que diera por descontado que Marcus estaría dispuesto a lo mismo. Tanto ella como el señor Malkovich no parecían haber entendido lo que

Marcus pretendía hacer en el futuro. ¿De verdad pensaban que iba a quedarse en la ciudad, prisionero de una vida monótona, para estar con ella? Sintió la tentación de decírselo a Sherrie, de explicárselo con el tono de un adulto que desvela a un niño que una vez cumplidos los siete años el ratoncito Pérez, los espejos mágicos, las princesas con zapatos de cristal y las habichuelas de las que brotan enredaderas que llegan a tocar el cielo dejan de existir. Pero Sherrie estaba tan convencida y era tan romántica que le pareció cruel desilusionarla. Así que se calló y pidió una ración de pastel de queso.

Cuando Sherrie volvió con un pedazo enorme de tarta de color blanco lechoso cubierta de arándanos, Penny hizo acopio de valor y le preguntó:

—¿No necesitáis otra camarera?

Sherrie captó al vuelo el sentido de la pregunta y le sonrió con benevolencia.

—¿Estás buscando trabajo?

—Sí, pero debo esperar unos días. Cuando mi abuela se haya recuperado un poco. ¿Crees que podrás hacerme un hueco?

—Hablo con Lorena y te digo algo. En cualquier caso, creo que sí. Donde hay sitio para dos, lo hay para tres. Además, si eres alguien especial para Marcus, lo eres también para mí, ya te lo he dicho.

Penelope le dio las gracias con los ojos desmesuradamente abiertos y límpidos, dos ojos tan llenos de agradecimiento que Sherrie no pudo por menos que darle un delicado golpecito en el pelo antes de dirigirse a otra mesa desde la que la estaban llamando.

Mientras se comía la tarta más a gusto, tranquilizada por la esperanza de tener un trabajo, oyó que sonaba el móvil. Rebuscó en su bolso, entre el sinfín de bártulos que solían llenarlo, y se quedó un poco sorprendida al ver en la pantalla el número de Igor. Respondió tras titubear un instante y charlaron un momento. De repente, Igor exclamó:

—¿Quieres venir conmigo al teatro?

—¿Qué?

—Mañana por la noche se estrena el espectáculo para el que he hecho los decorados. ¿Te apetece acompañarme?

—Esto..., no puedo. Mi abuela está en el hospital y...

Igor se interesó por el estado de salud de Barbie, le hizo varias preguntas sensatas y al final comentó:

—Quizá te ayude distraerte. No has de ir al hospital por la noche, ¿no? En lugar de estar sola en casa, sal conmigo y relájate un poco. ¿Qué dices?

—La verdad es que yo...

—Entiendo, el problema no es tu abuela sino Marcus. Supongo que él ya te hace compañía. Confieso que esperaba que rompierais, pero es evidente que aún seguís juntos.

—No, él no tiene nada que ver, pero... —Se interrumpió.

Como si el mero hecho de pronunciar su nombre hubiera puesto en marcha el mecanismo de un hechizo, Marcus apareció de repente, empapado por la lluvia, y se sentó delante de ella en la misma mesa. Estaba enfurruñado y la observaba sin siquiera tratar de mirar hacia otro lado. Vestía una cazadora impermeable de color azul oscuro con una larga cremallera roja. En una mano llevaba el habitual paquete de Chesterfield y le dio la vuelta para dejar caer un cigarrillo en la palma. Se lo llevó a la boca, pero no lo encendió. Penny se quedó completamente muda unos segundos mientras Igor la llamaba con insistencia:

—¿Sigues ahí?

—Sí, estoy aquí, solo que...

Oyó un suspiro al otro lado de la línea.

—De acuerdo, te entiendo. Pero si cambias de idea, ya sabes dónde estoy.

—Te aconsejo que invites a otra chica.

—No quiero invitar a otra chica, quiero invitarte a ti.

—Pero no tiene sentido esperar a que...

Él le respondió en tono siempre alegre, aunque en el fondo se intuía su voluntad de combatir:

—Penny, llevo esperándote seis años y cinco meses. Puedo esperar otro día. El milagro puede suceder en cualquier momento. No pierdo la esperanza.

Cuando colgó, cohibida por la última afirmación, ruborizada, notó que Marcus seguía observándola. Se había acodado a la mesa, con la barbilla apoyada en una mano, y jugueteaba con el cigarrillo golpeteando la superficie de formica con ademán nervioso.

—Hola —le dijo Penny sin más. Estaba sentada con la espalda apoyada en la pared, la cara vuelta hacia la sala, y no pudo por menos que notar que las miradas de las demás clientas, sin excluir ninguna, apuntaban hacia ellos, hacia él. Sonrisitas, codazos, palabras pronunciadas en voz baja, comentarios a buen seguro lujuriosos. Una lamió con elocuente lentitud la cuchara con la que se estaba comiendo un yogur. Penny se preguntó si Marcus se habría dado cuenta al entrar y qué pensaba Francisca de todo eso: ¿podía soportar el deseo que se leía en todos los ojos que se posaban en él como si quisieran desnudarlo con los pensamientos, primero, y con los dientes, después? Pero enseguida comprendió que a buen seguro los hombres miraban a Francisca de la misma manera.

—¿Has ido al hospital? —le preguntó Marcus, rompiendo el silencio con una voz extraña, como si tras la aparente amabilidad se ocultase un lobo amenazador—. ¿Va todo bien?

—Sí, la verdad es que todo va bien.

—Si me lo hubieras pedido, te habría acompañado.

—Me gustaría decirte que eres muy amable, pero tu tono da miedo.

Marcus se encendió el cigarrillo haciendo caso omiso de la prohibición que, en caracteres enormes, brillaba como un semáforo en rojo sobre una placa metálica que estaba colgada en la pared, justo encima de su cabeza.

—¿Estabas hablando con Igor? —le preguntó entre una calada y otra, mientras Penny desmigajaba los restos de la tarta.

—Sí.

—Te he llamado toda la mañana, pero no me has contestado.

—Oh, disculpa. En el hospital bajé el volumen del móvil y no te oí.

—En cambio sí que oíste a Igor.

Marcus se inclinó hacia delante, a través de la mesa. Quería decir algo y por su mirada se comprendía que no iba a ser nada agradable, pero Sherrie llegó justo en ese momento y lo interrumpió.

—¡Mi niño! —exclamó—. ¡Cuánto me alegro de veros juntos! Pero debes apagar el cigarrillo, aquí no se fuma. Díselo tú también, Penny, dile que fumar es malo.

—Me temo que si lo hiciera, fumaría el doble aunque solo fuera para molestarme —comentó Penny—. ¿Cuánto te debo por la tarta?

—Nada, pequeña. En lugar de eso, mi niño, ¿puedes hacerme un favor enorme? Tengo aquí un regalito que me he comprado en eBay. ¿Podrías meterlo en el coche y llevármelo a casa? Te doy las llaves. Pero ve con cuidado, es frágil, está hecho con espejos, así que si lo rompes, ¡te caerán siete años de desgracia!

Marcus, con el cigarrillo aún encendido en los labios, asintió lentamente con la cabeza. Mientras hablaba con Sherrie agarró a Penny de un brazo para que no se marchara. Pese a la lluvia fría que caía fuera, ese simple contacto hizo entrar el sol en la sangre de Penny y el calor la invadió.

Sherrie vivía a orillas del mar. En eBay había comprado una bola enorme de discoteca, tipo años setenta, con sus correspondientes lentejuelas y espejitos brillantes. Mientras la mujer les rogaba que no la rompieran, los miraba con temor, como una madre que no sabe si ha dejado su criatura en buenas manos.

Durante el trayecto en coche siguió lloviendo con fuerza. De repente, como si estuviera dándole vueltas a una pregunta desde hace tiempo y no pudiera contenerse más, Marcus dijo de buenas a primeras:

—¿Qué quería?

—¿Quién?

—Ya sabes quién: Igor.

Penny cabeceó de forma imperceptible mientras miraba por la ventanilla.

—¿Por qué te obsesiona tanto?

Él hizo caso omiso de la pregunta y le lanzó una mirada hosca, iracunda.

—¿Te invitó a salir? —insistió.

—Sí.

—¿Cuándo? ¿Dónde?

—Yo no te pregunto cuándo sales y adónde vas.

—Yo sí. ¿Qué piensas hacer?

—No pienso hacer nada. Quería que nos viéramos mañana por la noche. Le dije que no.

Marcus apretó con fuerza el volante. Penny lo observó a hurtadillas. Parecía cansado, tenía unas profundas ojeras que nunca había visto en él, como si hubiera dormido poco y mal unas cuantas noches. Contuvo el impulso de acariciarle la mano que se movía en el cambio de marchas.

—¿Puedo hacerte una fotografía antes de que te vayas? —le preguntó.

Él se volvió asustado, como si no entendiera qué pretendía. Después, mientras observaba de nuevo la calle, su mirada se ensombreció aún más.

—La necesito —le explicó Penny—. Me la guardaré y te prometo que no te robaré el alma.

Sin volver la vista siquiera, Marcus murmuró en tono acre:

—Puede que me la hayas robado ya.

—No soy una bruja. Solo deseo un recuerdo...

Pese a que estaba segura de que nunca lo olvidaría, no quería arriesgarse a acabar como su abuela, que solo confiaba en su memoria desenfrenada. Necesitaba una prueba, algo que, transcurridos cincuenta años, le demostrara de forma concreta que Marcus había existido y que no era solo fruto de su fantasía romántica.

En ese momento llegaron a la playa. La casa de Sherrie era una especie de palafito de madera plantado directamente en la arena, casi lamida por la lengua del mar. La lluvia se había concedido una tregua y en el cielo lucía a duras penas un rayo de sol. Penny se preguntó qué sentiría Sherrie al despertarse todos los días y ver toda esa belleza ante sus ojos. A saber, quizá había querido concederse la perfección inocente de la naturaleza después de tantos años de transacciones entre la necesidad y el horror.

Marcus metió la caja enorme en la casa. Esta era pequeña y agradable, pintada en tonos vivos —naranja, rojo, azul persa—, con numerosas piezas inspiradas en los años setenta. En un sofá tapizado a rayas multicolores, un gato dorado, parecido al que estaba pintado en el escaparate del Gold Cat, los miró con aire ausente y empezó a lamerse lánguidamente las patas.

Cuando volvieron a salir y se disponían a entrar de nuevo en el coche, Penny aferró a Marcus por una muñeca.

—¿Damos un paseo? —casi le suplicó.

Él la observó como había hecho hasta ese momento, con una mirada sangrante.

—Vale —dijo. La luz natural y directa intensificaba el cansancio que evidenciaba su cara.

Echaron a andar por la playa mojada. El océano estaba embravecido y aullaba entre las piedras de la orilla. Penny se subió la capucha mientras su pelo serpenteaba alrededor del mechón de color verde esmeralda y le entraba en la boca. Se estrechó contra el cuerpo de Marcus, que caminaba sin hablar, con las manos metidas en los bolsillos, la mirada baja, clavada en sus zapatos, que se hundían en la arena.

Sin darse cuenta, empezó a hablar con él. Si se hubiera circunscrito a su vida, a su abuela enferma, a la inminente partida de él, a lo que iba a quedar de los dos meses increíbles que habían compartido, se habría echado a llorar, a llorar de verdad, no solo con lágrimas y sollozos, sino con algo más, algo peor. Quizá habría caído en la arena de talco y le habría dicho: «Te quiero»; le habría dicho: «¡No te vayas!», y le habría dicho: «¿Cómo voy a vivir sin corazón?».

Así que, para no caer en la tentación, pronunció otras palabras, comentó la belleza del océano, del cielo, del pequeño puerto que se divisaba a lo lejos, de los barcos de pesca, de las gaviotas y de las conchas, que en su imaginación habían sido abandonadas allí por las sirenas.

De improviso, en medio de ese parloteo, justo cuando empezaba a llover, Marcus se paró de golpe. Penelope se sobresaltó temiendo haber dicho algo desagradable, pese a que en sus divagaciones no había pasado de las digresiones irrelevantes. Se plantó delante de ella, tan alto y macizo que la protegía del viento que le azotaba la espalda. Con las manos aún en los bolsillos, la escrutó como si quisiera y debiera decirle algo importante.

—¿Va todo bien? —le preguntó ella, cada vez más preocupada por sus ojeras oscuras, por la barba, tan larga que ya no podía ser fruto del cálculo sino del abandono, por los labios apretados.

Por unos segundos él no dijo ni hizo nada. Siguió mirándola y Penny vio el océano borrascoso reflejado en sus ojos plateados. Luego, de repente, Marcus sacó las manos de los bolsillos, la abrazó con tanta fuerza que la convirtió en parte de sí, y la besó en la boca.

Penny se abandonó, unida a su lengua y a su alma, sintiéndose sumamente cerca de él, como si lo tuviera dentro, como si estuvieran desnudos y atados.

No la soltó, la mantuvo pegada a su pecho apoyando una mano en su nuca, de forma que Penny no pudo por menos que preguntarle:

—¿Qué pasa?

—No lo sé —fue lo único que respondió.

—Estás raro. ¿Ha ocurrido algo?

—Mi cabeza es un infierno, Penny.

—¿Quieres que hablemos?

—No. Tengo que encontrar la manera de salir de ahí como sea, si no me ahogaré.

—¿He cometido algún error?

—No, el error lo he cometido yo.

—¿A qué te refieres?

—A haber venido a esta ciudad. A ese maldito edificio. A dejar que me jodas la mente.

Penelope se sobresaltó como si la hubiera abofeteado.

—¿Qué quieres decir?

Marcus la interrumpió apoyándole un dedo en la boca. Su expresión no tenía ni un ápice de romántica, pese al beso que acababa de darle. Parecía furioso y desdichado. Sin dejarla hablar, dijo en tono perentorio:

—Vámonos antes de que el demonio me haga soltar cosas de las que luego me arrepentiré el resto de mi vida.

En el coche no le dijo nada más, pese a que ella se lo pidió varias veces, y apenas llegaron al edificio Marcus se refugió en su buhardilla como si quisiera escapar de ella. Penny no dejó de dar vueltas a sus últimas palabras. Incluso mientras estaba en la biblioteca reflexionó sobre ellas. ¿A qué se refería? ¿Qué había querido decir?

Mientras volvía a colocar en la estantería un ejemplar de *Jane Eyre*, Rochester le hizo venir a la mente una idea absurda. Recordó la brusquedad con que Edward se comportaba con Jane. Su falso interés por la hermosísima Blanche. Recordó su tormento y su dolor secreto, sus celos a causa de St. John.

En su corazón empezó a fermentar una emoción romántica y aventurada.

«¿Está enamorado de mí? ¿Estará Marcus enamorado de mí?».

Trabajó distraída, excitada, agitada, esperanzada. El corazón le latía como un martillo neumático. La desgracia quiso que hubiera trabajo extraordinario que hacer, pero se sentía tan feliz que no le pesó. Su abuela estaba mejor y no tardaría en regresar a casa. Y quizá Marcus la quería.

Marcus, Marcus, Marcus.

Llegó a la hora de cenar con la sonrisa en los labios, una sonrisa tan constante que parecía tatuada, una sonrisa que se estremecía sin cesar. Nada más volver a casa se dirigió directamente a la buhardilla sin pasar por su piso, devorando los peldaños de la escalera de caracol con la emoción de una adolescente.

Llamó a la puerta rebosante de energía.

«¡En cuanto abra le saltaré al cuello, lo besaré, le diré que lo quiero!».

Y allí, en ese rellano, delante de esa puerta, su felicidad se deshizo como una trenza agitada por el viento. Porque no fue Marcus quien le abrió la puerta.

Se la abrió Francisca.

Había vuelto. Guapa, morena, colérica.

Se había puesto una camiseta de Marcus, la misma que llevaba él bajo el suéter esa mañana en la playa, y nada más. Sujetaba entre los dedos un cigarrillo encendido y el humo se filtraba por sus labios naturalmente escarlatas.

En el suelo, detrás de ella, yacían varias prendas de vestir. Los vaqueros, el jersey, los calcetines, los zapatos. La ropa interior había volado por doquier y había quedado esparcida al azar sobre las superficies.

Además de ella, en la habitación estaba Marcus, sentado en el borde de la cama, turbado como un hombre que acaba de hacer el amor por primera vez después de cuatro años y dos meses. Desnudo, salvo los tatuajes y los nudillos cubiertos por las largas vendas que usaba para vapulear el saco de boxeo.

Francisca la miró sin tratar de disimular una expresión de silencioso triunfo. Penny entreabrió los labios sintiéndose repentinamente débil y avergonzada, a punto de ahogarse.

—Yo…, esto…, disculpad… No quería… molestar. Bueno, bienvenida —balbuceó.

Por un instante tuvo la impresión de que Marcus la miraba. Fue como si le hubiera metido una mano entre las costillas y le hubiera extirpado el corazón. Casi pudo verlo, herido en su puño, triturado y arrojado a la escalera.

Acto seguido, muda y derrotada, dio media vuelta y bajó los peldaños de hierro. Su mente era un cuadro, antaño vívido y ahora corroído por el ácido. Se repetía una y otra vez: «Procura no caerte, procura no caerte», pero apenas entró en su piso cayó de inmediato al suelo, como una marioneta a la que le hubieran cortado los hilos de un tijeretazo.

CAPÍTULO 24

Marcus

Ya no duermo. Estoy cansado y estresado. Siento cosas que nunca he sentido y no quiero, maldita sea, no quiero. No soporto que me domine un sentimiento que no logro dominar. El amor que siento por Francisca nunca me ha convertido en una presa, nunca ha hecho que me sienta como si estuviera a punto de romperme o de ahogarme. Necesitábamos darnos fuerza el uno al otro y nos apoyábamos, formábamos una manada. Nuestros pasados eran casi idénticos, de manera que cuando nos mirábamos, nos veíamos reflejados en los ojos del otro.

Pero no necesito a Penny para sobrevivir. No me sirve, no me da nada que no pueda encontrar en otra parte. No es como yo: su pasado es diferente del mío, no nos une nada. Hablamos idiomas distintos, somos diferentes en todo. Nos conocemos desde hace dos meses, no nos une nada, ni siquiera el tiempo.

Sin embargo, la añoro. Sin embargo, tengo que verla, tengo que tocarla, tengo que oírla hablar, tengo que tomarla.

No va bien, así no va bien. Quiero ser libre, comer, beber, fumar, dormir, follar. Viajar por todo el mundo. Dejar de pensar en cosas que me destruyen. Cosas como: «¿Y si me quedara?».

¿Quedarme dónde? ¿Aquí? Ni hablar.

Ni. Hablar. Aunque. Me. Ahorquen.

Sueño con largarme y no volver jamás. Dentro de unos días lo haré, nadie me detendrá.

No obstante, entretanto la busco por todas partes. En casa, en el hospital, en la biblioteca. La llamo al móvil, pero no me responde. Al final voy al local de Sherrie y la encuentro allí por casualidad.

Está sentada a una mesa, con el móvil pegado a una oreja. Supongo que estará hablando con el idiota de Igor. Pasa de mis llamadas y, en cambio, a él le responde. Siento que me invade una furia animal. Esta es otra de las sensaciones inexplicables que me debilitan. ¿Estoy celoso? No tiene sentido. Nunca he tenido celos de Francisca, una mujer que te deja sin aliento cuando la ves, que con el simple hecho de andar transforma a los hombres en armas cargadas, y ¿ahora tengo celos de esta? ¿De una jovencita cualquiera, baja, esquelética, con un pelo ridículo y ojos de cervatillo huérfano?

No va bien, desde luego que no va bien. Mataría a Igor con mis propias manos.

Acepto dar un paseo por la playa. La escucho mientras habla sonriendo y me señala el agua y las conchas. Siento un deseo irrefrenable de besarla. Me gustaría tirarla sobre la arena mojada, bajarle los pantalones y correrme gruñendo en su cuerpo, que es solo mío, pero tengo que contenerme. No puedo seguir así, ya es demasiado. Tengo que encontrar una manera, la que sea, para arrancarla de mi interior y volver a ser yo mismo, porque de lo contrario enloqueceré.

No me queda más remedio que vapulear el saco. El ejercicio físico me calma un poco, distrae mi sangre, desvía el curso de mis pensamientos. De repente, alguien llama a la puerta. Solo puede ser Penny. Le diré que no vuelva a subir, que me marcho mañana, que se esfume, mientras pienso que lo único que deseo es llegar a la puerta, dejarla entrar, arrinconarla y darle un beso.

Pero no es Penny.

Es Francisca.

La observo unos segundos como si fuera una aparición. Ella me mira sonriendo, ladea la cabeza y luego tira al suelo la bolsa de tela que lleva al hombro. Su belleza es devastadora. Sus ojos negros y tiránicos, la nariz temblorosa, los labios rojos como el fuego, el cuerpo de potra salvaje. Se abalanza sobre mí de un salto, enroscándose con las piernas a mis costados. No dice nada, no pregunta nada, me besa como si llevara siglos sedienta. Había olvidado el sabor de su lengua, el frenesí de su boca, sus uñas, que me arañan la espalda.

Acabamos en el suelo y ella se quita el suéter, los vaqueros, los zapatos. Está encima de mí, desnuda, me lame y me engulle. Después se abre, me toma y se mueve como solo ella sabe hacer, con una danza descarada.

Al final me escruta, sudada y desenfrenada, más hermosa de lo que recordaba.

—¿Me has echado de menos? —me pregunta.

—¿Has salido antes? —le pregunto a mi vez.

Frunce el ceño y asume la expresión combativa que conozco a la perfección, como si fuera una pistolera a punto de disparar a alguien.

—Yo primero, mi amor —me dice clavándome en la cara sus espléndidos ojos asesinos—. ¿Me has echado de menos?

—Te he echado de menos —replico, pero mientras lo hago comprendo que es la primera vez que le miento. A decir verdad, en las últimas semanas solo he pensado en otra. Pero al verla, al recordar de golpe todo lo que nos une, me doy cuenta de que ella es mi mujer, solo ella. Tenemos cien universos en común. Ella es mi salvación, el remedio del mal que me ha destrozado en los últimos tiempos. El remedio de Penny—. Yo soy tú y tú eres yo —añado, acariciándole un costado. Antes nos lo decíamos a menudo, era nuestra manera especial de decir «te quiero». Lo digo y pienso que soy libre, que para mí solo existe Francisca, ahora lo sé.

Ella sonríe y se pone en pie. Se mueve desnuda por la habitación, ágil, musculosa, sólida, excitante. Saca uno de mis cigarrillos del paquete que hay encima de la mesa, se lo lleva a los labios, lo enciende y fuma.

—Estás buenísimo, mi amor —comenta, por fin, examinándome—. He salido antes, sí, y he preferido no decirte nada para darte una sorpresa. Por suerte no me la has dado tú a mí. Creía que encontraría a esa chica en tus calzoncillos.

Me río y mientras lo hago tengo la impresión de que me cuesta, como si los músculos de mis mejillas se negaran a colaborar.

—¿Te la has tirado? —pregunta a continuación mientras me observa atentamente con el cigarrillo entre dos dedos, echando el humo por un lado de la boca.

Saco un cigarrillo del mismo paquete y lo enciendo con la punta del suyo. A continuación me siento en el borde de la cama y oigo que mi voz cortante le responde:

—Me he limitado a calentar la polla, pero ahora deja ya el interrogatorio, tengo la impresión de estar aún en esa jodida cárcel.

Francisca suelta una risita divertida. Acto seguido llaman a la puerta.

Antes de que pueda razonar, ella se pone al vuelo mi camiseta, que está en el sofá, y abre con una urgencia casi violenta.

Penny aparece en el umbral con una sonrisa radiante en los labios, una sonrisa que muere de golpe. Mira a Francisca, me mira a mí, luego vuelve a mirar a Francisca. Comprende al vuelo que todo ha terminado. Suponiendo que algo hubiera empezado entre nosotros, claro está. Balbucea unas palabras confusas y se va disculpándose.

Mientras siento que mi mente grita: «¡Penny!», aprieto un puño con una fuerza condenada, asesino el deseo instintivo de correr tras ella, de pararla en la escalera. No tendría sentido. No le debo ninguna explicación. Mi mujer es Francisca, esta guerrera escultural de piernas largas, no la cosa pequeña y frágil que acaba de marcharse. Solo nos hemos divertido, quedó claro desde el principio. No le debo nada, menos aún explicaciones. No volveré a verla, el juego ha terminado para siempre.

CAPÍTULO 25

Se quedó donde estaba, pegada a la puerta de entrada, encogida, por un tiempo infinito. Durante ese tiempo tuvo la impresión de que no pensaba en nada, quizá tampoco respiró. Tenía la mente ofuscada por el dolor y el pánico. Todo había terminado. Jamás volvería a verlo, jamás volvería a besarlo, jamás volvería a tocarlo. Marcus y Francisca se marcharían enseguida. Hacían una pareja perfecta. Una maldita pareja perfecta.

Y ella era una auténtica idiota. Solo una idiota habría podido pensar, aunque solo fuera por un puñado de horas deslumbrantes, que un hombre como Marcus había visto en ella algo más que una vaga lujuria a plazo fijo. ¿Qué era lo que la había engañado? ¿Los tormentos secretos de Edward Rochester? Menuda estupidez...

Al cabo de un tiempo infinito en que hasta el menor crujido la sobresaltaba, debido a la obstinación de su esperanza —la esperanza de que Marcus bajara la escalera y le dijera que la quería, que la quería a pesar de Francisca, contra Francisca, contra todo el maldito mundo—, se levantó y se encerró en el cuarto de baño.

Estuvo bajo la ducha hasta que el agua se convirtió en una cascada de lluvia helada. Después se secó con gestos lentos y mecánicos. A continuación se acostó en la cama de su abuela. No quería estar en su habitación, entre las paredes y la escalera de incendios había demasiados recuerdos aprisionados.

Escondida bajo las sábanas en la cama de Barbie, lloró hasta quedarse sin lágrimas. Recordó los momentos que habían compartido: cuando se habían conocido, las primeras broncas, el primer beso, la primera vez.

A pesar de que le dolía, se preguntó qué estarían haciendo en ese momento. ¿Estaban haciendo de nuevo el amor? ¿Dormían abrazados? ¿Cenaban juntos riéndose y contándose lo ocurrido durante los cuatro años en que habían estado separados? ¿Hablaban de su inminente partida?

«¿Marcus pensará alguna vez en mí?

»¿Dejaré de llorar algún día?».

Salió de casa muy temprano para ir al hospital. Apenas había dormido una hora, dividida en sesenta minutos de sueño ligero y agitado.

Pasó toda la mañana con Barbie. No comió nada, solo bebió una cantidad desaforada de café, que compró en la máquina automática del hospital. Su abuela alternaba largos periodos de sueño con otros en que charlaba de forma confusa, y en una ocasión, cuando se despertó, se echó a llorar desesperada gritando que su hijo había muerto, como si el hecho fuera reciente y no hubiera ocurrido hacía casi veinte años. Penny la abrazó y lloró con ella.

Al volver a casa se sentía tan débil como una niña que ha tenido mucha fiebre y ha vomitado toda la noche. Subió la escalera con lentitud, temiendo cruzarse con Marcus, esperando verlo. No obstante, cuando llegó a su rellano, en lugar de entrar en su piso, encerrarse en él y dejarlo todo fuera, cedió a una tentación delirante.

Subió la escalera de caracol en silencio y apoyó la oreja en la puerta de la buhardilla. Lo que oyó puso punto final incluso a la más remota esperanza. Marcus y Francisca estaban haciendo el amor, el ruido era inequívoco. Pensó que, a buen seguro, llevaban horas haciéndolo: horas dedicadas a recuperarse después de varios años de separación forzada.

Se tapó la boca con una mano para no gritar. Quería decir su nombre, pese a que no sabía muy bien por qué, quizá porque pronunciándolo se sentía como si él aún existiera y no fuera tan solo una parte insignificante de un pasado muerto y enterrado en una sola noche.

Pero calló. Volvió a su piso temblando. Sintió náuseas. Vomitó el café y un montón de ácido. Después se miró al espejo: vio sus ojos vapuleados por la tristeza. Los labios hinchados y exangües. La nariz parecía una ciruela morada. El mechón verde esmeralda empezaba a desteñirse, a adquirir un tono gris azulado, más gris que azul. Pensó que no se lo merecía. Demasiado dolor a la vez: no se lo merecía.

Así pues, hizo algo que no habría hecho en el pasado.

Llamó a Igor y quedaron en verse esa misma noche. Él pareció encantado con la llamada, exaltaba el milagro.

En las horas sucesivas Penny se arregló con esmero —incluso se pintó— y se puso el único vestido provocativo que tenía. El mismo que Marcus había criticado: el vestido ceñido de terciopelo verde que había elegido para ir a ver a Francisca a la cárcel, pese a que no era precisamente adecuado para la ocasión. Al verse en el espejo se gustó, el vestido era lo bastante ceñido y corto para sugerir una precisa intención: pensaba acostarse con Igor —por desesperación, por venganza, para olvidarlo— y no volvería atrás.

Igor llegó puntual, con una sonrisa exultante en los labios. Salió del coche, le tendió el brazo y a continuación abrió la puerta del acompañante como un caballero. Llevaba una gabardina encima de los vaqueros y un sombrero Borsalino.

Mientras subía al coche, Penny sintió el corazón en un puño. La mano de Igor impidió que cayera sin comprender por qué se estaba cayendo, o puede que pensando que las botas de tacón alto tenían la culpa. A decir verdad, a varios metros de ellos, en la acera, estaban Marcus y Francisca. Caminaban juntos, cargados con unas bolsas como si hubieran hecho la compra. Ese detalle familiar, que revelaba a voz en grito: «No solo nos acostamos juntos, además comemos juntos, respiramos juntos, somos una sola cosa», le hizo más daño que los gemidos que había oído a hurtadillas a través de la puerta.

Con todo, Penny fingió que no los había visto. Fingió que era una joven feliz que sale por primera vez con su amor de cuando tenía quince años y no ve otra cosa que no sea él. Fingió que era una veinteañera desenvuelta con un mechón verde descolorido en el pelo, ataviada con un vestido también verde y un abrigo de color rosa a juego con el sombrero, y que con estos colores manifestaba su felicidad. Se inclinó incluso y besó a Igor en una mejilla, peligrosamente cerca de los labios. El coche avanzó a toda velocidad y la alejó de la tentación de observar a Marcus por el retrovisor.

«A saber cuándo se marcharán», se preguntó, asaltada por la nostalgia.

Pero después se dijo que no quería saberlo, que no debía saberlo. Tenía que vivir y basta. Tenía que divertirse con Igor esa noche, divertirse cuanto pudiera, y volver a empezar desde el principio.

CAPÍTULO 26

Marcus

Francisca duerme, pero yo no consigo pegar ojo. Está a punto de amanecer y deambulo por la casa como una fiera en una jaula minúscula. Fumo un cigarrillo tras otro y en un par de ocasiones me paro delante de la puerta con intención de abrirla para ir al piso de abajo. No. No debo hacerlo. Mi mujer está aquí, en ninguna otra parte. La he esperado cuatro años, no lo echaré todo a rodar por una mema cualquiera. A veces me gustaría darme puñetazos en la cabeza para expulsar ciertos pensamientos. Todo esto no tiene sentido, de verdad, es una locura absoluta, una enfermedad. Estoy aquí, con la mujer más sexy del mundo, y no dejo de pensar en esa cretina. ¿Acaso bastan dos meses para transformar a un hombre en un ser delirante que se ha perdido a sí mismo? Claro que no bastan, no pueden bastar, y, dado que no bastan, no puede ser lo que creo que es y no puede durar. Es una locura pasajera; si la domino, pasará.

Tengo unas cuantas botellas de cerveza en la nevera. Destapo una y me la bebo. Francisca se levanta de la cama y se reúne conmigo. Fumamos, bebemos, reímos y follamos. Esta es la vida que quiero. Mañana nos marcharemos sin decir nada a nadie. Mañana ya no estaremos aquí. En teoría no podemos hacerlo, estoy con la condicional, pero pasamos de las leyes. Vale, estoy borracho, después de cuatro cervezas y de un poco de mi querido y viejo Johnnie Walker, pero si algo es cierto cuando uno está sobrio, también lo es cuando está mamado: es mejor morir huyendo que vivir en la cárcel.

He dormido, por fin, aturdido por el alcohol y el sexo. Cuando me despierto aún está oscuro. O aún es de noche o es de noche otra vez. Creo que hemos dormido un montón de horas. Cuando me levanto la cabeza me da vueltas: antes aguantaba mejor el whisky, pero ahora, después de cuatro años y dos meses de sobriedad, he de admitir que me siento fatal. La cosa mejora con una ducha fría. Tengo que salir a comprar algo de comida. Mientras me visto, Francisca se despierta también.

—Espérame, me doy una ducha y te acompaño.

Bajamos la escalera y al hacerlo ignoro la puerta del piso de Penny. Sigo adelante sujetando un cigarrillo entre los dedos, me importa un comino lo que haya detrás de la puerta. Por suerte no nos cruzamos con nadie, no tengo ganas de toparme con algún viejo decrépito con ganas de meterse donde no le llaman.

Fuera no llueve, pero el aire es helado. La tienda está cerca y vamos a pie. Es extraño recorrer la calle con Francisca, verla de nuevo a mi lado. Agradezco a Johnnie el favor que me ha hecho: una vez más me ha dejado lo bastante confuso para que no pueda detenerme en cosas superfluas, Penny incluida.

Pero mientras regresamos a casa cargados cada uno con una bolsa de papel llena de hamburguesas enormes, patatas fritas, tomates, galletas saladas y crema de queso, no puedo por menos que pensar en Penny.

Porque la veo delante de mí, debajo de casa. Y no va sola. Está subiendo a un coche, mientras Igor le sujeta la puerta. Ella sonríe, él sonríe, y yo dejo de sonreír. La muy tarada va vestida como el día que fuimos a la cárcel y se ha pintado, y lo besa en una mejilla, y entra en el coche, y él parece un atleta que ha ganado una competición. Después se marchan y yo quiero saber adónde van, quiero saberlo enseguida, también lo que piensan hacer, si la toca le arrancaré los brazos. Trituro estos pensamientos veloces en medio minuto, parado en la acera, observando el coche que se aleja. El whisky ya no basta, de repente me siento lúcido, como si hubiera bebido varios hectolitros de café, y al mismo tiempo me siento condenadamente confuso. Solo que esta confusión es diferente, no guarda relación con el alcohol, sino con unos celos homicidas que me invaden como si hubiera estallado una guerra mundial.

Me encamino hacia casa, subo la escalera y no noto a Francisca hasta que estoy de nuevo dentro y dejo la bolsa encima de la mesa. Me siento como si fuera presa de una especie de fiebre. Entonces la veo a mi lado, escrutándome.

—¿Estás enamorado de esa chica? —me pregunta a bocajarro, sin irse por las ramas.

Me echo a reír, una risa mordaz y vengativa.

—¿Qué coño dices? —exclamo mientras busco un cigarrillo.

«¿Dónde habré puesto el paquete? ¿Dónde habré puesto el jodido paquete?».

Lo encuentro, saco un cigarrillo, lo enciendo y me río. Francisca no, en absoluto.

—¿De esa? Pero ¿la has visto?

—La he visto, sí, y también he visto cómo la mirabas.

—¿Cómo la miraba? —pregunto en tono arrogante. Sherrie y ella compiten para ver quién suelta la estupidez más grande.

—Como deberías haberme mirado cuando volví.

—No digas tonterías, Fran.

—En ese caso, ¿se puede saber qué te pasa?

—Nada, no me pasa nada, ¿vale?

—¿Has follado con otras, aparte de ella?

Me sobresalto al escuchar la pregunta.

—¿Qué...?

—No creo que sea tan complicado. Desde que te acostaste por primera vez con ella, ¿has follado con otras?

—Solo con ella —admito—, pero eso no significa nada.

—¿La besaste durante el sexo?

—Para ya, Fran, empiezo a estar hasta los huevos de este tercer grado.

—De eso nada, si alguien está hasta los huevos soy yo. Además, no es un tercer grado, solo quiero comprender lo que está sucediendo. Nunca te había visto así.

—¿Cómo?

—Desconcertado. Te tiemblan las manos. Tienes unos ojos que ni siquiera te vi cuando matamos a ese tipo. ¿La besabas mientras follabas con ella?

—Sí, pero ¿qué significa eso?

—No lo sé, pero quiero saber si aún ocupo un lugar en tu vida.

—¡Claro que sí! Vale, follaba solamente con Penny y la besaba, pero de ahí a preguntarme si...

—Entonces si, por ejemplo, te dijera: «Vámonos ahora, enseguida, bórrala de tu mente, nunca sabrás adónde ha ido esta noche ni qué ha hecho con ese tío, no volverás a verla», ¿qué me responderías?

Me echo a reír a la vez que apago con nerviosismo el cigarrillo en una lata de cerveza vacía.

—Te respondería: «¡Muy bien! ¡Vámonos ya! ¡Preparo la bolsa y nos vamos!». Pero ¿de verdad crees que yo...? ¿Crees que me importa algo de esa? Estás loca, Fran, como un cencerro. ¡Solo nos veíamos porque me pagaba! Y, entre una cosa y otra, me acosté con ella. ¿Qué problema hay? Pensaba que no te importaba dónde aparco la polla cuando no estás.

—La polla no, el corazón sí.

Río aún más fuerte y me doy miedo, porque esa voz, esa voz afilada que parece capaz de cortar un diamante con una sola carcajada, parece la de un diablo sin esperanza.

—Preparo mis cosas y nos vamos, ¿de acuerdo? Así dejarás de decir memeces —digo en tono resuelto.

Agarro la bolsa y empiezo a llenarla con gestos furiosos, expresivos. Mientras lo hago, de espaldas a Francisca, que calla, no puedo quitarme de la cabeza la imagen de esos dos debajo de casa. Ella reía, ¡reía! Era feliz, lo besó justo al lado de los labios; pongo la mano en el fuego a que ese intentará tirársela esta noche y, como no es imbécil, no será violento como Grant, y ella le dirá que sí y se abrirá para él como se abrió para mí.

Me detengo y lanzo la bolsa a la pared con una violencia feroz. Suelto una blasfemia diabólica mientras golpeo el saco con tanta fuerza que al final lo hago caer al suelo, que vibra y cruje como si un árbol se hubiera precipitado de golpe sobre él.

Francisca está inmóvil en medio de la habitación, alta, orgullosa, lúcida como un bisturí. Con el ímpetu que la caracteriza, vuelve al ataque:

—¿Estás enamorado de ella, Marcus?

Es inútil, es inútil darle vueltas, es inútil levantar polvo, niebla, defensas y dar un sentido diferente a algo que solo tiene un sentido. Nunca le he mentido y no quería hacerlo hoy, solo que no lo había entendido. Maldita sea, no lo había entendido.

En este punto, por fin, oigo que mi voz, quebrada y desesperada, se limita a decir «Sí» y que luego añade «perdóname». Luego, sin volverme, agarro una cazadora y las llaves del coche y echo a correr como alma que lleva el diablo.

CAPÍTULO 27

El espectáculo para el que Igor había realizado los decorados le hizo más daño que otra cosa. Era la historia de una mujer que va en busca del verdadero amor y que antes de encontrarlo prueba con una larga lista, en ocasiones trágica, en ocasiones divertida, de amores falsos. Todo ello acompañado de una orquesta que tocaba en el escenario y de unos decorados pintados a mano, en un estilo que imitaba las ricas y vivas pinceladas de Van Gogh.

Sentada en la segunda fila, al lado de Igor, en un pequeño y acogedor teatro tapizado por completo de azul, Penny intentó sonreír. Había puesto en silencio el móvil para no molestar en la sala. De vez en cuando lo miraba temiendo recibir una llamada del hospital y se sorprendió al ver el número de Marcus. Sintió la fuerte tentación de devolverle la llamada, pero no se dejó vencer en la pequeña batalla que se libraba en su interior. Quizá solo quería saber cómo estaba, quizá quería disculparse, quizá quería despedirse de ella porque estaba a punto de marcharse.

«A su manera me ha querido. No tiene la culpa de que yo no sea Francisca. Pero no quiero hablar con él».

Le daba igual cuál fuera el motivo de su llamada. Ya no tenían nada que decirse.

Al terminar el espectáculo, Igor le presentó a la compañía teatral y Penny estrechó manos y sonrió notando con tristeza que el
espectáculo continuaba y que ahora le correspondía el papel principal. Fingía que era alegre y simpática, ataviada con el maldito
vestido, tan corto que en cuanto daba un paso se le subía hasta la
cintura, con los labios pintados y el corazón en blanco y negro. Por
suerte, Igor no parecía darse cuenta: era la ventaja de no haber sido
nunca una chica muy vivaz, una de esas que se convierten enseguida
en el centro de atención del grupo y cuyo silencio retumba cuando
se callan. Salieron después de los saludos de rigor, las palmaditas en
el hombro, los cumplidos recíprocos y unas sonrisas que parecían
tiradas por cuerdas.

—¿Te apetece cenar en mi casa? —le preguntó Igor—. Soy un
cocinero estupendo, ponme a prueba.

Penny aceptó enseguida, pensando que el destino era bellaco:
favorecía su decisión de acostarse con Igor. Aunque también era
posible que, dado que se había vestido como una que va por ahí sin
bragas, le hubiera transmitido un mensaje bien claro, que él había
captado al vuelo.

De esta forma, llegaron al apartamento de él. Penny notó enseguida que, pese a ser pequeño, estaba lleno de color y era excén-
trico. Cuadros abstractos, seguramente pintados por él, con las
mismas pinceladas densas de los decorados; una mesa baja hecha
con la puerta de un henil; una pared de ladrillos pequeños en relieve
cubierta de arriba abajo de frases de poemas famosos escritas a
mano. Hasta los vasos eran extravagantes: algunos parecían alambi-
ques, otros eran cubos enormes de hielo vacíos por dentro, y otros
eran como cuerpos sinuosos de mujeres descabezadas.

Penny se acomodó en un sofá e Igor le tendió una botella de
cerveza abierta. Acto seguido se sentó a su lado y le preguntó con
franqueza:

—Y ahora ¿quieres decirme qué ha pasado?

—¿A qué te refieres?

—¿Por qué has venido aquí conmigo en lugar de estar con Marcus? Ayer por teléfono me pareciste muy categórica y, en cambio, la llamada de hoy me ha dejado perplejo.

—Espero que en sentido positivo.

—Muy positivo, pero ¿a qué se debe este cambio repentino?

—Nosotros…, bueno, hemos roto.

—¿Puedo preguntarte qué ha pasado sin parecer entrometido?

Penny bebió un sorbo de cerveza y trató de esbozar una sonrisa desenvuelta.

—Nada en especial. No congeniábamos.

—¿Así, de buenas a primeras? En cambio tenía la impresión de que os llevabais de maravilla.

—La verdad es que hace tiempo que le estaba dando vueltas. Era pura atracción física, nada más. Y yo aspiro a otra cosa.

De improviso, Igor alargó un brazo y le aferró una mano.

—De manera que los milagros suceden. Debes saber que soy alguien a quien puedes pedir esa otra cosa. Sé que es pronto, pero…

—Nunca es demasiado pronto —contestó ella un poco agitada, preguntándose qué demonios significaba el comentario que había soltado, en buena medida para llenar un vacío y ahogar los latidos de su corazón.

—Así que, por ejemplo, si te besara, ¿no pensarías que soy un cabrón que está tratando de aprovecharse de tu vulnerabilidad?

—No soy nada vulnerable —objetó ella con firmeza, sintiéndose tan frágil como un castillo de arena mojada.

Igor esbozó una sonrisa sin soltarle la mano.

—Lo estoy intentando de verdad, pero no me conformo con eso. Me gustas de verdad, siempre me has gustado, desde que te vi por primera vez. Tenías dieciséis años y llevabas una trenza que te caía sobre un hombro y un abrigo de color celeste con unos grandes botones en el borde.

—¿Te acuerdas de él? Me lo hizo mi abuela. Pero cuando vi cómo lo miraba, Rebecca no volví a ponérmelo. Me hacía sentir como una prófuga desgraciada.

—Pues estabas preciosa y eras muy original, diferente de las demás. Tan diferente que me tragué la mentira de Rebecca. Era un niño. Fui estúpido, debería haberme acercado a ti de todas formas.

Penny le dedicó la mejor sonrisa que fue capaz de componer en ese momento.

—Acércate ahora —lo exhortó.

De nuevo, Igor no se lo hizo repetir dos veces. Se inclinó hacia ella y la besó en los labios.

Penny esperaba que el mundo diera un vuelco, que su corazón se convirtiese en garganta, manos y piernas, pero no sucedió nada por el estilo. Pese a ello, no cedió al deseo de escapar. Debía quedarse y llegar hasta el final. Así pues, dejó la botella de cerveza en el suelo y se aproximó aún más al ángel con rizos rubios y ojos de color aciano. Lo miró como si le suplicara que le arrojara una cuerda mientras caía al abismo. Pese a su aspecto de príncipe de cuento, Igor era solo un hombre, un hombre que, además, siempre había sentido debilidad por ella, y no se detuvo a pensar en lo que podía significar el impulso de arrojarse en sus brazos. La acogió sin más.

Se encontraron en el sofá, tan diferente al del apartamento de Marcus: en lugar de un mueble desastrado de dos plazas, era una especie de cómoda *dormeuse* a rayas de color amarillo cedro e índigo. Igor la abrazaba con un ardor cortés mientras Penny trataba de superponer una pizarra vacía a sus recuerdos. El beso fue prolongado y no estuvo mal, pero solo fue un beso. Del todo consciente, incapaz de perder la memoria y recordando sin cesar a Marcus, al tiempo que se preguntaba por qué demonios lo quería tanto y cómo era posible quererlo tanto y si de verdad bastaban solo dos meses para querer tanto a alguien, Penny se echó a llorar como una estúpida desesperada. Igor lo notó y se apartó preocupado.

—¿Qué te pasa? —le preguntó.

Tumbada debajo de él, Penny se escabulló como una mariposa atrapada en un vaso vuelto del revés. Él se hizo a un lado y Penelope se levantó, con los ojos llenos de lágrimas, que resbalaban rápidamente por su cara.

—Perdóname, perdóname, perdóname —repitió una y otra vez.

Siguió repitiéndolo mientras se ponía el abrigo, se dirigía a la puerta y salía del piso y de la vida de Igor para siempre.

Bajó la escalera corriendo, sin dejar de pronunciar mentalmente la misma palabra. Igor no tenía ninguna culpa. Ella era la única culpable, ella y su manera sofocante de amar, su necesidad absoluta de Marcus, pese a que él no la merecía, pese a que era el último hombre de la Tierra que podía ofrecerle la esperanza de un nido, de alivio y de futuro.

Llegó a casa deshecha. Nada más entrar se descalzó a toda prisa, como si los zapatos estuvieran ardiendo. Entonces oyó que llamaban a la puerta. Se precipitó hacia ella con un impulso infantil, esperando sin motivo alguno que fuera Marcus.

Pero no era él.

En el umbral estaba Francisca, sola. Al verla, Penny no pudo contener un gesto espontáneo de estupor. Entreabrió los labios y guiñó los ojos mirándola con aire un poco torpe.

—¿Puedo entrar? —preguntó Francisca, haciéndolo sin esperar su permiso.

Penelope adoptó una actitud defensiva.

—¿Qué quieres?

—Debería ser yo quien te lo preguntara, chica. ¿Qué quieres tú de Marcus?

—No quiero nada.

No era cierto, lo quería todo, pero todo equivale a nada para quien pretende aprisionar un arco iris en una caja.

Francisca se sentó en el sofá subiendo sus piernas flexibles, embutidas en un par de vaqueros ceñidos que resaltaban su cuerpo perfecto. Penny se irritó al ver ese gesto de confianza, pero a la vez se sintió aliviada. Francisca tenía un aire amenazador, era fuerte y sólida, con una mandíbula que expresaba firmeza y unos ojos más negros que el ébano, así que al principio Penny temió que quisiera agredirla. En cambio, daba la impresión de que su extraña invitada había ido a su casa para hablar con ella. Pero ¿para hablar de qué?

—Marcus y yo tenemos una relación especial —prosiguió Francisca. Se había acomodado en el sofá como si fuera la dueña de la casa, en tanto que Penny, aún descalza, permanecía de pie y, pese a su aparente posición de supremacía, se sentía más baja e indefensa.

—Lo sé, ¿por qué insistes en recordármelo?

Francisca no respondió sino que prosiguió con su táctica sibilina:

—Necesita sentirse libre, sin que nada ni nadie lo opriman. Ha vivido en la cárcel desde que nació. Hay muchos tipos de cárcel, ¿sabes?

—La verdad es que no entiendo qué…

Francisca volvió a ignorar su interrupción.

—Nosotros nos queremos a nuestra manera. No nos sofocamos, no nos amenazamos, no nos obligamos a estar juntos.

—Pero sigo sin…

—… sin entender nada, lo sé. Ahora te lo explico. —Francisca se subió una manga del suéter y le enseñó la cicatriz que Penny le había visto ya en la cárcel—. Esta me la hice yo cuando traté de suicidarme a los doce años. Mi padrastro abusaba de mí, me hacía unas cosas que prefiero no recordar. Era un hombre repugnante, pero cuando mi madre murió, se convirtió en mi tutor. Por desgracia, sobreviví, pero se lo hice pagar. Incendié su casa cuando él estaba dentro. No murió, pero al menos me sacaron de allí. La institución en la que me internaron fue mi salvación. Marcus es el único al que he contado esta historia asquerosa. Los demás pensaban que solo era una adolescente ingrata y rebelde. Creía que nunca sería capaz de acostarme con un hombre. Pero él... Ya lo has visto, parece un asesino, un toro semental, pero curó mis heridas con paciencia. A cambio de su amor especial le di mi amor especial: un amor intensísimo, pero secreto, sin celos, sin declaraciones. Porque sabía que si se lo gritaba, si intentaba retenerlo, si le decía que lo quería solo para mí, escaparía. Él tiene esa debilidad: está a tu lado en cuerpo y alma hasta que ve una puerta abierta, una vía de escape, el aire, el viento, la calle. Ha estado con otras mujeres, nunca he pretendido ser la única. Si lo hubiera hecho, quizá me habría hecho caso durante cierto tiempo, pero después se habría largado, seguro. Por eso, dado que quería retenerlo, no lo retuve.

Pese a que Penny no comprendía el sentido de ese largo relato, le llegó a lo más profundo del corazón. Observó a Francisca conteniendo el llanto. Por un segundo solo vio delante de ella a una mujer magnífica por partida doble —por su aspecto y por sus maneras—, pero también a una niña víctima de un hombre cruel. Una niña que intenta el suicidio para salvarse. Imaginó a Marcus cuidando de ella. La idea de cuánto debía de quererla la debilitó de golpe. Se sintió como si fuera de agua y se estuviera esparciendo por el suelo de cerámica barata. Agua y polvo. Se habían querido y seguían queriéndose. A su manera, de acuerdo, pero esa manera era especial y distinta. Lo único que no entendía era el motivo de todas esas confidencias.

—Lo siento por ti —susurró—, lo siento por vosotros. Quizá debería sentirlo también por mí, porque no entiendo lo que quieres, soy poco perspicaz.

Francisca se puso de pie y, de nuevo con su aire altivo y guerrero, le dijo:

—Quiero que cuando te diga que quiere quedarse aquí contigo, dejes que se marche.

Penny tembló y tuvo que aferrarse a una silla para no caerse. Sintió que las mejillas le ardían y una punzada en el corazón. Escrutó a Francisca como si esa mujer estuviera loca o borracha, preguntándose si lo hacía por venganza, si quería castigarla por haber deseado a su hombre.

—¿Estás bromeando?

Francisca negó con la cabeza: su semblante y sus ojos nocturnos emanaban tal aplomo que no parecía, desde luego, alguien que bromea.

—En absoluto. Marcus cree que está enamorado de ti. Puede que sea así, pero también es posible que no. Lo ignoro, pero lo que quiero saber cuanto antes es si tú estás enamorada de él.

Penny no le respondió enseguida. Estaba demasiado concentrada en lo que Francisca acababa de decirle.

«¿Que Marcus está enamorado de mí? ¿Estará borracha?

»¿De qué está hablando?

»¿Marcus está enamorado de mí?».

Sin poder remediarlo, dejó que la esperanza se nutriera con sus pensamientos. Su corazón latió desbocado, de tal forma que empezaron a silbarle los oídos.

—¿Lo quieres? —le preguntó de nuevo Francisca.

—Sí —respondió sin dudarlo.

Paradójicamente, Francisca esbozó una sonrisa.

—Bien. Siendo así, dejarás que se vaya. Si de verdad lo quieres, no permitirás que siga en este agujero, en este edificio de mierda, haciendo un trabajo de mierda y viviendo una vida de mierda. Si lo quieres, no lo aprisionarás. Su mayor sueño ha sido siempre ser libre. ¿Quieres destruirlo? Tiene alas en los pies. Después de haber estado cuatro años en la cárcel, ¿quieres encerrarlo en una prisión aún peor? ¿Qué puede hacer aquí? ¿El buen chico que obedece las órdenes de su vigilante y tiene un empleo de mierda, que vuelve a casa pronto por la noche y mira en la televisión un programa estúpido para viejos? Aun en el caso de que fueras tan egoísta, ¿te das cuenta de que lo pagarías con creces? Porque yo lo conozco, se arrancaría las cadenas tarde o temprano y después se marcharía de todas formas. Porque él quiere tener una ventana siempre abierta, una vía de escape, y ¿qué vía de escape puede tener en esta vida? Moriría por dentro, sería como un lobo encadenado, un tigre en una jaula para hámsteres. Decide lo que quieres hacer. Si quedártelo y arriesgarte a matarlo y a matarte a ti misma cuando te abandone, o dejar que se vaya y demostrar que te importa de verdad. Y que eres menos estúpida de lo que pareces.

Tras decir esto, Francisca se acercó a la puerta para salir. Penny la llamó con un susurro ahogado.

—Qué mentirosa eres —dijo.

Francisca cabeceó.

—No te he dicho ninguna mentira.

—Una sí. Has dicho que nunca lo has obligado a estar contigo. ¿Acaso no es lo que estás haciendo ahora? Solo que no quieres ensuciarte las manos.

Francisca la observó con ojos rabiosos. Por un instante, Penny pensó que iba a abandonar la violencia moderada que había mostrado hasta ese momento y que la agrediría de forma explícita, con palabras y acciones. En cambio, Francisca no abandonó la línea del chantaje sutil que implicaba su reto salomónico.

—Si lo quieres, como dices, sabrás qué hacer. Tú decides.

Acto seguido salió del piso y de su vida para siempre.

CAPÍTULO 28

Marcus

No sé exactamente cuáles son mis intenciones, pero sé que quiero a Penny. Tengo que encontrarla, he de hablar con ella. La llamo al móvil, pero no me contesta. ¿No me oye o pasa de mí?

Conduzco sin rumbo fijo, como un loco que ha comprendido que está loco y ya no hace nada para ocultarlo. Paro un momento en el Well Purple y en el Maraja, en vano.

Penny no está allí, no sé dónde se ha metido. Puede estar en cualquier sitio con ese imbécil, que lleva seis años deseándola y que confía en poder tirársela esta noche. Si lo veo, lo dejaré hecho un cristo.

Como estoy cabreado y no sé adónde ir y no quiero volver a casa con Francisca, que me observa como si fuera un extraño, y como he de desahogar esta rabia dolorosa que hace que me sienta más borracho que cuando me tomé las cervezas y el whisky, decido pasar por delante del negocio de esa tía, la pringada que vende baratijas.

Soy afortunado, o desafortunado, según se mire. En cualquier caso, la tienda está cerrando y Grant se encuentra allí esperando a la chica, fingiendo que es todo un señor mientras piensa en cómo follársela con violencia. Veo que se alejan en el coche de él. Me enfurecen tanto los tipos que alardean de tener trasatlánticos propios de nuevos ricos para compensar que la tienen pequeña, que decido seguirlos.

De repente el coche se para en una zona de colinas de la periferia. Es una especie de parque al que, por lo visto, vienen las parejas a follar cuando no pueden hacerlo en otra parte. Recuerdo lo que me contó Penny: debe de ser el mismo sitio al que la llevó a ella, y al pensarlo siento arder la rabia.

Los pierdo de vista un instante, está oscuro, Grant ha apagado los faros y se ha guarecido en algún rincón. Tardo diez minutos en encontrarlos. Ahí están: ¿nadie le ha dicho que si quieres hacer daño a alguien debes usar un coche que llame menos la atención?

Aparco también y me apeo. Noto cierto movimiento dentro del habitáculo, unas voces. Da la impresión de que se han puesto manos a la obra, pero sé que no es así. Después oigo gritar a la chica y no es un grito de placer. Pienso en que Penny quizá gritó de la misma forma y abro la puerta. El muy imbécil ni siquiera ha puesto el seguro en su lado. En cambio, no me cabe duda de que en el lado de ella está cerrado a cal y canto.

Cuando abro, veo una escena previsible. La chica está aterrorizada, despeinada, sudada: tiene los ojos muy abiertos, como alguien que ha sido víctima de una traición. El cabrón tiene la polla fuera, blanda como un gusano, y una expresión de pervertido. Ahora mismo se la borraré de la cara.

Le agarro el cuello de la camisa y lo saco del coche con una sola mano. No pienso, no razono, no mido las posibles consecuencias: si lo mato, volverán a encerrarme, y si le doy una paliza sin matarlo, también. Pero en este momento me importa un carajo. Lo único que quiero es que pague por lo que ha hecho. Por Penny. Por esta tía, a la que no conozco. Por mi madre. Por todas las mujeres que se ven obligadas a aceptar unas atenciones que no desean.

Lo tiro contra el coche y empiezo a vapulearlo. Ni siquiera trata de defenderse, como mucho patea aterrorizado, trastornado, y no descarto que se haya meado encima. La chica sale del coche llorando, con el maquillaje corrido y pánico en los ojos. Me escruta sin decir una palabra y por un instante me parece ver a Penny suplicándome que pare, como hizo en el local, agarrándome un brazo y sujetándolo.

Me detengo de repente. La rabia se evapora de mi cuerpo como un gas. Apenas lo suelto, Grant cae al suelo. Es un saco vacío que apesta a orina y a sudor. Ya no parece un principito como antes, por falso que fuera. Parece un pedazo de mierda hecho polvo. Lo dejo allí como la porquería que es y me dirijo a la chica:

—¿Quieres que te acompañe al hospital?

Ella dice que no con un hilo de voz y añade:

—A casa, quiero ir a casa.

Cuando sube al coche, de forma voluntaria y confiada, me gustaría decirle que no debe fiarse de nadie, ni siquiera de uno que, como yo, le ha salvado el pellejo. Pero no le digo nada, la asustaría, pensaría que yo también quiero hacerle daño. Es más fácil pensarlo de mí que de Grant. Guarda silencio durante todo el trayecto, bajándose la falda de mercadillo, con las manos apoyadas en las rodillas, mirando hacia delante, hacia la calzada. Me señala la puerta donde debo pararme y cuando se apea, se tambalea un poco, como una muñeca con una pierna cortada.

—¿Seguro que estás bien? —vuelvo a preguntarle.

—Sí.

—¿Hay alguien en casa?

—Mi madre.

—En ese caso ve, esperaré a que entres.

Asiente con la cabeza y echa a andar hacia la puerta, pero tras dar dos pasos se para, se inclina y me habla a través de la ventanilla abierta.

—¿Eres un ángel? —me pregunta.

Penny también me lo preguntó la primera vez que nos vimos en la escalera en penumbra. No, no soy un ángel. Nunca lo he sido. Mi vida no tiene nada de angelical. Soy, sobre todo, un jodido demonio. Pero no digo nada, esbozo una vaga sonrisa mientras ella se aleja. La dejo ir con la ilusión de haber encontrado un espíritu protector, un hombre bueno, pese a que en mi interior solo albergo sentimientos de odio y venganza.

Después pienso que no, que no hay solo eso. También hay amor. Un amor para el que no estaba preparado, imprevisto y absurdamente arrasador. Distinto del que siento por Francisca. Nuevo y peligroso, porque hace que me sienta inerme, como un soldado sin armas ni escudos. Lo he dejado entrar en mí y en mi vida intrincada, lo he dejado entrar y ya no consigo echarlo.

Subo corriendo la escalera de casa. Llamo a su puerta como alguien que ha sido enterrado vivo y trata de abrir el ataúd. Estoy agitado, nervioso, furioso. Me abre. Cuando vuelvo a verla tengo la impresión de que han pasado siglos. Aún lleva puesto el vestido corto, va descalza y ha llorado. Noto enseguida que ha llorado. Y mucho, no han sido solo dos lágrimas: se le ha corrido el maquillaje de los ojos, tiene rastros de sal en la piel, los labios hinchados. Entro, cierro la puerta y le pregunto sin preámbulos:

—¿Qué ha ocurrido?

Ella cabecea y me observa con ansiedad.

—¿Qué te ha pasado en las manos? —exclama muy preocupada.

¿Las manos? Las miro y veo que las tengo llenas de sangre. La sangre de Grant, la sangre asquerosa que ha salpicado de su cara.

—No es nada grave —murmuro haciendo caso omiso de ellas. Quiero saber por qué está llorando o me volveré loco.

—No puede ser «nada grave». La cazadora también está manchada de sangre. Por favor, ¿puedes decirme qué ha pasado?

—He tenido un intercambio de opiniones con Grant.

—¿Qué?

—Creo que a partir de ahora ya no será tan guapo.

—¿Lo has...?

—No lo he matado. Por desgracia, aún está vivo, pero tendrá que gastarse todo el dinero de papá en una cara nueva. Y ahora dime qué te ha pasado. ¿Te ha molestado Igor? Ya estoy manchado de sangre, así que no vendrá de uno...

Cabecea otra vez, con más firmeza que antes. Me acerco a ella deseando tocarla, abrazarla, que me diga que no ha sucedido nada con Igor: nada de nada. Pero a medida que me aproximo, ella retrocede.

«¿Qué me has hecho? ¿Qué quieres de mí? ¿Por qué me tienes suspendido en tus ojos llorosos? ¿Por qué te mueves como una mariposa aterrorizada por un halcón? Coño, Penny, mil veces coño, jamás te haría daño».

En cambio, ella sigue alejándose hasta que se queda acorralada contra la pared.

—Tienes que marcharte —me dice mientras la tengo prisionera.

A pesar de todo, no la toco: si tiene miedo de mí, aunque no sé el motivo, no la toco. Solo la miro, la miro y me doy cuenta de que yo también tengo miedo. Maldita sea, es pequeña y ha llorado a lágrima viva, y yo, que podría derribar la pared, tengo miedo de ella, joder. Así que, bajando la voz, le digo:

—¿Si te dijera...? ¿Si te dijera que quiero quedarme aquí?

Veo que su garganta se mueve como si estuviera tragándose un bocado indigesto. Aprieta los labios y por un instante tengo la sensación de que la atraviesa todo el dolor del mundo.

—Menuda idiotez —susurra por fin. Mi corazón deja de latir—. Menuda idiotez —prosigue enseguida—. ¿Por qué motivo?

Noto que estoy apretando los puños mientras le digo:

—Para estar contigo.

Abre desmesuradamente los ojos, contiene el aliento e inclina la cabeza esquivando mi mirada.

—Idioteces, Marcus —repite.

Siento una especie de tormenta en el pecho, furia y desesperación a la vez. Alargo un brazo y casi lo clavo en la pared que hay detrás de ella. Le levanto la barbilla con una mano. Tiembla al sentir que la toco. Me escruta con aire despectivo.

—¿Y cuándo lo has descubierto?, ¿antes o después de haberte acostado con Francisca?

Pese a que trata de zafarse, le sujeto la cara hacia arriba. Pequeña, pequeña Penny. ¿Es posible que en sesenta días, en un santiamén, el tiempo de chasquear los dedos, se pueda transformar el mundo que uno lleva dentro desde hace veinticinco años?

—Después —le contesto, consciente de que mi respuesta le parecerá absurda. Pero es así. La certeza la tuve después. Al principio era carcoma, una insinuación, una herida. Luego se convirtió en una verdad descarnada—. Pero ahora sé que te quiero, solo te quiero a ti.

Tiembla, tiembla, tiembla. Intento abrazarla, pero me aparta agitada. ¿Le hago daño? ¿La molesto? ¿Qué pasa? Maldita sea, ¿qué pasa?

—En cambio yo descubrí lo contrario después de acostarme con Igor —dice.

Mi reacción es inmediata, instintiva. Mis nudillos golpean la pared, directos como un ariete. Me aparto enseguida de ella, me aparto porque me sacude un terremoto, me aparto porque yo soy el terremoto. Golpeo una silla y la hago saltar por los aires con violencia. Siento que me arden los brazos. La imagen de los dos juntos me resulta insoportable. La luz de mi razón se apaga unos minutos. Deambulo por la casa como un oso con una flecha clavada en el corazón. Ella me dice algo, pero no la escucho. Los sonidos de mi cuerpo me ensordecen: las arterias bombeando la sangre, los latidos en el pecho, incluso el chirriar de los dientes, las flexiones de los músculos y los crujidos de los huesos.

No obstante, al cabo de un momento hago un esfuerzo por recuperar la razón. No tiene sentido enfadarse así. ¿Quién soy yo para echarle un sermón? Lo hice con Francisca hace solo unas horas, más de una vez. Pero ¿cómo puedo explicarle que solo lo hice porque soy un hombre y se abalanzó sobre mí, porque un día la quise y deseo comprender? Quise a Francisca, aunque de una forma distinta. La querré siempre, aunque de forma distinta.

De improviso, comprendo que lo peor no es que haya descubierto que Penny se ha acostado con Igor. Lo peor es lo que ha dicho después: ella comprendió lo contrario. ¿Lo contrario de qué?

—¿Lo contrario de qué? —grito.

Me paro en medio de la habitación. Guiño los ojos como si quisiera encuadrar mejor una escena desenfocada. La miro, ella me mira, asiente con la cabeza y dice:

—Nos hemos acostado juntos, Marcus, y ha sido bonito, pero yo necesito un hombre como Igor. Hace que me sienta segura. Tú eres un artista en la cama y estás buenísimo, pero no hay que olvidar que estuviste en la cárcel, que tienes un trabajo de mierda, que, además, te peleas con todos y no tenemos nada en común. A Igor lo conozco desde hace muchos años, ¿a ti desde cuándo? ¿Hace apenas dos meses? El tiempo justo para vivir una aventura excitante, no un gran amor, desde luego.

Antes de que acabe de hablar me abalanzo sobre ella. La acorralo de nuevo en un rincón. En mi cabeza parpadea una sola palabra. «Estúpida. Estúpida. Estúpida». Y luego, «maldita sea, te quiero, estúpida». Te odio, pero te quiero. Le aprieto el cuello con los dedos de una mano. Siento que su garganta se mueve. Estamos tan cerca que nuestras respiraciones se rozan.

Me gustaría hacer algo, lo que sea —besarla, tirármela, insultarla—, pero no hago nada. Me siento exactamente como un árbol herido por un rayo. Tengo un incendio en el pecho y mis pensamientos chocan entre sí, a tal punto que ya no entiendo nada.

Lo único que sé es que no me quiere.

Así que suelto una carcajada —falsa, porque no tengo ningunas ganas de reírme—, retrocedo, suelto su garganta y la miro por un instante, que me destroza como si la hubiera mirado durante un siglo. La miro y pienso que es la última vez que la veo —el pelo encendido, los labios de color melocotón, los ojos llenos de ternura y agitación, en este momento sobre todo una violenta agitación, el cuerpo, que ya no es solo mío—, es la última vez que la veo y me siento como si el mundo fuera un pozo en el que caeré dentro de un minuto exacto, apenas me marche de aquí. Salgo de la casa dando un portazo. No volveré a verla.

Llego a la buhardilla conteniendo la respiración. Francisca me está esperando. La miro y le digo:

—Vámonos, enseguida.

Y pienso que mañana tendré tiempo de morir.

CAPÍTULO 29

Francisca

La odié nada más verla. Sin saber muy bien por qué. O quizá lo sabía. Me molestaba que Marcus le hubiera hablado de sí mismo, de nosotros. Pero no podía mostrarme celosa. Nunca he actuado así. De hecho, cuando le escribí no manifesté el fuego que ardía en mi interior. Sofoqué el incendio. Le hablé en general de nosotros, le conté cómo era la vida en chirona, le informé de lo que le haría en cuanto saliera. Pensaba comérmelo, todo.

Cuando recibí su respuesta me habría gustado romper los barrotes que me aprisionaban y salir de inmediato. Porque su carta era un descarado compendio de idioteces absurdas. Idioteces sobre su vida, idioteces sobre su casa, idioteces sobre las ganas que tenía de verme. Ni siquiera una alusión a la jodida carita de ángel. Una página poco más o menos de idioteces en apariencia ardientes, pero contenidas. Como si tuviera miedo de que si se abandonaba, yo pudiera comprender demasiado. ¿Qué era lo que no debía comprender? ¿Que se estaba enamorando de esa tía?

No creo que lo hiciera adrede. No creo. Pero no vives veinticuatro años en un mundo asqueroso en el que aprendes a estar atenta hasta el menor detalle, porque si no lo haces, te dejas la piel, sin comprender al vuelo lo que hay que comprender. Te espabilas. Y cuando quieres tanto a alguien, te espabilas por partida doble.

No he vuelto a reír desde que tenía trece años.

Marcus es el único hombre que ha tocado mi cuerpo sin ensuciarlo.

No soporto que me toque nadie más, ni siquiera por error. No digamos uno que lo hace adrede. Si él no hubiera matado a ese canalla fuera del local, lo habría hecho yo.

Odio hasta la gente que me mira por la calle.

Odio que me fotografíen.

Odio a cualquier persona que me quiera secuestrar, robar, detener, examinar.

Él es lo único que tengo.

Pero ahora él no me tiene solo a mí.

Salgo unos días antes de lo previsto y voy a su casa para darle una sorpresa. Pero la sorpresa me la da él a mí. Se queda estupefacto, sí, pero no en el sentido que me gustaría. Sus ojos que ocultan un millón de enigmas. Hace el amor como si estuviera obligado a hacerlo.

De noche finjo que duermo y lo miro. Fuma y está envuelto por el fuego del infierno. Después saca unas cervezas frías de la nevera. Bebemos como en los viejos tiempos y, por fin, se libera. Pero no me consuela. No me consuela que solo me folle a todo meter cuando está borracho.

Vamos a comprar algo para comer y una vez en la calle, en la acera, lo veo todo con tanta claridad que casi vomito. Reconozco a la jodida carita de ángel a unos metros de nosotros. Está con un chico. Suben a un coche y se marchan.

Marcus tiene la mirada de un asesino que quiere esparcir sangre como otros esparcen semillas de trigo. Veo cómo los mira, veo cómo la mira. Me tiemblan las piernas, me siento repentinamente vacía, vacía y cabreada, y más sola que una niña violada que se corta las venas con una cuchilla de afeitar. Cuando subimos a casa se lo pregunto. De nada sirve dar rodeos y fingir que no han pasado cuatro años y dos meses, sobre todo dos condenados meses. Al principio sigue moviéndose en esa maldita pared de espejos. Pero después resbala. Cuando reconoce que la quiere me siento como si no tuviera un mañana. Aún estoy en la cárcel. No, es peor. Aún estoy en mi dormitorio con mi padrino encima de mí.

Lo ama. La jodida carita de ángel lo ama. La miro, consciente de que lo único que puedo hacer es usar ese amor contra ella. No miento cuando le digo lo que le digo, pero exagero, y no le desvelo el secreto más doloroso, no le revelo lo que he leído en los ojos de Marcus, el amor hambriento, los celos, una imprevista y terrorífica fragilidad. Me escucha, me cree y obtengo la prueba.

Unas horas más tarde, él vuelve por fin a casa. El hielo y el acero han vuelto a sus ojos. Mete sus cosas en la misma bolsa que antes lanzó contra la pared. Yo me recojo a mí misma y nos marchamos.

CAPÍTULO 30

Penny se volvió un instante hacia el ventanal para observar la tormenta que caía fuera con violencia. Se preguntó dónde estaría el sol. Había olvidado incluso la sensación del calor en las mejillas y la belleza del mundo iluminado. Hacía días que solo veía llover: sin el sol, la ciudad se convertía en un único callejón gris.

—Señorita, estoy esperando mi pollo frito —la llamó una mujer robusta. Penelope le pidió disculpas y le puso el plato con la comida que había pedido delante de la nariz.

En ese momento lo vio delante de la entrada, luchando con torpeza contra los caprichos de un paraguas que había sido capturado por el viento. Estaba empapado y el largo impermeable de color caqui que llevaba no bastaba para protegerlo de las inclemencias del tiempo. Solo logró cerrar el paraguas después de un sinfín de equilibrismos y, por fin, entró en el local. Lo dejó en un rincón goteando.

La reconoció enseguida; estaba de pie en medio de la sala, vestida de amarillo, con la cofia en el pelo y el mechón, que en su día había sido verde, de color gris polvo. Le dirigió una sonrisa húmeda y cansada. Penelope lo recibió como un ama de casa, pese a que la casa no era suya y el señor Malkovich no era un huésped. Seguro que estaba allí por motivos de trabajo. Esperaba que se presentara un día u otro: es más, le había sorprendido que tardara tanto. Le indicó una mesa cerca de la *jukebox* y le preguntó si quería que le sirviera un café.

—Quizá sí, muy caliente, gracias. Me temo que voy a pillar un resfriado. Pero he venido por otra razón.

—Lo sé —dijo Penny.

—Me gustaría ver también a la señora Gray. Hasta ahora me he limitado a vigilarla, siempre he sabido que Marcus venía a verla. Pero ahora he de hablar con ella.

—También me imaginaba eso, voy a llamarla.

—Espera, antes prefiero hablar contigo. ¿Puedes sentarte un momento? ¿Cómo es que trabajas aquí?

—Dejé el trabajo nocturno para cuidar de mi abuela, que estaba enferma. Sherrie casi me salvó la vida cuando me contrató. Es una bellísima persona.

—Lo sé, yo no juzgo a la gente por su pasado sino por su presente.

—Quizá sería mejor que no la juzgara en absoluto.

Penny agarró la cafetera y le sirvió una taza grande. Después se sentó delante de él, consciente de lo que iba a suceder. Marcus se había marchado hacía una semana. Se había ido de noche, sigiloso como un felino. Pero aunque hubiera hecho mucho ruido, Penny no habría podido oírlo, porque, mientras él escapaba con Francisca, ella estaba tumbada en su cama, llorando. En cuanto él llegó esa noche, Penelope había comprendido que Francisca tenía razón. Aprisionarlo sería como matarlo, como procurarle una muerte lenta, un goteo de privaciones, un lento fluir de días idénticos, y en poco tiempo empezaría a odiarla. Los leones deben ser libres de vivir incluso en una sabana violenta, de que los maten, con tal de que sea una muerte salvaje, una muerte que esté a la altura de su vida. Verlo herido después de haber golpeado a Grant había sido la gota que colmó el vaso. ¿Y si Grant lo hubiera denunciado? ¿Habría ido de nuevo a la cárcel? En ese caso que escapase, que persiguiese el viento. No había sido fácil. Había llorado durante varios días. Seguía llorando, cada vez que volvía a casa y sus ojos se posaban en la escalera de caracol que llevaba a la buhardilla. Lloraba por las mentiras crueles que se había visto obligada a escupirle, lloraba por sus ojos tristes: porque, detrás del escudo de la cólera, estaban realmente tristes.

—¿Dónde está Marcus? —le preguntó el señor Malkovich tras beber un sorbo de café.

Le respondió con sinceridad:

—No lo sé.

Él asintió con aire disgustado.

—Confiaba en que no cometiera una tontería así y temía que volviera esa chica, Francisca López. Siempre lo ha empujado a hacer estupideces.

—Ella…, ella lo ama.

—Si lo quisiera de verdad, no lo habría obligado a escapar así. Cuando alguien está en libertad condicional, el hecho de desaparecer sin decir nada a su vigilante equivale a una evasión. Si lo capturan, volverán a encerrarlo.

—Puede que no lo consigan. No son terroristas ni asesinos en serie. No creo que la policía, el FBI y la CIA les estén dando caza. Son delincuentes de poca monta. Si tienen cuidado, nunca los atraparán.

—Pero ¿qué clase de vida es escapar siempre?

—Una vida excitante.

El señor Malkovich adoptó una expresión de asombro y melancolía a la vez.

—Creía que lo apreciabas. Esperaba que…

—Apreciarlo es poco —lo corrigió Penny—, pero nadie puede decirle a otro cómo debe vivir.

En ese momento una voz los interrumpió.

—Mi querida niña, en la mesa cinco quieren una sopa de cebolla —dijo Sherrie—. ¿Se la sirves tú? Buenos días, señor Malkovich, me extrañaba que no hubiera venido a interrogarnos. No sabemos dónde está Marcus y, si lo supiéramos, no se lo diríamos. No moleste más a esta chica, ya tiene bastante. No prueba bocado, ¿es que no ve cuánto ha adelgazado?

Monty Malkovich asintió con la cabeza, como si de repente se diera cuenta de lo mal que estaba Penelope. No era solo que hubiera perdido peso, además estaba pálida y se movía con lentitud. Penny cabeceó al mismo tiempo que el funcionario adoptaba un aire sombrío.

—Estoy bien. Y ahora voy a servir la sopa de cebolla a la mesa cinco antes de que los clientes pierdan la paciencia.

Malkovich la detuvo antes de que se alejase.

—Si da señales de vida, dile que me llame, te lo ruego. Aún no he avisado al juez, a pesar de que me arriesgo a que me abran un expediente disciplinario. Aprecio a ese chico, pero si él no me ayuda, yo no podré seguir ayudándolo durante mucho más tiempo.

Penny asintió con la cabeza y exhaló un débil suspiro.

—Si da señales de vida, se lo diré, pero no sucederá. Hágame caso. Marcus ha desaparecido de nuestras vidas para siempre.

El pelo de Barbie volvía a estar sedoso y olía a rosas. Penny dedicaba un buen rato a peinárselo todos los días. Estaba anocheciendo y la oscuridad se iba posando en las calles. Se habían sentado en el sofá cuando Penny había vuelto de la biblioteca.

Su abuela necesitaba cuidados constantes y sus lagunas mentales a veces se convertían en auténticas vorágines. Una terrible mañana le había preguntado a Penny al despertarse: «¿Quién eres?», y a Penny se le había caído el corazón al suelo y se había hecho añicos. Por suerte, al cabo de unas horas la había reconocido de nuevo. Con todo, desde ese día Penny había vivido con la angustia constante de perderla, no desde un punto de vista físico, ya que la doctora le había asegurado que si seguía la terapia aún podía vivir mucho tiempo, sino mental. Sus recuerdos formaban parte de ella, eran su familia, la certeza de tener un pasado, incluso de existir en ese momento, de ser alguien importante para otro alguien. Si Barbie se marchaba, ¿qué le quedaría? Un gigantesco y destructor agujero negro.

Así pues, le hacía compañía siempre que podía, hasta dormía con ella. De día trabajaba y, cuando terminaba, corría a casa con la premura de una madre que debe cuidar de sus hijos pequeños. Estaba cansada, Penny estaba cansada y se sentía frágil, pero no se rendía.

Marcus se había marchado hacía dos meses. En esos dos meses ella había cumplido veintitrés años, había llegado la Navidad, había pasado, luego habían entrado en el nuevo año y había nevado. Grant no había vuelto a aparecer, tampoco Igor. Ni Marcus. Monty Malkovich le había dado su número de teléfono y Penny lo llamaba de vez en cuando para preguntar por Marcus. Cuando el vigilante le decía que aún estaba libre, que nadie lo había capturado ni metido en la cárcel, ella exhalaba un suspiro de alivio. Esperaba que lograra permanecer siempre libre. Vivo y libre. No obstante, lo echaba de menos. Lo echaba de menos igual que echan de menos la luz los que viven en el círculo polar ártico y pasan seis meses al año sumidos en una oscuridad absoluta, sin ver un solo amanecer en ciento ochenta días.

De improviso, mientras peinaba los largos mechones de Barbie, esta le dijo:

—Hoy he recibido una carta. ¿Será un mensaje de amor de John?

—¿Has recibido una carta? ¿Me la enseñas? —exclamó Penny.

Con un ademán trasnochado, como una mujer que guarda el dinero en el escote de su vestido, que considera el lugar más seguro del mundo, una caja fuerte que ningún hombre como es debido violará sin su consentimiento, sacó un sobre rectangular. No parecía una carta romántica. En efecto, iba dirigida a ella, Barbara Rogers, pero daba la impresión de ser una comunicación profesional. ¿Un requerimiento de pago, quizá? ¿De qué? Penny la abrió temiendo que fuera alguna reclamación engorrosa. Pero luego vio que era una carta de un abogado que la conminaba a ir a su bufete, tal día a tal hora, porque debía comunicarle algo importante. Penny no había oído nunca ese nombre. Preguntó a su abuela si lo conocía, confiando en su memoria, que conservaba intactos el pasado remoto y ciertos detalles extraños, pero Barbie sacudió la cabeza, a todas luces ajena a esa cuestión.

—Lástima que no sea John —añadió con aire de pesar.

Penny agarró el móvil para llamar al número que aparecía impreso en el costoso papel de correspondencia. Una secretaria le contestó impasible.

Cuando descubrió de qué se trataba, observó a su abuela, que en ese momento se empolvaba las mejillas mientras sonreía a su imagen reflejada en el espejo. Pensó que el amor podía ser muchas cosas, una infinidad de ellas. Una herida que no deja de sangrar. Un voluminoso equipaje de recuerdos. Remordimiento por lo que has hecho y arrepentimiento por lo que querías hacer y no has hecho. Pero, sobre todo, un pañuelo perfumado que enjuga tus lágrimas cuando la memoria pierde color y la vida se acorta. El amor es el trébol de cuatro hojas, la cálida manta, la música lejana, el milagro que vuelve una tarde, al anochecer, cuando todo parece perdido para siempre, y hace que te sientas eterna para alguien que nunca te ha olvidado.

CAPÍTULO 31
Francisca

Menudo febrero de mierda. Aunque no creo que sea solo la época del año. El frío y la lluvia no tienen la culpa. La culpa es de Marcus. Seguimos juntos, pero ya no estamos juntos. Hemos cruzado siete estados. Hemos hecho un sinfín de trabajos sin importancia. Hemos recorrido miles de kilómetros a pie y en autobús: si vas en coche es más fácil que te detengan. Hemos follado en un montón de moteles. Nadie nos ha buscado, pero él ya no es mío.

Sin embargo, me conformo. No quiero perderlo. Me contento con las sobras, con su sombra, con sus miradas nebulosas, con un sexo crispado y distante con él, que se levanta enseguida, se aleja para fumar y luego vuelve para dormir sufriendo en absoluto silencio. Una noche no puedo resistirlo más y me acerco a él. Marcus está delante de la ventana con la persiana medio abierta, contemplando el desolado panorama de un aparcamiento. Le quito el cigarrillo de los labios y entre una calada y otra le pregunto:

—¿Sigues pensando en Penny?

Incauta curiosidad. Curiosidad suicida. Una manera estúpida, impropia de Francisca López, de humillarme y de recordarle que hace dos meses reconoció su amor con aflicción. Pero ahora soy muy diferente. Los dos somos muy diferentes.

Me escruta guiñando los ojos.

—¿A qué viene esa gilipollez? —me suelta con una repentina expresión de rabia que me atemoriza.

Debería dejarlo en paz —¿por qué me esfuerzo?—, pero no doy mi brazo a torcer.

—Dijiste que…

Se ríe, me quita el cigarrillo y da unas cuantas caladas. El humo lo rodea y luego huye por un resquicio invisible de la ventana.

—Dije una estupidez. Son cosas que pasan, ¿no? —prosigue—. Ni siquiera recuerdo qué cara tiene esa tía. Solo follé con ella. Me mantuve en forma dos meses, eso es todo. —Me mira, me sonríe con aire malicioso y me aprieta una muñeca con los dedos.

Aplasta el cigarrillo en el alféizar arrugando la colilla. Baja del todo la persiana y acabamos de nuevo en la cama. Hacer el amor con Marcus es como sumergirse en un huracán.

Este sexo jadeante y sudoroso es todo para mí. Él es mi ángel y mi demonio.

Pero cuando me penetra tengo miedo. Me gustaría llorar y molerlo a puñetazos. No por el ímpetu con que lo hace, sino por sus ojos, que me miran sin verme. Por sus ojos metálicos, que no saben quién soy. Está follando con Penny —o contra ella, para vengarse— y no lo sabe.

Llueve a cántaros mientras caminamos por la calle principal de una ciudad pequeña cuyo nombre no recuerdo. Hemos salido de un pub, donde hemos bebido unas cervezas, hemos mirado alrededor, hemos evitado cualquier posible problema. Marcus camina delante de mí con pasos largos y ágiles, no tan lejos como para olvidarme, pero lo suficiente para ignorar mi presencia. Pese al diluvio, se obstina en encender un cigarrillo.

—No lo conseguirás ni por esas.

Él mira el cielo, como si solo ahora se diera cuenta del chaparrón que está cayendo. Guiña los ojos, el agua resbala por él, por sus pestañas, por su nariz, por su barbilla, más larga de lo habitual, por su chaquetón de piel.

—Es verdad, está diluviando —contesta lanzando el cigarrillo lejos, al río que fluye en medio de la calle.

Después baja la mirada y cambia de expresión. Parece que ha visto un fantasma. Miro en la misma dirección que él y me quedo también petrificada.

En la calle, de pie en el agua, hay una chica. ¿Es ella? No, pero se parece a ella de manera trágica. Baja, delgada, con aire torpe y una absurda melena castaña teñida de rojo, morado y a saber qué más. Se le ha caído algo al suelo y trata de recuperarlo moviéndose como un cisne patoso que chapotea en un charco. ¿Libros? ¿Serán de verdad libros? ¿Qué hace una idiota con unos libros en medio de una tormenta? Pero da igual quién sea y lo que haga, lo que cuenta es que Marcus —poniendo en evidencia que se acuerda sobradamente de ella, dado que le basta una simple confusión para volverse loco— se precipita hacia esa chica, cruza la calle, vadea el barro, se deja azotar por la lluvia. Parece un caballo rodeado por las olas del mar.

Mientras lo veo inclinarse para ayudarla y su espalda se convierte en un tambor bajo la tormenta, mientras pienso que es inútil, que su corazón se ha quedado allí, que su cuerpo se ha quedado allí, a saber qué le habrá hecho esa mosquita muerta, por una esquina de la calle aparece un coche. El conductor debe de estar borracho o loco. Vira, derrapa, salpica agua y luego se precipita hacia ellos.

Un abrir y cerrar de ojos.

Grito.

La chica grita.

Marcus no grita, la aparta con fuerza empujándola hacia la acera. El coche se lo lleva por delante.

Los libros caen al suelo. Marcus cae igual que los libros, entre los libros, en el agua ensangrentada, mientras el coche se estrella contra una pared, con el eco de un largo e histérico toque de claxon, y mi voz grita a pleno pulmón el final de cualquier esperanza.

CAPÍTULO 32

La primavera en Vermont estaba suspendida entre la nieve y las flores. La naturaleza intentaba vencer al frío. Al salir de la tienda abrazada a una bolsa llena de provisiones, Penny prestó atención para no resbalar en la calle helada.

Mientras abría la puerta del coche, Jacob la llamó asomándose a la puerta de la tienda:

—¡Has olvidado el chocolate, Penny!

Ella le sonrió agradecida. Jacob era un muchachote alto y muy rubio, con los ojos de color prímula y dos fuertes brazos de leñador. Estaba enamorado de Penny y habían salido alguna vez juntos, pero esa amistad afectuosa nunca había alzado el vuelo para convertirse en un sentimiento romántico o apasionado.

A Penny le parecía bien que fuera así.

Desde hacía dos años y tres meses, su corazón era una bombonera de hielo. Un invierno siniestro se había asentado entre sus costillas y a partir de ese momento no había vuelto a sentir nada que se pareciese, ni siquiera por defecto, al amor. El único amor de su vida era el que la unía a Barbie.

Pero Barbie se había marchado. Hacía seis meses que estaba sola, sin más ataduras que sus recuerdos.

Subió a la camioneta con la compra semanal de comida. Se acomodó en el asiento echando hacia atrás la trenza que asomaba bajo el gorro de lana rosa.

Vivía en Vermont desde hacía dos años. Cuando había acompañado a su abuela a ver al abogado, Penny se había quedado sin palabras al descubrir todo el alcance de la noticia que le habían adelantado por teléfono. Barbie, en cambio, se había prodigado con ellas para expresar una dulce gratitud, sin el estupor y la incredulidad que suelen acompañar a ese tipo de comunicaciones. Quizá porque siempre había sabido que John, o Thomas, existía de verdad. Quizá porque su mente aún vivía en esa época, en esos años románticos. Así pues, a diferencia de Penny, no se había sorprendido al saber que el señor Thomas Macruder, recientemente fallecido, que nunca se había casado ni había tenido hijos, le había dejado a ella, a su querida Barbie, a la que jamás había olvidado, todos sus bienes, todos los sueños que había cultivado en su vida solitaria. Una granja en Vermont. Una casa de madera blanca. Un granero rojo. Arces y manzanos. Campos verdes y dorados. Espacio, aire, montañas boscosas y una inmensidad que consolaba el alma.

De modo que se habían instalado allí enseguida. Penny había desempeñado su colgante y habían emigrado como las ocas salvajes. Allí habían vivido en un completo aislamiento, a solas con la naturaleza, sin siquiera un ordenador, solo un teléfono para las emergencias.

Hasta el último día de su vida, Barbie había creído que tenía dieciséis años.

Penny nunca había sabido si las confidencias de su abuela relativas a su pasado, a Thomas, que quizá era su verdadero abuelo, eran reales. En cualquier caso, él tenía una abundante cabellera de color cobre quemado, no rubia como la de Barbie ni castaña como la de sus padres. No era una prueba científica, pero sí un indicio suficiente para dar alas a la fantasía.

Lo único que sabía era que, gracias a ese hombre, su sueño secreto se había hecho realidad. Quizá existiera de verdad un Dios en alguna parte, entre las montañas y la nieve, un Dios que escuchaba las oraciones de los mortales y hacía un nudo en su pañuelo para recordar que debía realizarlas tarde o temprano. Quizá fuera magia, destino, premeditación angelical. Quizá. En cualquier caso, esperar era siempre mejor que morir de melancolía.

De manera que siguió esperando ininterrumpidamente durante dos años y tres meses.

Penny franqueó el arco de madera con el letrero donde había pintado unas letras de color rojo. Bajo la forma estilizada de lo que parecía una alegre sirena destacaban las palabras: «Casa de Barbie y Thomas».

Recorrió el camino flanqueado de manzanos. Aparcó cerca del edificio, en una explanada que había despejado ella sola esa mañana, amontonando la nieve a un lado y transformándola en un hombrecito barrigudo fuera de temporada, en un ímpetu de locura, como si se lo hubiera pedido su abuela en uno de los momentos en que quería jugar. Se apeó del coche con las bolsas. Alrededor de ella, a lo largo de varios kilómetros, se alternaban las salpicaduras de nieve y los brotes. Aún quedaba mucho por hacer. Le gustaría tener caballos, pero por el momento se conformaba con un gato pelirrojo. Había sembrado avena, maíz, patatas, cebada y trigo. Y manzanas. Vendía lo que no le servía. En época de cosecha un par de personas subían hasta allí desde el pueblo para ayudarla. Ella les pagaba con varios kilos de cereales. También había pensado transformar un viejo establo abandonado en un pequeño apartamento para alquilarlo a los turistas amantes de la naturaleza y la quietud.

Cuando entró en la casa *Tigre*, el gato, se restregó contra sus piernas en una danza sinuosa. Penny lo acarició lentamente y dejó la bolsa en la mesa de madera maciza de la cocina. Mientras guardaba las provisiones vio su reflejo en la vieja nevera de acero.

Ninguno de sus vecinos en Connecticut la habría reconocido. El trabajo físico la había robustecido. El frío había teñido sus mejillas de carmesí. No había vuelto a cortarse el pelo, de forma que la melena, lisa y con reflejos castaños y cobrizos, le llegaba ahora a la cintura. Se la solía recoger, como en ese momento, en una trenza imperfecta, que le caía sobre un hombro o sobre el pecho. Solo vestía vaqueros, sudaderas, guantes de forro polar, chaquetones a cuadros y botas de goma. Pese a que antes no era lo que se dice una dama elegante, ahora era una auténtica campesina, sin un ápice de maquillaje, sin siquiera una extravagante manicura. Tenía las uñas cortas y sin pintar.

En ese momento se dio cuenta de que casi no le quedaba leña para la chimenea. Salió a toda prisa y fue a la parte trasera de la casa. *Tigre* la siguió, como hacía siempre que el tiempo era clemente. Apartaba la nieve, saltaba en las zonas verdes, cada vez mayores, buscaba los espacios soleados y se tumbaba allí como un gato perezoso con algo de perro, para lamerse y ronronear al mundo. Penny recogió los troncos y los partió en dos con un hacha y una energía impensable. El sonido que hacía la madera al chocar la relajaba.

De repente, el gato-perro se interrumpió en medio de un sonoro bostezo y se puso de pie erizando el pelo del lomo. Siempre hacía lo mismo cuando un zorro o una ardilla pasaban por allí, aunque estuvieran lejos. Penny no le dio demasiada importancia. Sujetó con los brazos toda la leña que podía transportar, sonrió al minino, que seguía dándose aires de león en la sabana, y se volvió para entrar de nuevo en casa.

En ese instante abrió los brazos y los maderos cayeron alrededor de ella como un alud de piedras. Entreabrió los labios, abrió los ojos y contuvo el despiadado deseo de desmayarse y de echarse a llorar.

CAPÍTULO 33

Era bonito vivir junto al mar. Después de las montañas de su infancia y del infierno urbano de su juventud, la casa en la playa era un nuevo paréntesis. Jamás regresaría a Montana. Quería recordar esos lugares como los habían visto sus ojos de niña.

Sentada en la escalera de la entrada, Sherrie disfrutaba de un domingo soleado, pese a que el sol tenía dientes. En la playa, varios temerarios corrían desafiando al frío. Las olas del océano eran largas y altas, curvadas como las garras azules de un halcón. El viento la acariciaba con dulzura y hacía danzar su pelo de azúcar.

De improviso, oyó unos pasos en la arena.

Se volvió distraída, pensando que sería alguien que pasaba por allí y que, en lugar de dar la vuelta grande, atajaba por ese lado para ir a la playa. Pero se equivocaba.

La sonrisa de Sherrie se transformó en una carcajada.

—¡Mi niño! —exclamó, levantándose de un salto. Lo abrazó, tan conmovida que las lágrimas empezaron a surcarle las mejillas. Marcus le sonrió al tiempo que le acariciaba un mechón de pelo suave y cano.

—¿Cuándo has salido?

—Hace unos días.

—¡Deja que te vea! ¿Cómo estás? Parece que en forma. Físicamente, al menos.

—Estoy bien.

—Ven a sentarte, iba a prepararme un café, ¿quieres uno?

Poco después se acomodaron en los escalones con dos grandes tazas de café fuerte e hirviendo en las manos. El viento llevaba de un lado a otro el agua salobre y la arena fina. De vez en cuando, siguiendo el movimiento de las nubes, el cielo se oscurecía y todo se volvía plateado, y luego volvía a brillar con la luz.

Inclinada hacia un lado, Sherrie lo observaba con atención. Su niño seguía siendo guapísimo, pese a que ya no era un niño sino un hombre de veintisiete años. Con todo, parecía cansado, alrededor de los párpados tenía unas ojeras profundas que oscurecían sus ojos especiales. Tras apurar el café, vio que sacaba un cigarrillo de un bolsillo, lo encendía y empezaba a fumarlo con parsimonia. Una calada y un pensamiento. Una calada y una mirada al mar.

—Háblame de ti —lo exhortó.

Marcus se encogió de hombros.

—No tengo gran cosa que contar. He estado en la cárcel. No he hecho una vida mundana.

—Tuve mucho miedo, cariño, cuando me llamó ese tipo…

—¿Te refieres a Malkovich? ¿Qué te dijo?

—Que habías tenido un accidente mortal. ¡Casi me dio un infarto!

—¿Porque me atropelló una cafetera con un imbécil drogado al volante? No fue tan grave. Un traumatismo craneal, una muñeca dislocada y unas cuantas heridas superficiales. El problema es que en urgencias me identificaron enseguida y, después de pasar varios días ingresado, volvieron a encerrarme. Pero, en el fondo, fue mejor así.

—¿Mejor?

—Sí, estaba harto de ir de un sitio a otro como un vagabundo.

—Creía que te gustaba.

Marcus dio una larga calada.

—Antes, quizá. Pero luego, no sé, se convirtió en algo inútil. Aburrido. Al menos en la cárcel esperas algo. Yo ya no esperaba nada. Tenía la impresión de ser una lata de cerveza vacía, pateada de una acera a otra. Si no hubiera tenido el accidente, habría decidido yo en lugar del destino. Me habría entregado.

—No hay nada mejor que la libertad, amor mío.

—Eso pensaba. Pero la libertad está sobrevalorada, a menos que tengas un sitio al que ir y alguien que te acompañe.

Sherrie sonrió, pero Marcus no lo notó. Seguía contemplando el océano.

—¿Cómo está ella ahora? —le preguntó Sherrie de forma impulsiva.

Marcus se volvió de golpe y la observó con aire enfurruñado.

—No lo sé. He venido para preguntártelo.

—¿Cómo quieres que sepa cómo está Francisca?

—Creía que te referías a...

—¿A Penny? ¿Por qué has pensado eso, hijo? Me refería a Francisca. Sé que estuvo viviendo cierto tiempo con los Malkovich.

Marcus bajó los párpados un instante, como si el sol lo deslumbrase. Por fin, murmuró:

—Aún está con ellos. Cuando él vino al hospital pensando que yo había muerto, encontró allí a Francisca, sola, desesperada y más medio muerta que yo. Así que el tipo habló con su mujer y la invitaron a quedarse en su casa. No sé qué milagro se produjo: el caso es que, después de haber dicho pestes de ella, ahora la adoran. He ido a verla. Trabaja y estudia, parece otra persona. No sé si es feliz, pero al menos ya no se mete en líos.

—Eso está bien. En cualquier caso, sabía que Malkovich había ido a verte, me dijo cómo estabas y que te habían vuelto a encerrar. Me habría gustado visitarte o escribirte, pero él me dijo que era mejor que te dejáramos tranquilo cierto tiempo. Dijo que tú nos lo pedirías.

—Es verdad. Demasiada gente alrededor, demasiada presión. Francisca, la policía, que me vigilaba como si fuera un asesino en serie, Malkovich y su mujer… Era una agonía. Estaba harto.

—¿Harto de los que estaban o de los que no estaban?

Marcus la miró fijamente a los ojos.

—De los que no estaban —admitió—. ¿Dónde se ha metido? He ido a su casa, pero allí vive ahora otra familia.

Sherrie cabeceó desconsolada.

—Me gustaría poder ayudarte, pero no lo sé. Trabajó conmigo unas cuantas semanas. Un día, de repente, vino y me dijo que se iba a vivir a otro sitio con su abuela, me dio un beso en una mejilla y me dejó un sobre con dinero para ti.

—¿Qué?

—Dijo que eran cien dólares, que te los debía por cierto trabajo. Dijo que te los diera si volvías, y que si no lo hacías, los entregara a una obra de beneficencia.

Marcus se puso en pie de un salto y tiró el cigarrillo lejos, a la arena. Su cara, que hasta ese momento parecía tallada en un pálido mármol, estaba alterada por la furia.

—¿Y qué hago yo con su maldito dinero? —exclamó—. ¡Maldita sea, esperaba que al menos tú supieras dónde está!

Sherrie lo observó con ternura, conmovida. Su niño. Su niño sin corazón. Su niño enamorado. Recordó cuando Penny se había marchado. Había llorado entre sus brazos maternales. A saber dónde estaba ahora, a saber cómo se encontraba.

—Voy a por el dinero. Luego, si quieres, puedes romperlo en mil pedazos, pero yo debo dártelo. Se lo prometí. Me rogó que lo hiciera.

Cuando volvió con el sobrecito que Penny le había dejado, que aún estaba cerrado y que ella había guardado durante esos años entre las páginas de su cuento preferido, *La bella durmiente*, Marcus se levantó. Agarró el sobre y se precipitó hacia la orilla.

Sherrie no le dijo que lo había puesto a contraluz varias veces tratando de averiguar si, en lugar de dinero, había una carta. No le dijo que se había apenado mucho cuando había visto, sin dudar, la cara de Benjamin Franklin y muchos otros detalles del billete doblado de cien dólares, de color hoja de té. Eso era todo.

Lo miró mientras se alejaba y rogó que encontrase su camino. Incluso Francisca lo estaba consiguiendo. Pero no debía ser un camino tan fatigoso como una pista de arena que lleva a un mar embravecido. Su pequeño había sufrido ya bastante y se merecía lo mejor en la única vida que tienen los seres humanos.

CAPÍTULO 34

Marcus

No puedo decir que no lo haya intentado. Puedo decir, desde luego, que no lo he conseguido. He pensado en Penny sin cesar desde que me marché esa noche. El accidente fue providencial.

Volví a la cárcel: el mejor sitio, dado que no me gustaba estar fuera. Si quieres algo que no puedes tener, si lo deseas con una desesperación animal, si el mundo te parece de repente demasiado pequeño, porque te sofoca, y demasiado grande, porque ningún lugar está lo suficientemente lejos como para ayudarte a olvidar, la cárcel es un buen término medio.

Francisca me escribió durante un tiempo y esta vez Malkovich no se lo impidió. Le respondí dos veces y luego dejé de hacerlo. Penny nunca me escribió. Supuse que estaba con Igor, feliz y satisfecha, y agradecí estar donde estaba para no correr el riesgo de vapulearlo como hice con Grant. No temía la cárcel sino que ella llegase a odiarme.

No he dejado de preguntarme qué es lo que siento. Me habría gustado ser más inteligente para encontrar la respuesta en un libro, pero no soy inteligente. Soy un canalla que se consideraba un manojo de músculos y tentaciones y que, en cambio, ahora se muere de amor. Por una mujer que ni siquiera lo quiere. Resultaría ridículo, si no fuera porque es trágico.

Lo primero que hago nada más salir es volver al edificio, a la casa. Lo sé, es una idiotez, hace más de dos años me dijo con toda claridad que pertenecemos a planetas diferentes, que prefiere a Igor y a los hombres como él, pero no puedo evitarlo. Penny ya no vive aquí, tampoco su abuela, los vecinos solo saben decirme que se marcharon hace unos meses, después de que yo me fuera, pero ninguno sabe decirme adónde.

Así que voy a casa de Malkovich. Él no está y su mujer se deshace en cumplidos a Francisca. Antes era el diablo en persona, ahora es un ángel bajado del cielo. Me cuenta que se ha matriculado en unos cursos, que estudia mucho, que trabaja como se debe en una cafetería muy chic (según sus propias palabras) y que ella y su marido la adoran. Hasta duerme en la habitación de Cameron.

Mientras me habla, ella sube la escalera hasta la casa. Mi Fran. Tan hermosa como una piedra preciosa. Un diamante y una roca volcánica a la vez. Sonríe y eso me reconforta. La última vez que la vi lloraba porque pensaba que me iba a morir.

Me abraza y le devuelvo el abrazo. Mi corazón no se rompe. El deseo no me invade. Solo siento una profunda ternura.

—Pequeña —le digo, pese a que no lo es—, estás estupenda.

—Tú también. ¿Cómo te encuentras?

—Estoy bien.

—Yo también, ¿sabes? Es extraño, a veces hasta un poco inquietante, pero es como si volviera a ser niña. Me tratan como a una cría de doce años que tiene fiebre. No sé cuánto durará, puede que dentro de un mes me escape con toda la plata, pero por el momento quiero tener doce años. Nunca los tuve.

Entonces, sin preámbulos, le pregunto a bocajarro:

—¿Penny pasó por aquí antes de irse? ¿Sabéis dónde está?

Francisca ladea la cabeza y me escudriña.

—Aún estás enamorado de ella —dice. No es una pregunta, es una afirmación.

En un instante su mirada pierde la frescura y se ensombrece. No sé qué siente por mí después de dos años y de que haya pasado tanta agua bajo el puente. Le impedí que me escribiera, la rechacé sin decir nada. La abandoné, pero nunca dejé de considerarla algo especial: yo soy ella, ella es mi hermana, mi madre. El pilar de mis días despedazados. La manta en mis noches frías. Sin ella habría muerto a los dieciséis años. Me salvó la vida cuando tenía hambre y cuando mi corazón era más frágil que la cáscara de un huevo. Me ofreció su cuerpo herido. Y ahora tiene los ojos tristes, como si estuvieran hechos de tinta derramada, casi da la impresión de que está a punto de llorar lágrimas negras. Sin embargo, no puedo ni quiero mentirle. Se acabaron las estupideces, las palabras que niegan los pensamientos y la sangre. De manera que asiento con la cabeza sin esquivar su mirada. Es la pura verdad, una verdad que me condena a vivir en el infierno desde hace dos años y tres meses.

Francisca baja los párpados poco a poco, se muerde los labios y da la impresión de que persigue una idea secreta. Por un instante vuelve a ser la niña guerrera de un pasado que los dos queremos transformar ahora en leyenda. Por fin, la nueva Francisca reconoce con voz melancólica:

—De verdad que no lo sé. Lo único que sé es que se marchó al poco tiempo de que volvieran a meterte en la cárcel. Pero…

—¿Qué?

—Pero te quería.

Me lleva hasta un sofá, se sienta y me cuenta una historia. La escucho impasible: parezco la fotografía de mí mismo, pese a que me siento como si me hubiera tragado siete sorbos de fuego. Recuerdo esa noche, sus palabras, su cara y su cuerpo trémulo. Me desgarra el deseo de volver a tenerla. Cierro los ojos un instante, mis puños se convierten en piedras, me siento más solo que un náufrago. Entretanto, Francisca me observa con aire suspicaz, quizá espera que me enfurezca. En cambio, le acaricio una mejilla. No puedo enojarme con ella, a pesar de con sus actos probablemente destrozara mi vida. No puedo enojarme con ella, que tiene esos ojos de diosa sumida en el pesar.

Mientras me voy pienso: «Te quiero, pequeña Fran, luz de mi juventud. Tú me ayudaste a vivir cuando era niño. Sin embargo, no sé cómo, no sé por qué, ahora que soy un hombre no logro vivir sin Penny».

Desaparecida, evaporada. Ni siquiera Sherrie tiene noticias de ella. He llamado al número de móvil que tengo, pero ya no está activo. Solo me queda un billete doblado en un sobre descolorido. Me gustaría incendiar el mar, destrozar el cielo.

Saco el billete de cien dólares y lo sujeto por el borde, entre dos dedos, contra el viento. Se agita y tiembla como un pájaro herido. Cuando estoy a punto de dejarlo volar, azotado por las ráfagas, veo que hay un mensaje en el reverso. Frunzo el ceño. Doy la vuelta al billete, que se sacude como un pájaro deseoso de escapar. Mis ojos se quedan clavados en unas cuantas letras trazadas con tinta de color rosa: «Te quiero. Si me quieres, sigo aquí, P.».

Al lado está el nombre de una ciudad y la sigla de Vermont. Aprieto el billete en el puño. Me llevo una mano a la frente y trago saliva con dificultad. He estado en un tris de tirarlo, de deshacerme de él. La idea me destroza y me siento de golpe en la arena con todo el peso de mi cuerpo. En este preciso momento el sol barre las nubes. Me río, parezco un loco delante del mar. Me río y empiezo a esperar.

No me resulta difícil encontrarla. El pueblo es pequeño. Después de un sinfín de obstáculos, el destino me sonríe. Penny está saliendo de una tienda en este momento, justo ahora. La reconozco enseguida, se dirige hacia una vieja camioneta de color verde manzana. La miro y me quedo sin aliento. Pese a que ha cambiado, sigue siendo ella. Me gustaría deshacer esa trenza con los dedos, apretarle el pelo en un puño, besarla y tocarla durante horas. Me gustaría abrazarla, dormir con ella, despertarme con ella, esta vida y las próximas. La deseo con cada gota de mi sangre.

Después el chico de la tienda la llama y veo cómo la mira, y tengo miedo. ¿Me habrá olvidado? ¿Estará con otro? Ni siquiera me ve, su mirada está perdida en otros pensamientos, y yo me quedo rezagado, más allá del autobús parado en el final de la línea.

Han pasado más de dos años. ¿Seguirán teniendo sentido las palabras que escribió en el billete?

CAPÍTULO 35

«¿Era él? ¿Era Marcus?».

Lo miró incrédula, capturada por la visión. Dos años atrás trató de desafiar al destino marchándose. Era más que probable que Marcus no volviera y, en caso de que lo hiciera, a saber cuándo, cómo y por qué, se habría gastado el billete en copas. O la habría buscado.

La había buscado.

Allí, de pie, con una cazadora de piel negra y una mochila de tela de color verde militar, la miraba también, como si tampoco estuviera seguro de haber encontrado a una persona real o de estar sufriendo una alucinación. Pero Penny estaba segura. Era él, sin duda. Sus ojos, sus labios, la garganta por la que asomaban los tatuajes que cubrían su pecho, sus hombros imponentes, sus piernas robustas embutidas en unos vaqueros. Tan alto que la hacía sentirse pequeña como la sombra de un gorrión.

El corazón de Penny ya no era un corazón: era la unión de todos los corazones del mundo. Corría el riesgo de que lo oyeran hasta en Canadá. De manera instintiva se pasó un mechón de pelo detrás de la oreja, como si quisiera componerse, y pensó que debía de estar horrenda, despeinada, mal vestida, sudada después de haber cortado leña, sin maquillaje, justo en ese maldito y espléndido día, justo cuando le habría gustado estar radiante. Pese a que había pasado mucho tiempo y a que era una mujer que había afrontado unas pruebas tan duras como el acero, se sintió débil, insegura, propensa a llorar como una quinceañera que se turba con un soplo de viento.

Tenía la impresión de tener un nudo en la lengua. No lograba decir nada sensato. De hecho, al cabo de un silencio interminable, oyó su propia voz, como si estuviera dotada de una voluntad ajena, pronunciar una pregunta que no podía ser más estúpida:

—¿Me ayudas a meter la leña en casa?

«¿Me ayudas a meter la leña en casa?».

Marcus se quedó perplejo por un segundo, puede que menos, pero luego asintió con la cabeza.

Mientras se movían alrededor de la casa, ella delante, con varios troncos en los brazos, él detrás, con el resto de la leña, y el gato siguiéndolos y evitando las manchas de nieve, Penny se maldijo mil veces por haber pronunciado esa maldita frase. ¡Debería haberlo abrazado, abalanzarse sobre él, besarlo!

Entraron y *Tigre* se acomodó en el sofá, en un punto donde el sol trazaba el dibujo carmesí de un haz de luz perfecto. Pusieron la leña en una cesta y a continuación Penny se volvió, dándole la espalda, para detenerse delante de la chimenea. Trajinó un rato con la leña y las cerillas con intención de encender el fuego. Entonces dijo otra cosa insensata:

—¿Pasabas por aquí?

¿Qué le había sucedido a su cerebro? ¿Había decidido entrar en catalepsia? Sentía que tenía la caja craneal casi vacía, llena solo de avellanas quemadas, piedrecitas de mármol y algún que otro pensamiento suicida. Desde la repisa de madera su abuela y Thomas, en dos fotografías distintas, pero tan próximas como las piezas de un puzle, le sonrieron para animarla. No podía moverse ni respirar, solo era capaz de pronunciar esas palabras dementes.

—No —le respondió Marcus con firmeza—. Encontré tu mensaje y vine. ¿Te alegras de verme? Quiero saber si puedo quedarme o si debo marcharme.

Además de su boca, habló su cuerpo. A la vez que pronunciaba esas palabras actuó. Dando unos cuantos pasos se acercó a ella, que permanecía quieta, conteniendo las lágrimas, con la larga trenza apoyada en el pecho, las mejillas del mismo color que el sol y entre las costillas un tumulto amoroso. La abrazó por detrás, rodeando sus hombros para envolverla por completo e inclinándose para hablarle al oído.

—Te quiero —le susurró, y las piernas de Penny temblaron. Desde la foto su abuela le dijo que no tuviera miedo. Le repitió que el amor es un milagro.

Entonces se volvió para mirarlo y decirle a la cara:

—No tanto como yo.

Él la miró durante un instante solemne, recorriendo con los ojos cada milímetro de su cara, con una mano apoyada en su nuca y un pulgar surcando sus labios como si tuviera que colorearlos con la yema. A continuación le arrancó la goma que sujetaba su pelo, liberando una cascada de cobre líquido. Después la besó. El corazón de Penny voló más allá de las copas de los arces que los rodeaban, sedientos de primavera. Los besos de Marcus eran tan profundos y carnales que penetraban todo su cuerpo. Sus manos eran delicadas y canallas al mismo tiempo. Las sintió encima de ella y deseó con todas sus fuerzas sentir el resto.

Resbalaron hasta el suelo, hasta una alfombra de *patchwork* hecha de grandes retazos de colores chillones, ante la mirada de *Tigre*, que gozaba de su rayo de sol. Marcus se quitó la chaqueta y el suéter, y su amplio pecho turbó a Penny como antaño. Ella recordaba a la perfección su piel sedosa, sus sólidos músculos, sus tatuajes agresivos, el lazo de cuero al que se aferraba el cocodrilo de plata, pero se quedó hechizada como la primera vez. Lo acarició como se acaricia un cuadro, notando bajo los dedos las suaves asperezas de la tela pintada. Los signos tribales, la raya, el corazón, el corazón atravesado por espinas...

—¿Qué simboliza esto? —le preguntó.

—A mí —le respondió él—. Antes, cuando no sabía nada, cuando tú no existías. Y ahora no hablemos más.

Le quitó la sudadera casi con furia. Al ver la camisa totalmente abotonada, murmuró:

—¿Hay algo más debajo? Una escafandra, no sé. Caramba, Penny, si no follo contigo me muero.

—Siempre tan refinado —bromeó ella.

Volver a estar desnuda ante sus ojos hizo que se sintiera frágil, pero solo por un instante. Verlo desnudo encendió en ella un deseo puro y brutal. En los ojos de Marcus brillaba un hambre palpable. Aun así, vio que se paraba y esbozaba una mueca, como si de repente hubiera recordado un detalle fundamental, y que murmuraba con fastidio y dolor:

—Si no te hago el amor me dará un infarto, te lo juro. Pero no tengo un preservativo.

Penny lo atrajo hacia sí, tocó su vientre con el suyo.

—Da igual, hazlo.

Marcus le apretó el pelo con una mano e invadió su boca con la lengua. Luego dijo:

—¿Hablas en serio?

—Sí, tranquilo. Tuve la regla hace unos días y... no he vuelto a hacerlo con nadie después de ti.

Marcus seguía sujetando su pelo con una mano, como si fuera un ramo de tallos cortados, al tiempo que emitía un suspiro en su paladar.

—¿En serio? —repitió—. ¿Sigues siendo solo mía? Coño, Penny, así se me pone aún más dura.

—Te he estado esperando, mi querido poeta.

—Ya sabes que no soy un poeta. Estoy excitado y me vuelves loco. En estos dos años y tres meses no he hecho otra cosa que pensar en ti, en tus labios y en tus muslos, cada jodido día.

—Ven entonces. Ven.

Él no dijo una palabra, se limitó a observarla. Interpretando su silencio como reticencia, Penny sintió una polvorienta sensación de tristeza. Marcus tenía razón, era lo más sabio y prudente, pero pese a ello se sintió mal, como si le robaran una promesa.

—Bueno, en ese caso no... —susurró.

Por toda respuesta y sin decir una palabra, Marcus la penetró con ímpetu, moviéndose en su cuerpo con un delirio de sacudidas, gemidos y besos. Allí, en la alfombra del arco iris, presa de un placer que superaba la piel y trascendía la carne, que se enroscaba en su alma y devastaba su mente, Penny vertió lágrimas de sincera felicidad mientras Marcus se corría dentro de ella, desnudo en su carne desnuda, regalándole esa parte de sí mismo, donándosela como una prenda infinita. El orgasmo la hizo vibrar, casi la elevó del suelo, hizo que se sintiera como un espíritu que levita, y luego dejó que aterrizara entre sus brazos.

Permanecieron abrazados delante de la chimenea encendida, que empezaba a caldear el aire, ella apoyada en su pecho, él besándole la frente y el pelo y acariciando todo su cuerpo.

—¿Me equivoco o te han crecido las tetas? —le preguntó de repente.

—Te lo ruego, Marcus, eres demasiado galante, me gustaría que fueras un poco más brusco —protestó ella riéndose—. En cualquier caso, no, no me ha crecido nada, salvo algunos músculos.

—Antes te he visto cortar los troncos como un leñador. La próxima vez lo haré yo. Si me quedo aquí, debo encontrar algo que hacer. ¿Me contratas? Puedo levantarme al amanecer, cortar la leña, sacar agua del pozo, cepillar los caballos, limpiar los establos y arrastrar el arado. Y te prometo que por la noche, aunque esté cansado, follaré contigo hasta hacerte llorar.

Penny se estrechó contra su cuerpo.

—¿De verdad quieres quedarte?

—¿Y aún me lo preguntas? Penelope, quiero quedarme aquí, ayudarte a realizar tu sueño y amarte hasta el final de mis días. Y, mientras tanto...

—¿Mientras tanto?

—Mientras tanto, quiero darte dos cosas.

Sin darle tiempo a preguntar de qué se trataba, Marcus se inclinó hacia su mochila, que había dejado en el suelo, y sacó un sobre. Se lo tendió y Penny lo miró con aire inquisitivo. Al abrirlo y ver una cantidad indeterminada de billetes se quedó de piedra. A primera vista, eran más de quinientos dólares. Lo miró cada vez más perpleja.

—¿Qué...?

—Es lo que me pagaste hace más de dos años, cuando te acompañaba —le explicó Marcus—. Está todo, hasta los cien dólares que diste a Sherrie.

—¿No te los gastaste?

—No, ni siquiera un centavo. Me sentía una mierda cuando los aceptaba, pero no quería que supieras que te habría escoltado en cualquier caso, incluso gratis. No quería que supieras que me habías jodido la mente por el mero hecho de respirar. Me sentía confuso, Penny, tenía dentro un infierno. No comprendía por qué hacías que me sintiera como me sentía. Me encerraron de nuevo en la cárcel y me requisaron el dinero, pero al salir me lo devolvieron. Es el mismo dinero, no otro con el mismo valor. Es tuyo. Nunca me pagaste, pequeña, nunca. Hice todo lo que hice porque quería hacerlo, y punto.

Penny le sonrió recordando aquella época de miedos y de mentiras debidas al miedo. Con un hilo de voz susurró «gracias» y luego añadió:

—¿Y la segunda cosa?

Sin hablar, Marcus se quitó del cuello el cordón de cuero con el anillo en forma de cocodrilo. Lo sujetó con los dedos un instante. Después se lo puso a Penny en el anular de la mano izquierda. Era perfecto, parecía hecho a medida para ella.

Penelope besó suavemente el anillo sin valor pensando que era la joya más preciosa del mundo.

—Gracias —le repitió, acariciándole el pecho.

—Y ahora que hemos cumplido con todas las formalidades, creo que es hora de volver a nosotros. Tengo que recuperar dos años y tres meses. Soy un granuja hambriento.

Penny pensó que ella también quería recuperar el tiempo perdido. Luego pensó que no existe tiempo perdido cuando una mujer aprende a conocerse a sí misma y se prepara con el alma, el corazón y el cuerpo para el hombre que un día llegará y le dará un sentido.

Aún tenía muchas cosas que preguntarle, pero podía posponerlo.

Marcus volvió a besarla, con un beso tan profundo como el cielo en un pozo, y Penny llegó a la conclusión de que, sin duda, debía posponerlo.

AGRADECIMIENTOS

Los agradecimientos son la parte más complicada de la historia que rodea la historia, porque son muchas las personas cuya contribución, por pequeña que sea, me han empujado hacia la meta, y siempre temo olvidarme de alguien. Pero es también la mejor parte, porque me doy cuenta de cuántos corazones me rodean, de cuánta ayuda he recibido como regalo. Escribir es una actividad solitaria, pero similar a un brote: para que se abra y resplandezca se requiere un gran trabajo de equipo.

Gracias a Laura Ceccacci, mi agente, siempre llena de ideas y atenciones; a Alessandra Tavella, de Amazon Publishing, cuya amabilidad tiene algo de mágico, y al hecho doblemente mágico de que, sin haber tenido aún contacto con ella, yo introdujera en la trama un personaje con su mismo apellido. En pocas palabras, no tiene un apellido corriente, como Rossi, y en la novela hay una señora Tavella. Así que el destino quería que nos encontráramos. Gracias a los editores de Thèsis y a sus preciosos consejos. Gracias a Patty y a Rosy, las primeras que leyeron una historia que me parecía inútil y que me animaron a no pulsar la tecla CANC del teclado.

Por último, pese a que no son los últimos, gracias a Penelope y a Marcus, que un día aparecieron en mi mente y me pidieron que hablara de ellos.

ÍNDICE